その猫の名前は長い

イ・ジュヘ
牧野美加 訳

里山社

その猫の名前は長い

イ・ジュヘ

牧野美加 訳

그 고양이의 이름은 길다
(THE NAME OF THAT CAT IS LONG)
by 이주혜 (李柱恵)

Originally published in Korea by Changbi Publishers, Inc.

Japanese translation rights arranged with Changbi Publishers, Inc. through Namuare Agency.
This book is published with the support of the Literature Translation Institute of Korea (LTI Korea).

目次

今日やること

三姉妹は川べりの散策路にシートを広げた。平日の昼間だ。銀色のシートの一隅がしきりに風にあおられる。長女がその隅にカバンをのせる。たいして重くないカバンは不安定に揺れた。このいまいましい風のやつ。長女はカバンにぴったりくっついて腰を下ろす。二人の妹たちは靴を脱いでシートの上に座った。黒い二足の靴は無造作に脱ぎ捨てられている。三人とも黒っぽい服を着ていた。彩度とか濃度とかそういうのは少しずつ違っていたけれど、とにかく黒だった。

姉妹はしばし無言で息を整えていた。三人とも化粧っ気のない顔がむくんでいる。次女が膝の上の大きな革のカバンから缶ビールを取り出して二人に渡した。誰かに追われているかのように三人とも急いで喉に流し込んだ。しばらく誰も何も言わなかった。

お父さんのおかげで花見までしちゃって。ついに長女が口を開いた。川べりには花の咲く木がぽつぽつと並んで生え、姉妹の前には立派なしだれ桜が花陰を作っていた。姉妹は、長い冬の暮らしからいきなり春の只中に放り出されたかのような戸惑いを覚えた。花々は信じられないくらい華やかに咲き乱れている。黒く重い服を着て花陰に座っている自分たちが、番地を間違えて届けられた小包のように感じられた。やっぱり春っていいもんだね。こんな状況でも花を見ると笑顔になるじゃない。長女が言った。

さすがポムさん、春を褒めちぎっちゃって。次女がそう返すと、三人はドッと笑った。それは、三人だけが知る、三人だけが共有してきた遠い昔の約束を久しぶりに思い出したという喜びの表れだった。事の発端はこうだ。おまえたちの父さんときたら、子どもに関してはそりゃあもうどんなに欲が深かったか。結婚初夜の寝床で、自分は少なくとも四人は欲しいって言うのさ。当時がどんな時代だったか。「むやみに子どもを産むと貧しくなる」（人口急増が経済発展を妨げると懸念した韓国政府が一九六〇年代に打ち出した家族計画事業の標語のひとつ）運動の頃じゃないか。二人以上産むだけで非常識って言われた時代だよ。しかも三人でもなく、五人でもなく、どうして四人なのかって聞いたら（四ってなんだか不吉だろ）、よくぞ聞いてくれましたとばかりに、用意してあった答えをすらすら話しはじめるんだ。

　姉妹の父親は、子どもを四人もうけて、四季を表す漢字を一文字ずつ入れた名前をつけるのが夢だった。春夏秋冬の四文字は彼にとって、時間と世界を完成させるパズルのピースだった。もし一人目が女の子なら春姫《チュニ》か春愛《チュネ》、男の子なら春秀《チュンス》か春永《チュニョン》あたりかな。二人目が女なら夏蓮《ハヨン》か夏仙《ハソン》、男なら夏盛《ハソン》か夏文《ハムン》がいいだろう。夫の告白を聞いた姉妹の母親は、「春」や「秋」の入った名前なんてちょっと田舎臭いなと思ったけれど、初夜に新婦の口からそんなことを言うのも憚られ、次々と四人も産む自信もなかったので、とりあえず恥じらいがちにうなずいてごまかした。それはあくまでも、そうなんですね、という意味であって、大いに賛成です、という意味ではなかった。だが、新婦のうなずきを同意と受け取った姉妹の父親は、翌年一人目の女の子が産まれたとき、春姫や春愛という名前に難色を示す妻とひとしきり口論を繰り広げる羽目になった。結局、父親の長年の夢が勝利し、長女の名前には「春《チュン》」の字が入ることになった。二年後に産まれた次女の名前には「夏《ハ》」の字が、さらに二年後に産まれた三女の名前には「秋《チュ》」の字が入った。二年おきに次々と三人の娘を産んだ母親は、季節の役目をまっとうした植物のようにしおしおとしなびていった。姉妹の父親があれほど待ち望んでいた四人目はついぞ産まれることはなかった。春夏秋冬の四文字からなる彼の壮大な夢は、そうして未完のまま終《つい》えるかに思えた。

長女と三女には学生時代ずっと、（古臭いイメージのある）春子《チュンジャ》や醜女《チュニョ》といったあだ名がついて回った。二人が意地悪くからかわれ、同時に泣きながら帰ってきた日、母親は三人の娘を並んで座らせ、父親の未完の夢を初めて聞かせてやった。その語りには母自身の諦めと娘たちへの申し訳なさが、溶け残った砂糖のように沈んでいた。過去を白状するようなその話を最後まで聞いたあと、三人の娘は父の思いに納得するどころか、恨みをますます募らせた。どうしても四文字で揃えたかったなら、春夏秋冬以外にも漢字はたくさんあっただろうに。千字文《せんじもん》（中国、六朝時代の学習書。二五〇の四字句、計千の漢字からなる）でも開いてみれば、参考になりそうな漢字が千個も載っているというのに。たとえば梅蘭菊竹とか。いや、そもそも、どうしても漢字を使わないといけない理由があっただろうか。ポム（韓国語には朝鮮由来とされる「固有語」と中国由来の「漢字語」があり、固有語で「春」の意）、ヨルム（固有語で「夏」）、カウル（固有語で「秋」）、キョウル（固有語で「冬」）のような固有語を使っていたら、おしゃれな名前だと友だちに羨ましがられただろう。

その日から三姉妹は互いをポム、ヨルム、カウル、と呼び合うようになった。たまには梅《メ》花《ファ》、蘭草《ナンチョ》、菊花《クックァ》と呼んだりもした。名前への不満が大きくなるほどに、姉妹の結束力も強まっていった。もちろん、何か癪に障ることがあると、やい、この張笑八《チャンソパル》と高春子《コチュンジャ》（一九五〇～六〇年代に人気を博した男女の漫談コンビ）め、だの、なんだこの不細工の醜女《チュニョ》め、だのと言いながら取っ組み合いをすることもあった。名前が比較的平凡な次女も時には、やい、この夏至《ハジ》じゃがいも（夏至の頃収穫するじゃがいも）、だの、へっぴり下女《ハニョ》、だのと言われた。

姉妹は大きくなるにつれ、自分たちだけで呼び合っていた名前を家の外でも使うようになった。実はわたしの本当の名前は、ポムなんだよね。固有語が好きなお父さんが、ポムって名前をつけてくれたんだけど、保守的なおじいちゃんが反対したから、戸籍には漢字の名前を載せて、家ではみんな、ポムって呼ぶの。うちのお父さん、気分がいいときは梅花《メファ》って呼ぶこともあるし。梅は春を象徴する花でしょ。友人たちは、何か頼み事があるときは、ポム、と呼び、ちょっとからかいたくなったときは春子《チュンジャ》、と呼び、どちらでもないときは普通に、出席簿に載っている名前で呼んだ。

いくら寺だからって、サイダーってどういうことよ、サイダーって。ポムや梅花《メファ》と呼ばれる可能性もあった長女がつっこんだ。寺なんだから寺の作法に従うしかないでしょ。ヨルムや蘭《ナン》草《チョ》になり損ねたからか、蘭の細長い葉のようにツンツンした次女は不満げに答えた。カウルや菊花《クックァ》になっていたかもしれない三女は、黙ってひたすらビールを飲んでいた。疲れていた。頭の中で真鍮の器が騒々しい音を立てているような気分だ。腫れたまぶたは、思うように閉じも開きもしない。三女は今日、寺で、三人の中でいちばんたくさん泣いた。老僧が、いい加減に泣きやみなさい、と叱りつけたほど。今日は、霊魂が肉体と娑婆《しゃば》世界に対する未練を捨てて旅立ち、極楽往生しますようにと祈る日です。それなのに娘さんがそうやってわんわん泣いていたら、霊魂がすんなり旅立てると思いますか？　どうですか？　老僧の口調は三女の娘の通う幼稚園の副園長のように厳格で高圧的だった。お母さんがたびたび持ち物をお忘れになったら、お子さんが園生活をちゃんと送れると思いますか？　どうですか？

因縁によって集いしものは因縁によって別れるもの
生まれることも因縁、死すこともまた因縁なり

四十九日の法要が始まる前、僧侶は、漢字をハングルに書き下した発願文《ほつがんもん》（神仏に祈願の意を伝えるための文書）の冊子を姉妹に配った。声が大きいほど霊魂にもお釈迦様にもよく聞こえるので、極楽往生を祈

る気持ちで、できるだけ大きな声で一緒に唱えましょう。しかし、いざ読経が始まると三女はまた泣きだしてしまい、一文字も声に出して唱えることができなかった。

あんなに酒好きだったお父さんの最後の旅立ちだっていうのに、サイダーを供えるってどういうことよ。吹き出しちゃったじゃない。長女が三本目の缶ビールを開けた。胃に悪い、これでも食べなさいよ。次女がシートの上にティッシュペーパーを一枚広げ、寺から持ち帰ってきたむき栗とナツメを載せた。長女はむき栗をひとつつまんで口に入れる。奥歯のあいだで栗がコリッと割れる食感は、思いがけない快感をもたらした。同時にそれは、ある記憶を否応なしに蘇らせた。父親は歯ごたえのあるものをじっくり噛みしだくのが好きだった。家の台所には干しダラやスルメ、タコなどが常備されていた。「週末の名画」が始まる前、父は長女にスケトウダラの丸干しを一匹叩いてくるようにと言いつけた。長女は砧《きぬた》（木づちで打って布のシワ伸ばしや艶出しをする際に用いる木や石の台）にスケトウダラを載せて棒でドンドンと叩いた。棒を打ち下ろすたびにスケトウダラが原形を失っていくさまを目の当たりにするのはあまり気持ちのいいものではなかったが、一方で、打撃の物理的な感覚が右腕の筋肉にそっくり伝わってくると快感を覚えた。相反する感情のなか、ひとしきり叩いてのした干しダラを奥の部屋に持っていくと、父は床に新聞紙を広げ、その上で食べやすい大きさに裂いた。父と三人の娘は干しダラを噛みしだきながら、父の好きな西部劇を観た。床には干しダラの黄色っぽい粉が飛び散っていた。そんな夜は、喉が渇いて夜中に何度も目が覚めた。

生前愛着していた肉体とは何であろうか
一瞬で息絶えてしまえば主《あるじ》なき木石であろう

次女はカバンからタバコを取り出し、くわえた。通りがかりの老人が露骨にジロジロと見てくる。次女はタバコに火をつけるのを諦めた。三姉妹の中でもっとも父親に似ている次女は、幼い頃から「お父さんと瓜二つだ」と言われつづけてきた。葬儀場でも、十数年ぶりに顔を合わせた親戚たちは、まず父親の遺影に目をやり、続いて喪主席に並んで座っている三人の娘に目をやると、決まってこう言った。二番目がお父さんにそっくりだな。切れ長の目といい、尖った顎といい、次女は自分でも父親によく似ていると思った。だが、外見だけでなく性格や行動まで似ているという意味なら、父親にそっくりだという人々の言葉にすんなり同意することはできない。次女がシニカルで疑り深いタイプだとすれば、父親は何事にもおおらかな人だった。次女が現実的なら、父親は空想的だった。次女は二〇歳を過ぎて独立した頃から、親としての父を尊敬したり理解しようとしたりする努力をやめた。父のほうもいつの頃からか、娘たちの前でかっこいい父親であろうとする努力を放棄したように見えた。

次女は、最初から父を冷笑の対象として見ていたわけではない。幼い頃は、いちばん似ている娘というだけあって、父にいちばん懐いていた。父も、遠方の親戚の家を訪ねる用事ができたときや、たまに夜釣りにいくときなどは、決まって次女を連れていった。次女が、生まれて初めて花を手折《たお》って捧げた男性は父だった。釣り針に餌のゴカイをつける方法を教えてくれたのも父だ。夜空でオリオン座を見つける方法を教えてくれたのも父だったはずだ。その頃の父は、幼い次女にとって一種の宗教だったのだ。背教は突如として起こった。

どの家にも電話帳があった当時、姉妹の家にはときどき「教授」宛に電話がかかってきた。国立大学の教授だというその人物は父親と同姓同名で、よりによって姉妹の家からそう遠くないところに住んでいた。初めてその電話がかかってきたとき、次女は、父親とまったく同じ名前の人がこの世に存在するということ自体に興味を覚えた。しかも教授だなんて。次女はいつしか教授という職業に憧れるようになった。将来の希望を書く欄に「国立大学の教授」と書くようになったのも、たしかその頃だ。

中学生だったある日、試験期間中でふだんより早く帰宅したときのこと。誰もいない家の空気の密度はいつもとは違っていた。よそよそしい静寂を破って電話のベルが鳴った。相手は、くだんの国立大の教授は在宅かと聞いてきた。なぜだったのだろう。次女はいつものように「おかけ間違いです」と答えはしなかった。あ、父は今家にいません。セミナーがあってオーストリアに行っています。一週間くらいしたら帰ってきます。どなたからだとお伝えすればいいですか？　声のトーンはいつもより少し高く、やけにハキハキしていた。相手はまたかけ直しますと言って電話を切った。どこからか空気を揺らす信号音が聞こえてきて、同時に、次女の心臓は激しく打ちはじめた。次女はセミナーが何なのかよく知らなかったし、オーストリアという国にも何の関心もなかった。ついには全身が震えだした。その夜次女は、九時のニュースを観ている父親の後頭部を睨みつけた。どうしてお父さんはセミナーに出席する国立大の教授ではないのか。どうしてお父さんには古い本の匂いのする書斎がないのか。誰よりもすらりとハンサムで、スーツもよく似合い、柔らかな重低音の声まで持っているあの男の人は、どうして国立大の講義室に出勤しないで、ああやってパジャマ姿でテレビばかり観ているのか。学年が上がるたびに親の職業欄に「無職」という絶望的な二文字を書かせておいて、どうしてあんなにのんきな顔で干しダラをムシャムシャ噛んでいるのか。

親類一族数多《あまた》おり富貴栄華を極めていても
死にゆく道では誰一人として力にはなれぬ

その日も三女は、子どもを幼稚園に送ったあと韓医院（東洋医学の中でも韓国で発達した韓医学をもとに治療する医療機関）に行くというスケジュールで一日をスタートした。右肩から始まった痛みは、背中や腰を経ていつしか骨盤上部にまで達していた。韓医師は、やはり普段の姿勢によるものだろうと言う。温熱パッドや吸い玉をはじめ、さまざまな物理治療機器が三女の身体をほぐしてくれた。感情を持たない機器だけが全力で彼女を慰めてくれた。まるでハリネズミのように銀色の細い鍼《はり》が右半身にぎっしり刺さった状態でウトウトしかけたとき、枕元の携帯電話が鳴った。長女だった。姉妹は仲良く電話をかけ合うような間柄ではない。会えばすぐに打ち解けておしゃべりするくらいには親密だったが、用もないのに電話をかけてくることはなかった。この時間に長女が電話をしてきたというだけで、三女は不吉な予感がした。背中の銀色の鍼が振動する。電話に出ると、長女はひどく沈んだ声を出した。予感は間違っていなかった。父は冬のあいだ入退院を繰り返していた。なに？ なんなのよ？ 三女はやみくもに怒鳴ることで不安な気持ちを抑えつけた。早く言えと迫りながらも、その実、恐ろしいことは何も言ってくれるなという脅迫。静かだった治療室が騒がしくなり、看護師が飛んできた。三女は小さな携帯電話を握りしめ、しきりに怒鳴り散らした。早く言いなさいよ！ 泣いてないで！ むしろ怯えていたのは看護師だった。看護師は大急ぎで三女の背中や腰の細い鍼を抜いていった。慌てて服を着て治療費を投げつけるように支払い、駐車場へと走っていくあいだも、三女は泣かなかった。一刻も早く行って姉さんを懲らしめてやるんだとばかりに、思い詰めた顔で病院まで車を運転した。その後、葬儀場で喪服に着替える段になってようやく、三女は肩先に刺さったままの銀色の鍼を発見した。白いシャツに丸く血の跡がにじんでいた。

この世に初めて来たりしとき霊魂は何者だったのか
娑婆の一生を終えて旅立っていくのは何者なのか

考えてみたら、わたしたち今日、完全にとんちんかんなことをしてたわけよ。お父さんが寺に通ってるの見たことある？ 長女はビールを三缶とも飲み干し、顔は真っ赤になっていた。そして徐々に姿勢が崩れてきたかと思うと、ついには次女のカバンを枕に寝転がった。寺に通っていたのは姉妹の母親だった。母は娘たちの誕生日が近づくと、必ず寺を訪ねて祝願燈（願いを込めて奉納する提灯）を吊るした。おまえたちが何事もなく生きてこられたのは全部お釈迦さまのおかげだよ。母は口癖のように言っていた。姉妹は、暗い道に差し掛かるたびに、母の灯した五色燈が遠くでほのかな光を放ち、自分たちを導いてくれると信じようとした。三人とも信仰はなかったが、誰かが自分を心配し守ってくれていると思うと、とても心強く感じた。だから父の四十九日法要を営むのも当然のことだった。出棺から葬儀、葬儀後三日目の祭祀まで終えたあと、姉妹は母がいつも通っていた寺に連絡した。高齢の尼僧が弟子ひとりを抱えてなんとか切り盛りしている、へんぴな場所にある小さな寺だった。老僧はしばらく考えたあとようやく母のことを思い出し、父の訃報を聞くなり反射的に南無阿弥陀仏、観世音菩薩と唱えて嘆息した。そしてその同じ口で、すらすらと四十九日法要の費用を告げた。

肉体を持つ者には影がついて回るように
生涯生きていれば罪と無縁とは言えまい

風がしだれ桜の木を揺らすと、花びらがはらはらと舞い落ちた。映画のワンシーンのような光景を前に、姉妹はしばし現実感覚を失った。きれいね。ポムが言った。はかない美しさね。ヨルムが返した。二人の姉たちはカウルのほうに顔を向け、彼女の言葉を待った。だが、三女の口からはまったく予想外の言葉が飛び出した。言った本人すら驚くような。

キョウルは元気にしてるかな？
長女と次女は目を大きく見開いた。突拍子もないことを聞いた、というように。不吉な言葉が吐き出された、というように。キョウルという名前が飛び出した瞬間、姉妹は、この冬の終わりから今日まで四十九日間、少しずつ積み上げてきた哀悼の念がガラガラと音を立てて崩れていくさまを見たような気がした。

なに言ってるの？ 長女はとりあえずごまかした。キョウルって？ 次女はとぼけようとした。姉妹が互いをポム、ヨルム、カウルと呼びはじめた頃、三人は程なく、四季のひとつが欠けた不完全な状態であることに気づいた。父の願いどおり母が四人目を産んであげていたらどうだっただろう、と想像してみたりもした。四季が滑らかに巡っていくには「キョウル」が必要だった。姉妹はいつも、「キョウル」の代わりになってくれるものを見つけ出した。クリスマスプレゼントにもらった人形が「キョウル」になったり、父がどこからかもらってきた子犬がしばらくのあいだ「キョウル」と呼ばれたりもした。母が大事に育てている庭の牡丹の花が咲けば「キョウル」と声をかけ、台風のたびにガタガタと勝手に開くドアにも「キョウル」と呼びかけた。母がポムにおつかいを頼むと、ポムはヨルムに、ヨルムはカウルに押しつけて、カウルはそばにある適当な物に向かって、キョウル、おまえが行ってきなさい、と言ってみんなで大笑いする、というのが一時期この家のブームになっていた。キョウルは、従順な末っ子、冗談のネタ、ゴミ箱、頼りになる人、そんな存在だった。

父が連れてきた子は三女よりもずっと幼かった。男の子で、顔だけは次女にそっくりだった。父がバツの悪そうな顔で紹介したその子の名前には「冬」の字が入っていた。姉妹はその場で動けなくなった。ただでさえ既にしおしおと痩せ衰えつつあった母は、すっかり寝込んでしまった。父は手ずから薬を煎じて母に飲ませてやった。娘たちはしばらく父と口をきかなかった。ろくに目も合わせなかった。けれど男の子とは家のあちこちで顔を合わせた。家じゅうに男の子をまき散らしたかのように、避けようがなかった。卑怯な父は甲斐甲斐しく母の世話をしながらも、自分が連れてきた男の子には知らんぷりだった。男の子はすぐに口の周りやシャツを汚した。姉妹はそれぞれのやり方で男の子の面倒を見た。

キョウルが姉妹の家で過ごした期間は実際どれくらいだったのだろう。キョウルがいなくなったあと、姉妹は一度も彼のことを口にしなかった。たまにふと、その小さな頭や、柔らかなほっぺを思い出すこともあっただろうけれど、そのたびにギクリとして、雑草を引っこ抜くように記憶から追い出した。姉妹はそれぞれ独立する際、キョウルに関する記憶は実家の屋根裏部屋に放り込んできたと思っていた。だから、もう思い出すこともない記憶だと。いや、それは嘘だ。姉妹はそれぞれ思いがけないときに、思いがけない場所で、思いがけない人物を通してキョウルと対面したことが、少なくとも一度はある。

長女の記憶は、ひよっこの新米教師だった二〇数年前にさかのぼる。当時彼女は、男子高の、粗暴で無礼な男性ホルモンの塊たちを相手に常に疲労困憊していた。男子生徒たちは彼女の授業を遊びの時間だとナメていた。彼女は、授業は聞かなくてもいいからどうか騒がしくしないでほしい、隣のクラスの先生から授業の妨げになると抗議されませんようにと、いつも祈るような思いで授業に臨んだ。いわゆる「問題児クラス」で授業がある日は、朝から胃けいれんが起こるほどだった。そのクラスには、いつもふんぞり返って、タチの悪い冗談を口にする生徒がいた。その日は冗談の度が過ぎ、彼女はついに堪えきれず声を荒らげた。指示棒を高圧的に振り回しながら、その生徒を教卓の前に呼びつけた。きつい言葉も浴びせた。生徒たちは、このひよっこがいったいどうしようってのか見てやろうじゃないか、という興味津々の顔で一斉に注目した。その生徒は、さっきまでの威勢のいい表情はどこへやら、すっかり怯えきっていた。まるで虐げられている無垢な子どもにでもなったかのように。卑怯なやつめ。怒りが情けなさに変わった。手のひらを出しなさい。一〇回だけ叩くつもりだった。節度をもって、リズミカルに、権威的に、一〇回だけ軽く叩いておしまいにするつもりだった。学級委員が席から立ち上がった。先生、その子はダメです。そして前に出てきて、教卓の隅に貼ってある小さなメモを指した。特に注意を払うべき生徒のリストだ。一番上にくだんの生徒の名前があり、その横のカッコの中に理由が書かれていた。血友病。顔を上げると、その生徒が、やっとわかったかというように口の端を上げてニヤニヤしていた。彼女は思わず一歩踏み出し、生徒の頬を張った。彼がふらっとよろける様子を目にしたときの惨憺たる気持ちと、右腕に打撃の感覚が伝わってきたときの快感が同時に押し寄せた。既にうずくまっている生徒の頬をもう一発張った。続けて一発。さらにもう一発。生徒たちは悲鳴をあげた。血が出てる！床に倒れた生徒が両腕で顔をかばいながら彼女を見上げた。難病を患う気の毒な生徒、ケガでもしたら大変だからと体育の時間も思い切り走れないかわいそうな生徒が、そこにうずくまっていた。ヌナ（弟から姉への、または男性から親しい年上の女性への呼称）、ごめんなさい。キョウルはハサミを握ったまま許しを請うた。床には、彼女が何日もかけて仕上げたフランス刺繍の作品が、ズタズタに切り刻まれた状態で落ちていた。翌日提出しなければならない家庭科の宿題だ。そこにハサミがあったから手に取り、布があったから切ってみただけ、けっして彼女をひどい目に遭わせてやろうとわざとやったのではない、という純真無垢な瞳が彼女を見上げていた。先生、ごめんなさい。病院に行かせてください。生徒は口元の血を拭いながら泣き叫んだ。ヌナ、ごめんなさい。キョウルは最後まで泣きはしなかった。キョウルの真意は充分理解できたが、それでも彼女の怒りは収まらなかった。夜通し宿題を手伝ってくれる健康な母親がいないことに腹が立ち、このいたいけな子どもを許してやってくれという表情でみんなが自分を見ていることが我慢ならなかった。キョウルの手からハサミを取り上げ、わなわなと震え、一度深呼吸をしたあと心を決めた。左手でキョウルの髪をひとつかみ握り、右手で頭皮近くにハサミの刃を当て、ジャキッと切った。髪の毛が切れたときの独特の感覚が右手にそっくり伝わった。キョウルのズボンの裾から黄色い液体がツーッと流れ出てきた。

三女も、思いがけない場所でキョウルの記憶と対面したことがある。その頃彼女はひどい熱病に冒されていた。人生のある「トンネル」を通過している最中で、すべてのトンネルがそうであるように、息苦しく、周囲がぼんやりかすんで見えた。ともすると心のかけらをあちこちに落としながら歩き、さっき失くしたのとまったく違うかけらを拾ってきたりもした。夫がヨーロッパに出張していたときのことだ。夏の夜だった。子どもを寝かしつけ、夜の街に出た。どこかで酒を飲み、気がつくと、知り合ったばかりの男と寝ていた。自分よりうんと若い男だった。居酒屋を出て、ふらつく足で一緒にタクシーに乗ったのだが、男はモーテルやホテルではなく自分の家に彼女を連れていった。同じような外観のワンルームマンションが並ぶ、見知らぬ町。男の部屋はこざっぱりしていた。スカンジナビア風のベッドで二人はゆっくりと身体を探り合った。実は二人は、居酒屋でもタクシーの中でも、それほど多くの言葉を交わしたわけではない。たまたま相席し、たまたま酒を飲み、たまたま一緒にタクシーに乗ったままだ。互いに名前も年齢も知らないのに、二人は付き合いの長い恋人同士のようにリラックスしていた。

夜が明ける直前、彼女は目を覚ました。酔いが完全に覚めると、子どもが既に目を覚まして泣いているのではないかと、急に怖くなった。急いで服を着た。男は眠っている。一瞬、男の名前や電話番号を知りたいという欲望に駆られたが、そうすべきでないこともよくわかっていた。早くこの家を出て暖かいわが家に帰らなければと自分に言い聞かせた。もう、たった一晩で恋に落ちることがあると信じてしまうような歳ではない。玄関で靴を履いていると、背後から男の声が聞こえた。

ヌナ。

眠気の残るその声に、心臓がドキリとした。はるか昔の声が思い出された。ヌナ、行かないで。その頃彼女はキョウルと同じ部屋を使っていた。だが夜が更けると、二人の姉の眠っている部屋へとこっそり移動した。その日もいつものように枕を抱えそっと部屋を抜け出そうとした瞬間、背後から怯えきったようなキコウルの声が聞こえてきた。ヌナ、行かないで。ぼく怖いよ。彼女は枕を落としそうになるほど驚いた。幼いキョウルがその時間まで眠っていなかったことにも驚いたし、自分を引き止めたことにも驚いた。彼女は一瞬迷った。知らんぷりして姉たちの部屋へ行くのか、そのまま布団の中へ戻るのか。姉たちか弟のどちらか一方を選ばねばならない決定的な瞬間のように感じられた。賽は投げられた。彼女は振り向いて、幼いキョウルの前にひざまずいた。そして、できるだけ低い声で命令した。目をつぶりなさい。キョウルはその幼い瞳をさらに大きく見開いた。早く目をつぶりなさい。さもないとこの家から追い出してやる。キョウルはギュッと目を閉じた。ちょっとでも声を出したら、ただじゃおかないよ。彼女は厚い布団をキョウルの頭の上まで引っ張り上げた。それだけでは安心できず、手にしていた枕をキョウルの頭の上に載せた。動くんじゃないよ。

男がベッドから起き出してきた。顔はカサカサで、目も半分閉じたままだ。ヌナ、行くの？　彼女は靴を履きながらうなずいた。ちょっと待って。男はクローゼットから服を一枚持ってくると彼女に着せ、ファスナーを上まで上げてフードまで被せてくれた。朝早いから冷えるよ。ぶかぶかの服からは柔軟剤の匂いがした。じゃあ、気をつけて、ヌナ。彼女は最後まで何も言わず、その家を後にした。大通りまで出てタクシーを拾い目的地を告げたあとようやく、男が、あれほど優しく振る舞いながらも彼女の名前や電話番号を聞きたそうにする素振りは一度も見せなかったことに気づいた。そして、脇腹に刃物が差し込まれるような痛みを覚えた。それは手痛い失恋だった。昔、ある日学校から帰ってきて、キョウルの痕跡が跡形もなく消えているのを発見したときの感覚とも似ていた。彼女は男が着せてくれたパーカーを捨てなかった。

しっかりしてよ。次女が勢いよく立ち上がった。今日何の日だと思ってるの？　次女はなじるような目で三女を睨みつけた。古井戸をむやみに覗きこんではならないことを、彼女は誰よりもよく知っていた。彼女とて、とりわけ自分と顔が似ていたその男の子を思い出したことがないはずはない。昨冬の父親の葬儀の場でも、彼女は、弔問客の中に自分とそっくりの男が紛れ込んではいないかと目を皿のようにして探していた。黒いスーツ姿の男が疲れた顔をしてそっと訪ねてきて、隅の席で黙々とユッケジャン（弔問客に振る舞われる牛肉スープ）を口に運んでいる姿をずっと思い浮かべていた。そのせいで、葬式のあいだじゅう、心置きなく泣くこともできなかった。今日の四十九日法要のあいだも、しきりに別のことを考えてしまう自分と格闘していた。今日は父が、姉妹の父親という、この世での自我を捨てて別の世界へと永遠に旅立つ日なので、父のことだけに集中するのが道理だ。老僧の読経や木魚の音、若い僧侶のバラ（シンバルのような打楽器）の音が響き渡るなかでも別のところへ向かおうとする意識を、必死でつかまえようとした。息を引き取ったあと、徐々に冷たくなっていったそのか細い腕は、幼い彼女を後ろから抱きかかえ自転車に乗っていたあの力強い腕と同じだということを忘れまいとした。取るに足らぬものゆえ執着するなと発願文が説くその肉体は、実は、彼女をつくった始まりであり終わりであったことを、痛みとともに胸に刻んだ。最後の息を吐き出し、永遠の眠りについた父の肉体は重かった。もう生まれてきたらダメだよ。それが父にかけてあげられる最大の愛の言葉だった。老僧が用意してくれた父の紙の服を燃やしながら（おもに遺族が故人とのこの世での因縁を整理するという意味で、生前着ていた服や焼却用の紙の服を四十九日に燃やすことがある）、春の大気の中に白い灰をはらはらとまきながら、彼女はその日、自身の幼年時代と永遠に決別した。同時に、ある寒い冬の日、雪が凍りついた路地に子羊一匹を置き去りにしてひとりで逃げた記憶も永遠に空へと見送った。お父さん、わたしの罪まで持っていって、もう生まれてこないでね。

散策路には、徐々に人が増えてきた。大型犬を連れて歩く女性が三姉妹にチラリと目をやった。登山服姿の老人は聞こえよがしに舌打ちをした。姉妹は春の日差しの下、赤らんだ顔でシートの上にほとんど寝そべっていた。午後が、舟のようにたゆたいながら西に向かって流れていく。

少し離れたところで、人々が足を止め小川の周りに集まりはじめた。人だかりはどんどん大きくなる。騒がしい声も聞こえてきた。三女が最初に立ち上がった。人垣を掻き分けて小川の様子を見てきた三女は、早く来てと姉たちに手招きした。長女はすぐさま立ち上がり、次女はひどく億劫そうな顔をしながら立ち上がった。

近くから見下ろした小川は思いのほか浅かった。春の渇水だ。最初は、みんなが何をそんなに真剣に見ているのかわからなかった。隣に立っていた赤い登山服姿の中年女性が指を差す。あそこ、あそこの黒いの。浅瀬の真ん中で大きな魚が一匹じっとしていた。こんな小川では見かけない観賞用の巨大な鯉だ。あんなのがどうしてあそこにいるのかね？　小さなプードルを抱いた老婆が舌打ちをした。近くの湖水公園で飼ってたのがここまで流されてきたんだろ。別の老婆が訳知り顔で言った。死んでるんじゃないのか？　いやいや、ヒレが動いてるじゃないか。でも、ありゃすぐ死ぬね。背中が乾いて死んじまうよ。老婆の言うとおり、魚の背は浅い川の水の上に出ていた。エラ蓋の下のほうでかろうじて水を取り込んで呼吸しているようだ。ああ、かわいそうに。プードルを抱いた老婆は何度も舌打ちしながら、誰かちょっとなんとかできないのかね、というように周囲を見回した。スイスイと前に泳いでいくことも、流れに逆らって進むこともできない様子は、まるで罠にかかった獣のようだった。赤い登山服姿の女性がいきなり一《ハナ》、二《ドゥル》、一《ハナ》、二《ドゥル》とジョギングを始めると、ほかの人たちもひとり、またひとりと立ち去っていった。結局、姉妹と、プードルを抱いた老婆だけが残った。体の大きさのわりにやけに小さく頼りなげな胸ビレが、水の中でせわしなく動いている。

　三女は急に靴を脱ぐと斜面を下り、小川の中に入っていった。長女と次女が止める間もなかった。三女は魚のいる川の真ん中に向かって、両腕を大きく動かしながら進んでいく。ちょっと、気をつけて。長女が声をかけた。三女は魚のそばまで来て初めて、その大きさを実感した。魚は思っていた以上に大きく、どす黒い色をしていた。ついさっきまで、痛々しく気の毒に思えていたのに、三女の細く白い腕と比べるとグロテスクに感じられた。三女は少しためらっていたが、やがて意を決したように両手で魚の体をつかんだ。ところが魚はあっという間に三女の手をすり抜け、バタバタと身をくねらせたかと思うと、遠くへバシャンと落ちた。見物していた人たちは一斉に嘆声をあげた。魚が落ちた場所は水深がさらに浅く、ゴツゴツした岩まである。さっきまでと違って、魚はしきりに身をばたつかせた。何度も腹を見せてひっくり返り、明らかにせわしなくエラ蓋を動かしている。あーあ、なんてこと！　プードルの老婆が大きな声で嘆いた。ちょっとなんとかしてあげなさいよ。三女は魚のほうへと身体を動かしたが、バタバタと暴れる魚の勢いにたじろぎ、その拍子にバランスを崩して水の中に尻もちをついた。今度は誰も嘆声をあげなかった。プードルの老婆はふいとその場から立ち去った。三女は声を上げて泣きはじめた。通りかかった人たちはその光景を目にして決まり悪そうにしたが、誰も三女を助けにいこうとはしなかった。まったく、もう知らない。知らないよ、もう。長女はその場にしゃがみ込み、子どものように泣きはじめた。次女は困ったような顔で、すぐ隣の姉と、川の中でうずくまっている妹を代わる代わる見つめた。野次馬はたくさんいたが、足を止める人はいない。もう、二人ともいい加減にしてよ。みっともない。次女が癇癪を起こした。あーもう最悪。はいはい、全部わたしが悪いんでしょ。もういい加減にして！

三女の身体からは生臭い匂いがした。長女がいつも自動車のトランクに入れている学校の体操服に着替えても、匂いは消えなかった。ビールを一本しか飲んでいない次女がハンドルを握ることになった。いちばんたくさん飲んだ長女は助手席のシートを完全に倒して横になった。ひとり後部座席に座った三女は、脱いだ服にこびりついている水苔をウェットティッシュで拭き取っていた。陰のない屋外の駐車場だったので車内は蒸し風呂だ。姉妹は急に、何もかもがどうでもよくなった。

エンジンをかけカーナビをあれこれいじっていた次女が、隣で目を閉じている長女を揺すった。ちょっと、カーナビ入力してよ。長女は面倒でたまらないという顔で上半身を起こすと、ヒステリックにナビを操作した。もうちょっとだけ辛抱しなさいよ。やることがまだ残ってるでしょ。後部座席の三女がわざとたしなめるような口調で言った。うるさい。長女はぴしゃりと返した。そう、今日やることはまだひとつ残ってる。次女は心の中でつぶやいた。柄にもなく今日はしゃべりすぎたと思った。カーナビのスピーカーから音声が聞こえてきた。エベン・エゼル療養病院、ルート案内を開始します。車はヨロヨロと駐車場を後にした。

誰もいない家

身体が開けられるんだな。仰向けに横たわった身体の上を冷たいメスがYの字を描きながら動いていく。痛みはなくひんやりした感覚だけがあることからすると、どうやらカデバ（解剖用死体）になったらしい、とニョンは推測する。一生、人の死体なんぞいじりながら生きていくつもりかね、という母親の非難めいた言葉が呪いになったのだろうか。数年前、キャンペーンの一環として、新聞記者を呼び集め、同僚の教授たちと献体誓約書にサインをして記念写真を撮った記憶も蘇る。既にニョンの身体には、両肩に始まり胸骨まで斜めに下りてきて、腹部を経て恥骨まで垂直にまっすぐ伸びるメスの跡ができているはずだ。続いて誰かの手がYの字の縦棒部分をかき分けるように入ってきて、ニョンの身体を押し開くのだ。四〇歳を過ぎた頃から腹のぜい肉が増えたので、その誰かの手は、ベタつく黄色っぽい脂肪の処理に手こずるかもしれない。そう思うとニョンは小気味よい気分になる。解剖学の教授として働いているあいだ、どれほど多くのカデバがニョンの手を経ていっただろう。メスを握った手にしきりにまとわりつくヌルヌルした脂肪は、解剖学の実習において厄介な存在のひとつだった。時には冗談めかして、やれやれご老人、こんなにぜい肉をため込んじゃって、と遺体に向かってつぶやくこともあった。今ごろこの手の主《ぬし》も、ニョンの黄色っぽい脂肪に向かってまったく同じ皮肉をつぶやいているかもしれない。やれやれ教授さん、あなたこそこんなにため込んじゃって。

目は開かないものの身体の感覚だけははっきりしてきている。それにしても、いつの間に死んでカデバになったんだ。これでも医大の教授で、医師免許まである科学者だというのに、こんなにまざまざと死後の世界を経験してもいいのか。常日頃、唯物論者や合理主義者を自負していた身としては、なんだか決まりが悪い。顔がほのかに火照ってくるのを感じる。いや待てよ、カデバも顔が火照るのか？　ホルマリン漬けにされたタンパク質の塊が？　そこまで思い至ると一瞬で嗅覚が蘇り、刺激的な匂いが鼻につく。知っている匂いだ。ニョンは、脳のシワの奥深くに保存されているさまざまな匂いの記憶を素早くたどってみる。爽やかな揮発性のこの感じは、メンソール。誰かがメンソレータムローションを使っている。嗅覚が戻ると触覚まで蘇ってくる。誰かの手がニョンの身体を「揉んで」いる。肩に始まり胸を経て恥骨へと続く、無駄のない手つき。筋肉の流れを正確に把握してニョンの身体を撫でている。人間の身体を知り尽くしている手だ。その瞬間、現実感覚がサッと押し寄せて、断片的な記憶の泡沫をニョンに浴びせた。チクリとニョンの皮膚を突き破って入ってきた鋭い注射針。小さなガラス瓶に入っていた乳白色の液体。見知らぬ部屋へとニョンの背中を押すK。カデバになったんじゃないんだな、と思った瞬間、ようやく目が開いた。水蒸気の立ち込める空間の天井に、星屑をちりばめたように小さな電灯が埋め込まれている。睡眠麻酔から覚めて最初に目にする風景がお粗末な疑似夜空とは、Kの美的感覚に拍手を送りたくなる。ここに横たわって死のような眠りに落ち、やがて目を開けた人たちは、あの作り物の夜空を目にして、ついに天上の世界に来たんだな、と感激したりするのだろうか。黒装束の冥土の使者を描いておくよりはマシかもしれない。ちょっとしたことですぐ死にたくなるけれど実際に死ぬ勇気はなく、目覚めることが保証された「死の真似事」をする人たちが、Ｋの裏の顧客なのだろうから。だがニョンはこうして目覚めてしまったことを、なぜか残念に思っている。

天井を見つめていると女の顔が視界に入ってくる。先ほどニョンの腕に睡眠麻酔剤を注射した女かどうかはよくわからない。とにかく女はせっせとニョンの身体を揉んでいる。まずそのカデバの匂いから落とせよ。Ｋはまるで弟を憐れむような顔でニョンをこの部屋に押し込んだ。解剖室で長く過ごしていると特有の匂いが身体に染みつくのだ。腐敗を防ぐため太ももや首の後ろの血管から全身に注入されるホルマリンと、それでも進んでいく腐敗とが相まって放つ独特の匂い。他を圧倒するその強烈な匂いは、服や髪の毛の一本一本にまで染みついて取れない。解剖学者になってからニョンはその匂いにも慣れてしまったが、初めて会う人たち、特にニョンの職業を知らない人たちは、なんとも形容しがたいその匂いに当惑した。握手をしようと手を差し出したものの、匂いの襲撃に驚いてキョロキョロと目を泳がせる人もいた。妻の陣痛が始まったときも、ニョンは家に寄って髪と身体を二回ずつ洗ってから病院に行き、赤ん坊のへその緒を切った。赤ん坊を病院から家に連れ帰った日、義母は、職場から帰宅したニョンの身体に塩を撒いた。子どものためだから理解してちょうだい。どうも気味が悪くて。

Kに背中を押されて入った部屋は、小さいながらも高級なサウナのような空間だった。美容皮膚科の片隅にこんな密室が隠れていたとは。ニョンはKの手腕に内心驚いていた。医大生時代、成績はビリだったKが同期の中で稼ぎ頭になったのも、こうしたセンスのおかげだろう。とりあえずシャワーブースで髪を洗い、何かの花びらを浮かべてある浴槽に身を沈めていると、ユニフォーム姿の女が入ってきた。女は、浴槽から上がったニョンの濡れた身体にガウンを着せ、ベッドに案内した。ニョンは、こういう場にはさも慣れているかのように、いかにも平然と振る舞った。ベッドはふかふかで、室内は心地よい温かさだった。女は小さなガラス瓶に注射針を刺し、乳白色の液体を吸い上げた。Kのやつめ、こんなことでも金を稼いできたんだな、フッと笑いが漏れた。ひと眠りしていただきます。女は腹話術師のように口をほとんど動かさずに言った。女と目が合った瞬間、眠りに落ちたのだった(韓国では、本来麻酔薬として使用される薬物の乱用が芸能界や富裕層などで広がり、社会問題となっている)。

睡眠麻酔剤を打った女と同一人物かどうかわからない女が、ニョンの首筋を揉んでいる。カチカチに凝り固まり、常に怒りがみなぎっているニョンの首筋を。ニョンの筋肉を怒りでこわばらせるものはたくさんあった。カデバの前でクスクス笑いながら自撮りしまくる若い学生たち。解剖学の実習が始まってひと月もふた月も経つというのに新たな臓器と対面するたびに毎回えずきながら解剖室を飛び出していく、豆腐のような「軟弱メンタル」たち。三日に一度電話をよこし身体じゅうの痛みを訴えてくる義母。カデバに対する礼儀を守らない学生には容赦なく落第点をつけた。軟弱なメンタルを心優しさと勘違いしている愚か者には、頭蓋骨をノコギリで切開したり筋膜を除去したりといった、もっとも難しい作業をあえてやらせて応酬した。何かというとすぐに泣きついてくる義母には沈黙という罰を与えた。自分の娘には何も言えないくせに、どうしてわざわざ俺に。もしかするとニョンの怒りは、届かないところへ向けられているせいで首筋にどんどん溜まっていくのかもしれない。

首筋を揉んでいた女の手が、肩を経て胸へと移動する。もはやマッサージなのか愛撫なのかわからない。どこへ行くとも告げず外国を飛び回っている妻への怒りが湧き上がるとき、ニョンの筋肉は継ぎ目のないひとつの塊になったように、何をされてもほぐれなかった。生涯口にしたことのない罵詈雑言も飛び出した。あの思慮深かった妻はどこへ行ってしまったのか。では、愛してさしあげましょうか?　女の問いかけがニョンを現実に引き戻した。ニョンは荒っぽく女の手首をひっつかむ。思ったより細い手首だ。女はビクッと驚いた。もう少しだけ眠っていきます。ニョンの口から思いがけない言葉が飛び出す。睡眠麻酔剤なしで、もう一度深い眠りに落ちたい。ニョンは女の手を放す。女が内心ホッとしているのがありありと伝わってきた。愛なんてものはいらない、とニョンは思う。目を閉じる。ニョンの筋肉はマッサージや愛などといったものでは簡単にほぐれそうになかった。

女の身体が開く。立ったままいきんでいた女の股間から、生温かい水がどっと流れ出る。ひざまずいて女の股間を観察していたキュの顔に、血の混じった羊水が飛び散る。キュは手術用手袋をはめた手で何でもないように顔を拭った。ここは、立ったまま出産する女や羊水を浴びる医師の姿なんてちっとも珍しくないところだから。キュは大声でネモを呼び、急いで臨時ベッドを用意してくれと頼む。サバンナの真ん中に設置された臨時診療所では、命の危機に瀕している人から順に数少ないベッドを使うため、妊婦が地面に横たわって、あるいは階段の横に立って出産するのはよくあることだった。子を産むことは苦痛のうちに入らない。女は無事出産に成功し、キュの手によってへその緒を切られた男の赤ん坊は、滑らかな羊膜に包まれて、か細い泣き声をあげた。身体をきれいにした赤ん坊を抱かせてやると、一七歳の母親は真っ白な歯を見せてにっこり笑った。交戦がわずか三〇キロ先まで迫り、いつなんどき爆撃で命を失うかもしれないこの状況でも、母親になるのは良いことなのだろうかとキュは考える。運良く爆撃を免れたとしても、飢えや伝染病でいつ命を落とすかわからないこの不安定な時空間で、幼い命をどうやって守っていくつもりなのだろう。キュは幼い母親の蛮勇がむしろ羨ましかった。あの幼い女は、母親になるとはどういうことなのか、わかっているのだろうか。その瞬間、顔がカッと熱くなる。おまえはそれでも母親か？　遠くの爆音のように、キュの夫がなじる言葉が聞こえてきたのだ。あの純真無垢な女に嫉妬していたことを、キュは認めざるを得なかった。わたしに何の資格があって、あのいたいけな女に対して。「資格」は、キュをもっとも苦しめる言葉だった。

　昨日は中年の女が大きな腹を抱えて診療所を訪ねてきた。女が早口でまくし立てる言葉をネモが通訳してくれた。腹が大きくなってずいぶん経つのに赤ん坊が出てくる気配がない、動いている様子もないと言う。稽留《けいりゅう》流産（子宮内で胎児が死亡しているにもかかわらずそのまま留まっている状態）を疑い超音波で調べてみると、女の腹の中にあるのは赤ん坊ではなく、ガチガチに固まった腫瘍だった。女を説得してただちに手術を始め、すぐにでも学会に報告できそうな巨大な腫瘍を摘出した。そのまま放置していたら腫瘍はどんどん大きくなって女の命まで飲み込んでいただろう。問題は、女が麻酔から覚めたあとに起こった。意識が戻るなり赤ん坊の姿を探していた女は、医療スタッフが見せた腫瘍を目にした途端、泣き叫びながら、キュには理解できない言葉を浴びせた。怒りと恨みの言葉であるのは明らかだった。すんでのところで命拾いしたにもかかわらず、女は喜ぶどころか、腹に入っていたのが赤ん坊ではなかったという事実に絶叫した。女の罵倒の言葉をネモは通訳しなかった。キュも、通訳してくれとは言わなかった。蚊よけに女の頬に塗ってあった灰が、涙で黒く溶けて流れ落ちていた。女の黒い涙を前にして、キュはむしろ安堵した。この場所で、もっと耐えがたいのは微笑みだから。小型飛行機で緊急搬送されてきた五、六歳の子どもは、爆撃にやられ手首の切断手術を受けながらも、反対の手でキュの差し出した棒付きキャンディーを受け取ってにっこり笑った。その天真爛漫な笑顔と相対したキュには、その子の苦痛が、まるでホルマリン漬けの標本のように遠い存在に感じられた。辺りのどこに目を向けても、匿名の苦痛、没個性の苦痛が無秩序にその身をさらけ出していた。

火を噴くような真昼の暑さが和らぐと、細かく砕いた氷のかけらのような星が夜空にちりばめられる。テント前のテーブルにしばし腰を落ち着け、一杯のコーヒーを飲みながら星を見上げるこの瞬間だけは、交戦がすぐそこまで迫っているという噂も、診療中に命を落とした負傷者の数も、ひととき忘れられた。

ドクター、コーヒー一杯くれる?

現地人の看護師ネモが隣に座る。ネモは、キュが韓国から持ってきたスティックコーヒーをとても気に入っていた。

タダじゃダメ。

羊を一頭あげるよ。

いつくれるの?

内戦が終わったら。

この国の内戦が終わったとき、キュがネモからもらう羊は二三頭。キュは、平和が訪れたこの国で羊を飼いながら暮らす自分の姿をしばし想像してみた。目の前がぼんやりかすむ。

ネモが、ズズッと麺をすするような音をさせてコーヒーを飲む。ネモとのコーヒータイムは、キュが好きな日課のひとつだ。今回のミッションに合流して初めてネモに会ったとき、彼は、キュの目には誰が誰だか見分けがつかない異国の青年に過ぎなかった。ネモという名前はユニークだとキュが言うと、うっすら予想していた答えが返ってきた。国籍だなんだといったものを一切拒み、潜水艦ノーチラス号に乗って海中で生きていく『海底二万里』のネモ船長。ネモは、「誰でもない」という意味のラテン語を自分の名前として使っていた。ぼくは何者でもありません、か。数十年も続く内戦で朽ちゆくこの国のネモは、何を拒みたくてみずからそう名乗っているのだろう？　だがキュの疑問をよそに、目の前のネモは緊張とはまるで無縁だった。まぶしいほどの白い歯を見せてただにっこりと笑う、おおらかな青年だった。

韓国人は結婚しようと思ったらどうするの？　持参金とかあるの？

そういうのはないけど、昔は、男が家を用意したら女が家財道具を揃えてた。

君は手ぶらで来てもいいよ。ぼくは羊を五百頭も飼ってるんだ。君に百頭はあげられる。

それってプロポーズなの？

うん。

キュは笑わない。ネモのプロポーズ癖はキャンプ内の皆が知っていることだった。女と見れば、医師だろうが看護師だろうがコーディネーターだろうが誰彼構わず、羊百頭をちらつかせてアプローチした。彼の言葉を真に受ける者はいなかった。五百頭全部くれるなら考えてもいいと言う者や、羊ではなくラクダをくれと要求する者もいた。どのみち、明日の不安をかき消すための暇つぶしであり、お互い承知のうえでの冗談だったのだから。

キュはネモが冗談を言うたびに、自分が家に置いてきたものを思った。ひっきりなしに運び込まれる患者や負傷者に対応していると、自分に帰る家があったことなどすっかり忘れてしまっていた。故郷とは、現実からしばし目を逸《そ》らしたときようやく意識にのぼる存在だが、この地での現実は一瞬たりとも気を緩めることを許さない厳しいものだった。アフリカに行ってツェツェバエに刺されちゃダメよ、と大真面目な顔で心配してくれた幼い頃のわが子の澄んだ瞳をキュが思い出すのは、ネモが羊をダシに結婚の話をするときくらいだった。

三カ月間の日程で再び荷物をまとめたとき、母は、キュの目の前でピクピクとまぶたを震わせた。七〇過ぎの老人の頬やまぶたが震えることくらい、よくある生理現象だとキュは思った。だが母はキュに向かって、おまえは、どこの誰だか知らない人は助けに行くくせに、自分の血肉を作った病める母親の苦しみには知らんぷりする天下の愚か者だよ、と罵った。鉛の玉を引きずっているように身体が重い、強風にはためく薄紙のように目の下がプルプル震える、糊をぶっかけられたように目の前がかすむ。母の並べ立てる苦痛はどれも身近で具体的だったが、キュの心ははるか遠くの抽象的な苦痛に向かっていた。そんなキュに軽蔑の表情を隠さなかった夫とは違い、母は罵詈雑言を浴びせながらも最後の一言だけは飲み込んだ。キュとしてはいつでも聞く覚悟ができている言葉。そのためキュは、この地の無秩序な苦痛に、時に心が押し潰されそうになると、母が飲み込んだ言葉をみずから口にした。わが子を死なせた女がよくしゃあしゃあと人の子を助けるだなんて……と。

ハリケーンが三〇キロ先まで迫ってきたらしい。

ハリケーンとは、交戦地域を意味するキャンプ内の隠語だ。ひとたび発生すれば、理念も利害関係もなくすべてを飲み込んでしまう突風。いくらハリケーンがキャンプの存在理由であるとはいえ、ハリケーンの直接的な影響圏に入ればキャンプも飲み込まれる危険性がある。人間は苦しむために生まれた存在ではないという信念のもと世界各地の紛争地域に医療チームを派遣してきた本部も、チームの安全が脅かされる場合は即刻撤収することを勧告していた。キュの所属する団体は、トップダウン型ではない、メンバー間の積極的な討論文化が根づいている組織なので、ハリケーンが近づいてきたらすぐに、キャンプを撤収するか否かの会議が開かれるだろう。このアドレナリン中毒者たちはちょっとやそっとの冒険には動じない度胸を持っているが、医療チームや入院患者、高価な装備が集中しているキャンプが直接的な攻撃対象になるのを望む人はひとりもいなかった。

三〇キロか。それって近いの、遠いの？

撤収を望む人には近いけど、残りたい人には遠いだろうね。

ネモ、あなたは？

君は、ぼくがどうしてここに来ていると思う？羊五百頭を置いて。

キュは、いきなり真剣になったネモの澄んだ瞳を見つめる。羊毛を刈り、羊乳を搾るネモの優しい肩が目に浮かぶようでもある。日に焼けた顔で羊百頭の世話をしながら暮らす自分の姿もぼんやりと浮かぶ。そこに、産婦人科の超音波室のモニターに映る胎児の輪郭がオーバーラップした。星のように瞬く彼らの心臓。元気《トゥントゥニ》、犬の糞《ケットンイ》（あえて賎しい胎名をつけると冥土の使者にさらわれず長生きするという俗説から）、恵み《ウンチョンイ》などの胎名で呼ばれる胎児たちは、キュの目には没個性の抽象体に過ぎなかった。あなた、うちの将軍《チャングニ》の心臓の音、ほら。雄壮《ウンジャン》、雄壮《ウンジャン》、雄壮《ウンジャン》って聞こえない？将軍みたいに立派な子になるのよ、きっと。あどけない妊婦が、そばに立つ夫の手を握りしめ、はしゃいだ声でそう言ったとき、キュの耳にはその音が銃声《チョンソン》、銃声《チョンソン》、銃声《チョンソン》と聞こえた。夫婦の放つ幸せのオーラに首を締められるような気がして、キュは思わず咳払いをした。妊婦は反射的に鼻と口を覆った。ますます他人の幸せが耐えられなくなっていた。キュはブルブルッと頭を振る。人の幸せを見るのが嫌で苦痛の地へと逃げてきた分際で、羊の世話をしながら暮らす穏やかな日々を願うなんて。何の資格があって。舌先にまとわりつくコーヒーの甘さがくどい。

あなたの羊は今誰が世話してるの？

お母さん。

悪い息子ね。

ネモはフッと笑った。

君の羊は誰が世話してるの？

わたしには世話する羊はいない。

だから、ぼくのところに来なよ！

熟した桃のように柔らかかった、わが子の頬が思い浮かぶ。ネモが、キュには意味のわからない歌を口ずさむ。英語でもフランス語でもない、聞き慣れない異国の言葉だ。どこから間違っていたのだろう。ネモの歌がぷつりと途切れる。遠くからかすかに砲声が聞こえてくる。苦痛が、ホルマリンの匂いを漂わせながら近づいてきていた。


君たちがお母さんのお腹の中にいるとき、ここに穴があった。

ニョンの言葉に学生たちは一斉に顔を上げた。ニョンの手には、七〇代の男性から摘出した心臓が載っている。

胎児のときは、血液は右心房から肺に流れていかず、この穴を通してダイレクトに左心房に流れ込む。胎児は、まだ呼吸をしていないのに酸素がたっぷり供給される。なぜかな？

学生のひとりが、お母さんの血液から酸素を取り込むからです、と大きな声で答える。

そのとおり。ところが、胎児は生まれ落ちて最初に息を吸い込んだ瞬間から自分の肺を使いはじめる。するとこの穴はいらなくなるな。じゃあどうなるか？

そしたら、閉じるんですか？

ある学生が質問に質問で返す。

最初の呼吸と同時に血液はすぐ肺に流れていき、数時間のうちに穴は閉じはじめる。一瞬で身体の循環系統に革命が起きるということだ。穴が閉じると、指紋のように人それぞれ異なる痕跡が残る。さあ、各自、カデバの心臓からその痕跡を探してみなさい。

学生たちは慌ただしく動きはじめる。何カ月間もカデバ一体を取り囲み、格闘するように解剖に没頭してきた彼らは、稀にこういう瞬間を迎えると、みずからの生命の起源でも探究するかのようにロマンチックな感傷に浸りだす。教師としては悪くない瞬間だ。ニョンの師事した解剖学の老教授はみずからを考古学者にたとえることもあった。スコップの代わりにメスを握り、人体の中から人類の起源を発掘する考古学者。ニョンは教授のそんなどうしようもないロマン主義を鼻で嗤《わら》ったものだった。今もその気持ちはあまり変わらないが、時折老教授の受け売りのフレーズを披露してやると、冷ややかな解剖室がひととき温かな空気に包まれたりもした。ある学生が右心房と左心房のあいだの穴の痕跡をいち早く見つけ、ニョンに示す。卵円孔。まだ柔らかい赤い粘土の上に、誰かが何気なく親指を軽く押しつけたような粗い指紋。身体に刻まれた遠い過去の記憶。廃棄の跡。

君の心臓にもこんな跡があると思うとどんな気分だ？

学生はただ肩をすくめるだけで、特に何も答えない。ニョンも昔はあんな表情をしていたのだろう。キュは違った。解剖学の実習でキュは誰よりも質問の多い学生だった。膵臓はどうしてそんな働きをするのですか？　この関節はどうしてこんなふうに連結しているのでしょう？　耳下腺はどうしてこの位置にあるのでしょうか？　無礼とももとられかねないキュの質問攻撃を、老教授は誠心誠意受け止めてくれた。老教授の目から見て、考古学に通ずる学問としての解剖学をもっともよく理解している教え子はキュだったはずだ。今よりもカデバの入手が困難だった当時、キュは、同じグループの八人ものメンバーをほとんど締め出すようにしてカデバを独占し、その中に入っていかんばかりの戦闘的な姿勢を見せた。女の子なのにえげつない、呆れる、キュに対する陰口がささやかれることもあった。

ニョンもカデバの前に立つと質問が多くなった。ホルマリン漬けにされ、目を閉じて仰向けに横たわるカデバを見ていると、解剖学とはまったく関係のない疑問ばかりが次々と浮かんかんだ。この男は死ぬまでに何回くらいセックスしたんだろう？ あのごつい手で人を殺したことはあるだろうか？ 遺体の個性がはっきり表れる顔や手は通常、ガーゼで覆い隠しておくが、ニョンは実習のあいだじゅうカデバの顔と手に注目していた。悪趣味だと、当時ニョンの恋人だったキュは言った。カデバの個性を見つけようとする行為は解剖室の礼儀に反すると。だがニョンは一年間の実習期間中ずっと、その悪趣味をやめられなかった。長期喫煙の痕跡がべったりと残る老人の肺や、ぽっかり空いていた中年女性の子宮のあった場所など、「人とは違う」ところを発見するたびにニョンは心の中で歓喜した。夜、ひとり暮らしのニョンの部屋で不器用なセックスを交わしていた年若い恋人は、ニョンのそんな告白に「人間は本来みんな違うもの」と大人びたことを言ってたしなめた。だが、ほかのグループのカデバの脇腹に錨《いかり》の模様の薄い入れ墨を見つけたとき、そっとニョンを連れていきその痕跡を見せてやったのはキュだった。悪趣味ですら受け入れてあげたいと思うような、愛のあった時代のことだ。

解剖学の実習が終わった日、学科で簡素な慰霊祭を執りおこなった。自分たちのメスによって原形を留めないほど切り刻まれたカデバに対して申し訳ない気持ちを抱いてみたり、生命とは何か、とあらためて哲学的になってみたりもする時間だった。鼻をすすりながら本当に涙を流す学生も何人かいた。キュは例の戦闘的な目で簡素な供え物を睨みつけ、ニョンは初めて、解剖学という学問はキュよりむしろ自分のほうが向いているのではないかと感じていた。

解剖学は「どうして」と問う学問ではない。我々はもとよりそういうふうにできておる。「どのように」できているのかを理解するのが解剖学だ。だからやたらと質問せずに、ただそういうものなのだと受け入れなさい。わかったね？

愛情溢れる老教授の視線がキュに向けられた。キュは戦闘的な目をしたままだった。今でもニョンは解剖学の実習が終わると、幼い学生たちに老教授の言葉をそっくりそのまま聞かせてやる。どうしてかと聞くんじゃない。ただ受け入れなさい。どうして卵円孔ができるのかと聞くんじゃない。どうして傷跡ができるのかと聞くんじゃない。それは傷に対する礼儀に反する。

ニョンとキュがそれぞれ解剖学者と大きな産婦人科の勤務医になって結婚生活を始めたとき、同期たちは、人間の誕生と死を司《つかさど》る、医学界の「アルファとオメガ」カップルの誕生だ、と囃し立てた。ニョンはそんな冷やかしが満更でもなかった。結婚生活は独りで歩いていた二人が出会い新たな宇宙を作っていくようなものだ、というニョンの考えと絶妙にマッチするニックネームだった。ニョンとキュの宇宙は盤浦洞《パンポドン》（ソウル南部の漢江（ハンガン）沿いに位置する、若い世代の富裕層が多く暮らすエリア）の一八坪のマンションからスタートし、亀裂はまったく予想外のところから発生した。

言ってみなさいよ。避妊の失敗か中絶のうち、産婦人科医にとって、より恥ずかしいのはどっち？

トイレから出てきたキュが、赤い線が二本くっきりと表示された妊娠検査用スティックをニョンの目の前に突きつけて聞いた。

それか、より恥ずかしくないのはどっち？　あなたならどうする？　ん？

深刻な状況であればあるほど意地の悪い態度をとるのは、キュの昔からの癖だった。相手に自分の心の内を絶対に見せてなるものかと精一杯武装した、あの悪ぶった顔。ニョンはそんなキュの前で、自分の子ができたことを心から喜ぶことも、当惑した素振りを見せることもできなかった。相手を隅に追い詰め身動きできないようにしておいて、「最悪」か「その次に最悪」のどちらかを選べと、まるで大きな恩恵でも与えてやるかのように振る舞うのは、キュの悪趣味だった。ワンはそうやって生まれた。産婦人科医にとって、より恥ずかしくない選択の結果として。

俺たちにとってたったひとつの大切な贈り物っていう意味で名づけたんだ。オンリーワン。ひとつ。漢字なら「円」。俺たちを円《まる》くひとつにつないでくれる宇宙。回復室で横たわっているキュは、綺麗事《きれいごと》は聞きたくないというように壁のほうに顔を背けた。隣に寝かされているワンがエエエエと、か細い泣き声をあげる。並外れて赤かったワン。こんなに真っ赤ということは、将来きっと色白の娘になるんだろうね。気まずかったのか、キュの母はなんとか雰囲気を和ませようとしていたが、キュはそのまま目を閉じて眠ってしまった。自分の子に知らんぷりするのは産婦人科医として恥ずかしくないのか？　喉まで出かかったが、ニョンは苦水を飲み込むように、きつい言葉をぐっと押し込めた。少なくともそのときは、そんなキュが恨めしくはあっても憎くはなかったから。

ワンの「アルファ」と「オメガ」は、どちらもニョンの手を経た。震える手でワンのへその緒を切ったのもニョンだったし、意外と震えない手でワンの最期の姿を整えたのもニョンだった。一年前、電話を受けて病院に駆けつけたとき、ワンは頭が砕けた状態でベッドに横たわっていた。うんと後輩の医師がおろおろしながら、搬送されてきたときは既に心停止状態だったと報告した。その瞬間、一六年前、エエエエと、か細い泣き声をあげていたワンの赤い顔がオーバーラップした。そんなワンに知らぬ顔をしていたキュの姿も思い出された。内圧を高め、抑えきれないほど膨れ上がった感情が、その場に居もしないキュに向かって爆発した。ろくでなしのクソ女！　みずから頭を砕いたのはワンなのに、気が狂いそうなほどキュが憎かった。ワンが一五階の屋上から身を投げた日も、キュはアフリカに行っていた。ニョンは外科の許可を得て、めちゃくちゃになったワンの身体をみずからの手で縫合した。医師会の韓国支部と国際本部を経由し現地キャンプを通じてやっと連絡がついたキュは、ニョンがワンの遺体を「整え」て、警察の調査を受け、葬儀を終えたあと、ようやく戻ってきた。正気を失いつつあるキュに、既に正気を失っているニョンが危害を加えるのではないかと心配したのか、キュの母はしきりに二人のあいだに立ちはだかった。ワンの身体を縫合しているとき、ニョンはひと針縫うごとに想像の中でキュの身体を刺したり切りつけたりしていたが、いざキュ本人と対面したときにはすっかり戦意を喪失していた。

どうしてだって？

キュがなんとか力を振り絞って口にした最初の言葉だ。

どうしてって聞くなよ。俺はそんなこと知らないから。

その日ニョンは、自分の中から二つの命がいっぺんに失われるのを感じた。

木を削って作られた男根は、思ったより精巧で滑らかだった。テントの中に村の女たちを集め、木の男根を使ってコンドームのつけ方、はずし方を教えるのがキュの役目だ。長引く内戦で身体的にも精神的にも不安定な現実のなか、この地の女性は、度重なる妊娠と出産、または流産で苦しんでいた。未熟児の出生率も高く、なんとか生まれた赤ん坊も栄養状態が悪く、生存率が顕著に低かった。彼女たちにとってコンドームは命を守ってくれる手段でもあった。だがキュの切実さが伝わらないのか、彼女たちは、キュが最初に木の男根を取り出したときから、一五歳の少女のようにクスクス笑って恥ずかしがるばかりだった。ネモが通訳を買って出ると、何人かは、男の人から避妊の授業を受けるのは恥ずかしいと逃げ出した。キュは彼女たちの無垢さが煩わしかった。いつ死んでもおかしくない状況で、どうしてそんなに無邪気な顔で笑っていられるのか理解できなかった。純真だからって何でも許されるわけじゃないのよ。ネモは、キュのトゲのある言葉まで逐一、通訳しなかった。いつまで経っても真剣な雰囲気にならない。ついにキュは声を荒らげた。ポコポコ産んで赤ん坊を死なせたくなかったらコンドームを使いなさいって！

ゆうべキャンプで会議が開かれた。ハリケーンはだんだん近づいてきている。キャンプを撤収するか否かをめぐる賛否は拮抗していたが、結局、撤収派が敗れた。いつ壊れるかわからない不安定な日常がまだ当分続くということだ。爆撃で手足が吹き飛ばされるかもしれない状況で女たちに避妊法を教えている自分のほうが、もしかしたらおかしいのかもしれない。ここでは、日常の中に危険が毒キノコのようにちらほら生えてくるのではなく、蔓延している危険の中に、日常が噂話のようにそっと忍び寄ってきては去っていくのだ。いつ撤収するかわからないキャンプの中で、心を込めて鉢植えの植物を育てる人もいた。苦痛の悲鳴が渦巻く場所にあっても自分の貴重な水を植物に分けてやり、青々とした葉を一日に何度も見つめる同僚医師の姿を目にするたびに、キュは、自分になかったものがなんだったのか、おぼろげながら気づかされることがあった。どこから間違っていたのだろう？夜になるとテントの中に身を横たえ、ワンがもがき苦しんでいたであろう苦痛の根源を探った。母親の目をまともに見られずそっと自分の部屋に入って鍵をかけていたワンに対し、見て見ぬふりをしたときから？　もっと幼かったワンを実家の母に預け、数ヵ月単位でよその国へ奉仕活動に行きはじめた頃から？夜中に目を覚まして泣くワンにどちらがミルクをやるかをめぐって、常に疲労困憊していたニョンとキュが互いを激しく憎み、いがみ合っていた頃から？　あるいは、生まれたての真っ赤な顔のワンをどうしても見ることができず顔を背けてしまったときから？　いや、それとも、妊娠検査用スティックに赤い線が二本くっきりと浮かび上がるのを見て、頭のてっぺんから冷水を浴びせられたように恐怖が全身へと広がっていったときから？

ニョンがワンの最期の姿を整えたという話をずいぶん後になって聞いたとき、キュは二人で一緒に受けていた解剖学の実習を思い出した。人体の普遍性を学ぶ解剖室でカデバの個性を見つけることに没頭していたニョンの姿を。女性のカデバの手の爪に剝《は》げかけたマニキュアを発見した日の夜、ニョンは執拗にキュの身体に潜り込んだ。ニョンが三回目にキュの中に入ってきたとき、彼女は背中をぴしゃりと叩いて、あなた変態なの？　となじった。キュは、ニョンが医大に進学したのはどう考えても間違いだと思っていた。骨の髄まで医者魂が染みついている自分と違って、ニョンはどうしようもないロマンチストだった。自分は絶対に唯物論者、合理主義者だと言い張っていたけれど、そのくせ、ワンのへその緒を切りながらおいおい泣いていたらしいじゃない。憐《あわ》れな人。そんなニョンにも知らないことがあった。生まれたばかりの赤ん坊をついぞまともに見ることができず、ずっと目を閉じていたキュが、その夜遅く、おぼつかない足取りで遠く離れた新生児室まで歩いて行ったという事実を。面会はできない時間だったが、病院の医者という立場を利用してワンを胸に抱いて授乳室に忍び込み、まだ張ってきてもいない乳房を含ませていたことを。不格好な顔立ちを目に焼きつけるように見つめながら夜を明かしたことを。いくら見ても赤ん坊がかわいいと思えず、自分の中から出てきたのにどうしても自分の子のように思えず怖くて、はらはらと砕け散ったその夜の心を。

ワンの葬儀のあとしばらく家に閉じこもっていたキュが、一年もしないうちに再びアフリカ行きの荷物をまとめたとき、ニョンはとうとう感情を露《あら》わにした。おまえ、完全に頭がおかしくなったんだな？　恨みでも怒りでもない底無しの軽蔑がニョンの顔にべったり張りついていた。そうやって飛び回ってたら自分がシュバイツァーにでもなった気になるのか？　いいや、おまえはただの「苦痛中毒」だ。子どもを捨てて出ていった悪い母親だ。そのことをしっかり覚えとけ。玄関のドアを開けて出ていくときのわずかに傾いた肩が、キュの記憶にあるニョンの最後の姿だ。キュはそのとき知った。ひとつの宇宙はこんなにも激しく爆発するのだということを。荷物を持って玄関に立つと、二度と戻って来られない場所を目に焼きつけるかのように、キュはしばらく家の中を隅々まで眺めていた。ワンのいない家。ニョンの心が去った家。ある意味、この家をいちばん先に去ったのはキュ自身なのだろう。

暗闇の中で電話のベルが鳴っている。かすかなその音が救助信号に聞こえる。ニョンはひどい二日酔いを振り払い、なんとか目を開ける。カーテンを開けると、外はまだ昼間だった。明け方、酔っ払って帰ってきてそのままリビングに倒れ込んだ記憶がわずかにある。平日の昼間の静けさがリビングを満たす。テレビの横の電話機が、赤いランプを点滅させながらベルの音を発している。あそこにあんなものがあったか、と思うほど見慣れない。家の電話が鳴るなんて、いつ以来だろう。この時間に家の電話が鳴るなんて。自分にもまだ不意に驚くようなことが残っていたのかとニョンは考えた。電話に出ないでいると、自動で留守番電話のメッセージが流れはじめた。いつ録音したのかも思い出せないメッセージがリビングに響く。ワンの家です。今電話に出ることができませんので、メッセージを残してください。幼いワンの声だ。ピーという音のあと、プツッと電話を切る音がした。二日酔いの波がひたひたと押し寄せる。Kの美容皮膚科を出たあと薄暗い居酒屋に移動したことまでは覚えているが、どうやって家に帰ってきたのかはまるで記憶がない。乳白色の液体を注射されてひと眠りし、手首の細い女にマッサージまでされたのに、夜通し殴られていたかのように身体じゅうがズキズキする。これもKの手腕なのか。

また電話のベルが鳴る。出てみようか。留守番電話のメッセージが流れる。ワンの家です。

今電話に出ることができませんので、メッセージを残してください。その瞬間、記憶の泡沫のひとつが水面に浮かび上がった。ワンが、愛らしい声で舌足らずな話し方をしていた頃の風景だ。「できませんので」を何度も「でいませんので」と発音してニョンとキュの顔をほころばせていたワン。何回も練習させ、録音しては消し、録音しては消しを繰り返して完成させたメッセージ。あのときはこの家にも笑いがあった。あの頃がこの家の全盛期だったのだろうか。考えてみるとニョンとキュは、ワンという新人類にどう接していいかわからず右往左往していた絶滅寸前の旧人類だった。結局、耐えきれず先に背を向けたのはワンだったのだ。キュがワンを捨てていったのではなく、ワンが、不器用すぎる両親を捨てたのだと今になって気づき、したたかに打ちのめされた。

ピーという音がしたあと、しばらく何の音も聞こえない。相手はさっきよりも長く待ってから電話を切る。ニョンはなぜだか泣きたくなった。ワンを縫合するときも泣かなかったニョンの胸が、はるか遠い昔のワンの声に締めつけられた。三度目に電話のベルが鳴り、愛らしいワンが再び、ワンの家です、と言いはじめたとき、ニョンはひったくるように受話器を取って叫んだ。ワンはいません。ワンはいないんです！　わたしたちはいないんです！　ここには誰もいないんです！　だから、頼むから、もう……。ニョンは我を忘れて泣いた。相手は電話を切らない。どの時空から飛んでくるのか、かすかな電波音がチクチクとニョンの心臓を刺す。夢なのか現実なのかわからないこの場所で、ニョンはいつまでも身を震わせて泣いた。はるか遠いどこかの受話器に触れているのがキュの硬い耳介であってくれたら、と思うと、なかなか涙が止まらない。卵円孔がまたひとつ生まれた頃だ。

ネモは、大きく育ったゼラニウムの鉢に水をやる。サバンナのキャンプは撤収し、医療チームは一部帰国した。現地化を目指す医師会の政策により、ネモは首都の簡素な病院へ新たに配属された。鉢は、小柄でいつも疲れているように見えた東洋人の産婦人科医からもらったものだ。毎晩、甘ったるいインスタントコーヒーを一緒に飲んでいた女。羊五〇頭分の贈り物を置いていった女。ネモが新たな勤務地で荷を解いているとき、同僚たちは、箱の中からニョキッと顔を出している木の男根を見て大笑いした。だがネモは笑わなかった。その模型を握りしめ、ひとり懸命に訴えかけていた女のことが思い出された。一向に真剣に聞こうとしない村の女性たちに、その女はしまいには腹を立てた。ある女性の夫はテントに押しかけてきて木の男根を奪い取ったかと思うと、女の目の前で振り回しながら脅した。こんな下劣なことを教えるくらいなら、今すぐ国に帰れ！　ネモは男の言葉を通訳しなかったが、その瞬間、女の目に怒りが宿るのを見た。その日、女は男と取っ組み合いの喧嘩をし、そのことでキャンプから懲戒処分を受けたのだった。

女はどこへ行ったのだろう。長期ミッションのため別の大陸に行ったという話もあるし、母国に帰ったという話も聞いた。ネモは毎晩、甘ったるいコーヒーの味とともに女を思い出した。いつもどこか別のところをさまよっていたその瞳は、ネモが母親のところに捨ててきた羊の群れを思わせた。女は自分の羊のところに戻ったのだろうか。女は初めて会ったときから印象的だった。ネモって呼んで。握手を求めるネモに、女は手を差し出しながら言った。ワンよ。ワン？ ナンバーワン？ オンリーワン。わたしの国の言葉ではワンは「円い」って意味なの。ひとつの宇宙、円い宇宙。それがわたしの名前。ワンを覚えていてちょうだい。やけに真剣な女の自己紹介に、しばし沈黙が流れた。ネモは口の中でワン、とゆっくり発音してみた。一瞬といえば一瞬だが、またひとつの宇宙が誕生するには充分な時間だった。

夏風邪

その日の散歩は、最初からどこか調子が狂っていた。オジョンは四季それぞれに五種類の散歩コースを決めていて、土日を除く週五日は曜日ごとに異なる道を歩いた。オジョンの一年は全部で二〇の散歩コースからなっていた。彼にとっては春の水曜日の散歩コースと秋の金曜日のそれは異なる。彼は秩序と変化の両方を愛していた。だが、その日は違った。出勤する妻を見送り、朝食を簡単に用意して食べ、洗い物と掃除まで済ませて家を出たときは一〇時をすっかり回っていた。マンションのエントランスを出た瞬間、リードのついていない大きな犬がすっと前を横切った。野良犬ではなさそうだが、とりたてて飼い主に可愛がられている犬のようにも見えない。迷子になったのだろうか。捨てられた可能性もあるな。犬はオジョンを避け、慌ててマンションの裏手へと走っていった。そして、そのくらいの距離なら安全だと思ったのか、しばらく立ち止まってオジョンを見ていた。何もしやしないよ、俺は無害だ。オジョンはそう言いたかった。かといって、わざわざ犬のそばまで行って首筋を撫でてやろうとは思わない。彼はこれまでの人生で、人間以外の生き物に親切にしてやったことがない。犬は寂しげな表情でオジョンをじっと見ていたが、やがて後ずさりして去っていった。犬の向かった先は林の中だった。

その瞬間からオジョンは秩序を失った。本来なら、夏の木曜日の散歩コースどおりに歩いていくはずだった。マンション群の敷地を出て、二ブロック歩いて巨大な公園の入り口まで来たら左に折れ、ハヌル公園とノウル公園（ソウル市内の漢江沿いにある公園。ハヌルは空、ノウルは夕焼けの意）を髪の分け目のように分かつ長い坂道を上っていくはずだった。そして坂道の中間あたりで、左手に延びる長く退屈な階段をハヌル公園まで上っていくはずだった。ハヌル公園に着いたら、何もない野原に不時着した宇宙船のような展望デッキに上って、雲の浮かぶ空と静かに流れる漢江を眺めながら、ゆうべの不眠による頭痛を和らげるはずだった。そして、数十年間積み上げてきたゴミを奥深くに隠している地面（ハヌル公園はゴミの埋立地に造成された）を一歩　歩踏みしめながら、ハヌル公園をジグザグに歩くはずだった。だがオジョンはハヌル公園へと続く長い階段を上らず、そのまま通り過ぎた。坂道を突き当たりまで上り、車がびゅんびゅん走っている江辺北路《カンビョンプンノ》を陸橋で渡ってしまった。漢江に出た。ヨット停泊場やキャンプ場、自転車道、ススキ畑のある川辺は、オジョンの秋の散歩コースだ。川の水の発する生臭い匂いや湿った風が身体にまとわりつくので、夏にはあまり行きたいと思わない場所だった。

　大きく膨れ上がった雲が低く垂れ込め、オジョンの額に届くかのようだった。今にも雲の一隅が裂けて熱い液体がザーッと落ちてきそうな、怪しげな天気。オジョンは不吉な予感に包まれながら川辺の散策路を歩いた。川の流れに逆らう方向だ。川の水がオジョンに向かって近づいてきては背後へと遠ざかる。ひっきりなしに誰かと出会っては別れているみたいな気分になる。ヨットはどれも停泊場にしっかりと結わえつけられている。人影は見当たらない。川に向かって立ててある釣り竿をたまに見かけるが、釣り人の姿はない。遠くに、漢江を横切る橋が見えた。赤く塗られたあの橋まで歩いてみよう、オジョンは心を決めた。散策路とは名ばかりで周囲には人がいない。並行する自転車道にも自転車で通っていく人はいない。平日の昼間で、蒸し暑い夏だった。散歩にもサイクリングにも良い日ではない。それにしたって、だな。川に死体がぷかぷか流れてきても歓迎したくなるほど、オジョンは寂しかった。自分を避けて後ずさりしていた犬が思い出された。リードをつけて犬を散歩させる自分の姿を想像してみた。

オジョンの歩みはだんだん遅くなっていった。夏の川辺は彼にとっては馴染みのない場所だった。空気中の湿気をずっしり吸ったように身体が重い。はたして赤い橋までたどり着けるのだろうか。「落第」という赤いスタンプがくっきり押された通知表をもらったかのように、急に全身の力が抜けた。通知表をビリビリに破きながら泣き叫びたくなった。この急激な感情の変化がどこに起因するのか考える間もなく、オジョンはどんどん沈んでいった。川の水はのろのろと流れる。死体どころか、ゴミひとつ流れてこない。赤い橋は果てしなく遠い。オジョンは座り込みたくなった。その瞬間、空が縦に長く裂けたかと思うと、熱い水がザーッと落ちてきた。夕立だ。雨脚は視界を遮るほど強くなってきた。近くの木の下に駆け込んだが、雨粒は細い枝のあいだをすり抜けてオジョンの肩に打ちつける。生ぬるかった雨水がだんだん冷たくなってくる。むっとしていた空気は一気に涼しくなった。オジョンはさっそく新たな目標を立てた。この雨に打たれながら家まで歩いて帰ろう。また陸橋を渡り、ハヌル公園とノウル公園の入り口を過ぎ、二ブロック歩いてマンションまで行こう。そして水をぽたぽた垂らしながら家の中に入り、玄関で服を脱ぎ捨てて、素っ裸で浴室に飛び込もう。熱いシャワーで身体を洗いながら、どこか調子が狂ってしまったこの気持ち悪さを水蒸気とともに吹き飛ばしてやろう。そしてふかふかのタオルで水分を拭き取り、さらりとした身体になって寝室のベッドに潜り込むのだ。妻とオジョンが愛を交わすクイーンサイズのベッドに。妻が替えてくれた、パリッとしたリネンの布団の中に。そして眠りにつこう。数日間の不眠による、右のこめかみをキリでチクチク刺すような片頭痛も追い払ってやる。期待が芽生えると、オジョンの気分は急上昇した。ジャージはびしょ濡れで重くなっていたが、わずか数分前、むっとした空気の中を歩いていたときより身体はうんと軽く感じられた。一刻も早く家にたどり着きたかった。そうしてひと眠りして目覚めたら、数日間思いつかなかったアイデアが浮かび、作業もはかどりそうな気がした。ハハハ。オジョンは雨に打たれながら大きな声を出して笑った。ヒャッホー！ワーオ！小っ恥ずかしい感嘆詞も口にした。雨の中で唾が飛び散ったが、恥ずかしくはなかった。どうせ見る人もいない。オジョンは雨をものともせず、ずんずん前へ進んでいった。

侵入者がいる。身体の水分を拭き取って裸のまま寝室に入ったオジョンは、ベッドを占領している侵入者の姿を目にし、驚きのあまりその場に固まってしまった。見知らぬ人間がオジョンのベッドに、オジョンの布団を被って横向きに身を横たえていた。侵入者は小柄だった。毛先のカールした栗色の長い髪が布団からはみ出し、肩の部分を覆っている。彼は反射的に周囲を見回した。妻の肌の色に似たアイボリーの壁紙といい、白樺材のクローゼットといい、ここはオジョンの家に間違いない。ついさっきシャワーを浴びたときも、浴室にはオジョンのシャンプーとボディーソープがいつもの場所に行儀よく並んでいた。目をつぶったまま手を伸ばしてシャンプーを出し、泡立てたのだ。収納棚には、いい匂いのするタオルがきちんと畳まれていた。要するに、オジョンが何かの間違いで他人の家に入り込んでいる可能性はゼロだった。

女はぐっすり眠っていた。オジョンが雨に濡れた身体で家に駆け込んできたときも、バタバタと服を脱いで浴室に入っていったときも大きな物音がしたはずだが、目を覚まさなかったらしい。オジョンはしばらく呆然と寝室の入り口に立ったまま女を見ていた。女の顔は髪の毛で半分以上隠れていたが、彼のいる場所からは片方の頬が白く浮かび上がって見えた。その瞬間、肩口から寒気がしてきた。そこでようやく自分が全裸であることに気がついた。すぐに寝室から出て書斎に入った。書斎の椅子の背には、徹夜で作業をするときにときどき羽織る薄いジャンパーが掛けてある。とりあえず素っ裸の上にジャンパーを羽織った。オジョンの服はすべて寝室のクローゼットの中にある。散歩に着ていった服は、雨に濡れて早くも嫌な臭いを放っているはずだ。ジャンパーの裾から黒ずんだ性器が出ていた。裾を下に引っ張ってみたが、性器を隠すには丈が短すぎた。オジョンは椅子にへたり込んでしまった。

そのときようやく携帯電話が目に入った。オジョンの携帯電話はノートパソコンの右側にマウスとともに鎮座していた。妻から不在着信三件と長文のショートメッセージが届いていた。まずショートメッセージを読みはじめた。そこには、侵入者がどういう経緯でオジョンのベッドに身を横たえることになったのか、詳細な説明があった。返信はしなかった。オジョンは全裸にジャンパーを羽織っただけの格好で、黒ずんだ性器をぶらぶらさせながら寝室に戻っていった。服を取りにいくつもりが、程よく薄暗い寝室に足を踏み入れた途端、無意識に妻のドレッサーの前にどさりと腰を下ろしていた。ベッドの横からは侵入者の顔がさっきよりはっきり見えた。汗に濡れた髪が、丸みのある額に張りついている。侵入者は病んでいた。

もう、ほんとにかわいそうで、かわいそうで。あんなにかわいそうな子は初めて。見てたら怒りがこみ上げてくる。妻から侵入者の話を初めて聞いたのは、おそらく一年くらい前だったはずだ。妻は侵入者をあの子、もしくはジェイと呼んだ。ジェイというのが彼女の本名なのか、イニシャルなのか、ニックネームなのか、オジョンは尋ねなかった。彼は、妻が説明するジェイの事情よりも、ジェイについて話すときの妻の小ぶりで肉厚な唇の開き加減や、文章と文章のあいだの突然の息継ぎといったものに集中していた。彼は妻に魅了されていた。オジョンと妻が四人用ダイニングテーブルを挟んで休日の遅めの朝食をとっているときや、金曜の夜、映画館を出たあと妻の好きなスイーツ店でケーキを食べているときに、ジェイのことがたびたび話に出た。おもに妻が話し、オジョンがうなずくという対話だった。

ジェイは妻の職場の後輩だった。妻より八歳、オジョンより一〇歳若い。結婚して五年ほど経つが、子どもはいない。妻が怒っているのは、ジェイの夫という輩《やから》の性質《タチ》の悪さだった。ジェイの夫は利己的だ。ジェイの夫は幼稚だ。ジェイの夫は結婚するとき、マンションの資金は自分が責任を持つから生活費はジェイが負担すべきだと主張した。公平な分担のように思えたが、マンションは夫単独の名義だった。ジェイはそれについて不満を口にしたことは一度もない。ジェイの夫は、彼女と一緒に外出するときは財布を持っていかない。スーパーで買い物をするときや外食するとき、映画を観たり屋台のアイスクリームを食べたりするときも、いつもジェイが財布を出した。ある日、ジェイと夫が親戚の結婚式に出席し、帰りに式場の駐車場で料金五千ウォンを請求されたとき、ジェイは財布を家に置いてきたことに気がついた。後ろに並んだ車がけたたましくクラクションを鳴らしはじめると、ジェイは頭の中が真っ白になってしまった。そのとき夫がポケットから一万ウォン札を取り出して係員に渡し、おつりの五千ウォンを受け取った。ジェイはほっと胸を撫でおろした。ところが、駐車場を出て、車が江南《カンナム》大路《デロ》に入ると、夫の運転は急に乱暴になったという。ブレーキとアクセルを繰り返し荒っぽく踏んで、罵詈雑言まで吐いた。助手席でシートベルトを握りしめていたジェイは、消え入るような声でかろうじて言った。家に着いたら必ず五千ウォン渡すから。夫の運転はおとなしくなった。

その話を初めて聞いたとき、オジョンは吹き出してしまった。安っぽいドラマを見ているようだ。妻はくっきりした二重まぶたの目を大きく見開き、なじるようにオジョンを睨みつけた。笑い事じゃないの。本当にあった話なんだから。ジェイは搾取されてるの。その真剣な様子がかわいくてまた吹き出しそうになったが、妻の神経を逆撫でしたくはなかったので、わざと深刻な顔をして、ほんとにしょうがないヤツだな、と相づちを打った。妻はさらにヒートアップした。しょうがないヤツじゃなくて、クソ最低なヤツよ。オジョンは、愛らしい妻の口から汚い言葉が出てくるのが嫌だった。そのときからジェイの夫という輩が心底嫌いになった。

ジェイの夫は、こと金に関しては呆れるほど公平さを要求したが、家事に関してはどこまでも利己的に振る舞った。共働きだから二人とも同じように金を出すべきだと主張するくせに、家事は女性であるジェイの仕事だと考えていた。ジェイは出勤前には朝食を、会社から帰るとすぐに夕食を、来る日も来る日も用意しなければならなかった。掃除や洗濯はもちろん、生ゴミを捨てるのも、クリーニング店に衣類を引き取りに行くのもすべてジェイだった。夫はときどきインターネットで季節の料理を検索し、ジェイに作ってくれとせがむこともあった。ジェイに相談もなく、ワタリガニやコウライエビ、干しダラなどを産地から大量に取り寄せたりもした。そんなとき、ジェイは週末のあいだじゅう、手を傷だらけにしながら下ごしらえしてワタリガニの醤油漬けを作ったり、煮えたぎる油でエビを揚げたりしなければならなかった。当たり前のように何の連絡もなく突然訪ねてくるジェイの義母は、キッチンで汗をだらだら流しているジェイの姿を目にしても、まだ子どもがいないから家事っていっても大したことないし、いいわねえ、と言った。義母は、結婚して三年を過ぎたあたりから、どうして子どもができないのかと露骨にジェイを非難した。ジェイは不妊クリニックに行ってみたいと思っていたが、夫が拒否したのだ。子どもができない原因は自分にあるのではないかと心配している様子の夫を、ジェイは強くは説得できなかった。妻はその話をしながら「セコいクソガキ」と言った。オジョンは、ジェイの夫に対する怒りとともにジェイへの苛立ちが湧き上がってくるのを感じながら、アールグレイアイスクリームの入った器を妻の前に置いてやった。彼は、ドブのようなジェイの家庭内のゴタゴタで、妻と二人で手に入れたこの清らかな水を汚《けが》してほしくないと心から願っていた。

ジェイへの苛立ちが怒りへと発展したのはひと月前だ。特別なことがない限り仕事が終わるとまっすぐ帰宅しオジョンと夕食をとる妻が、その日は何の連絡もなく帰りが遅い。電話にも出ない。オジョンは、何も載っていないダイニングテーブルを睨みつけたまま妻を待った。腹は減っていたが何も食べられなかった。何を食べてもオジョンのデリケートな胃が受け付けないのは明らかだった。妻は夜一〇時を回ってから帰宅した。ごめん、ごめん。ほんとに、ほんとにごめん。妻は、机の前に座っているオジョンを後ろから抱きしめた。妻からかすかに酒の匂いがした。オジョンは、どうして遅くなったのか、どうして電話にも出なかったのか、聞きはしなかった。心の狭い夫だと思われたくなかったのだ。夕食も適当に済ませたと嘘をついた。かといって機嫌が直ったわけでもない。妻はオジョンの手を引いて寝室に入っていった。オジョンをベッドの隅に座らせると、彼の前でイヤリングを外し、部屋着に着替えながら、連絡もせず遅くなった理由を事細かに説明した。妻はまるで、オジョンという一人の観客の前に立つ舞台俳優のようだった。妻の演じている役はジェイだ。またしても、あのクソったれのジェイだ。

ジェイの義母が、仕事中のジェイに電話をかけてきて、不妊クリニックに予約しておいたからと一方的に告げたのが事の発端だった。その話を聞いたジェイの夫は、自分の母親ではなくジェイをひどく責め立てた。ジェイも堪忍袋の緒が切れたのか、結婚して初めて夫に対する怒りを露わにし、それに逆上した夫はジェイがいちばん大切にしている英国製のティーカップを床に叩きつけて割ってしまった。もはや聞いても驚きもしない、うんざりするような話だ。それまでと違っていた点といえば、その日は、ジェイがこの話を妻に打ち明ける途中で泣きだし、このままではもうやっていけないと初めて口にしたということ。妻は、なかなか泣き止まないジェイをそのまま家に帰すわけにもいかず、食事をご馳走してやり、酒も奢ってやった。ジェイの初めての反抗という歴史的瞬間に立ち会ったことに気持ちが高ぶっている妻は、酒の匂いをさせたまま、シャワーを浴びにいく気はないようだった。オジョンは、ジェイの初めての反抗に妻が関わったという事実に敗北感を味わった。空腹のあまりお腹と背中がくっつきそうだったし、妻の放つ焼酎の匂いで胸がむかむかした。だがそんなオジョンの気持ちを一向に解さず、妻は、今ごろジェイは結婚して初めて夫に声を荒らげているだろう、もしかしたら離婚を突きつけているかもしれない、と興奮気味にまくし立てた。オジョンは、ジェイの夫ではなくジェイが憎かった。何時間も妻を独り占めしていたジェイへの嫉妬心が湧き起こってきた。その夜なかなか寝つけなかったオジョンは明け方になってようやくうとうとし、妻が赤い身体で見知らぬ異国の男とセックスしている夢を見て、悲鳴をあげながら目を覚ました。妻はオジョンの悲鳴にも目を覚まさなかった。すやすやと寝息を立てていた。

あくる日オジョンは妻と、ひときわ楽しい週末を過ごした。妻は、前日久しぶりに酒を飲んで緊張がほぐれたからか、あるいは本当にジェイの一件で胸がスカッとしたからか、週末のあいだずっと機嫌が良かった。キッチンを散らかしながら、オジョンの好物の貝の白ワイン蒸しや、ルッコラをたっぷりトッピングしたパスタも作ってくれた。オジョンはオキシジミの殻から身を取り出すのに没頭しながら、昨夜の夢の残像を振り払おうと努力した。しっかり砂抜きされたオキシジミの身が滑らかにオジョンの喉を通っていく。一緒に飲んだスパークリングワインは胃腸をやさしくほぐしてくれた。その夜オジョンは勇気を出して妻を後ろから抱いた。後背位を嫌がる妻が、どうしたことかオジョンの求めに応じてくれた。気持ちが高ぶったオジョンは、妻の背中を見下ろしながら犬のように息を弾ませた。

月曜日、妻が出勤したあと、オジョンは夏の月曜日の散歩コースを歩いた。ハヌル公園の下方にひっそり存在するメタセコイアの並木道だ。空に向かってまっすぐ伸びるメタセコイアは初夏の新緑をまとっていた。オジョンは、生きている化石と呼ばれるこの自尊心の強い植物が好きだった。土の並木道を歩いていると、長年人々に踏みつけられ肩を落としている誰かの背中を踏んでいるような気分になった。何もかもが良い感じだ。気温はやや高く背中に汗が流れはじめたが、程よい日差しと湿度に気持ちを集中させた。完璧な一日だ、とわざわざ口に出して言いたくなった。柔らかな土の道を踏みしめながらその日の散歩を完成させていった。今みたいな気分なら、シーンNo.35でつかえてしまったシナリオもうまくいくかもしれないという希望が湧いてきた。ホン監督と契約したシナリオの修正は、締め切りをはるかに過ぎていた。

仕事から帰ってきた妻は、前日と同一人物とは思えないほど気持ちが沈んでいるようだった。オジョンの話も耳に入らないようで、夕食の準備をしながら、しきりにため息をついた。夕食のメニューは、オジョンがあまり好きではない味噌チゲと焼きサバだった。しかも味噌チゲには、韓国かぼちゃではなく安物のズッキーニが入っている。オジョンは、妻が帰宅する前まで舞い上がっていた自分の気分を地上に引きずり下ろしたくはなかった。上手に気分をコントロールできる人間になりたかった。味噌チゲをすくうスプーンに歯ごたえのないズッキーニが入ってこないよう注意しながら、妻との対話をなんとか続けようと努力した。午前の散歩中、蘭芝川《ナンジチョン》公園にさしかかったとき、雑木林の中に白いウサギの姿を見かけた、おとなしそうなウサギの耳の中は墨汁のように真っ黒だったと話してやった。誰かがあげたのかウサギの周りに白菜の葉が落ちているのを見て、世の中まだまだ捨てたもんじゃないと思った、という話もした。妻はウサギの話に興味を示すように目を丸くしてオジョンを見たり、同意の意味で軽くうなずいたりもしていたが、オジョンは妻の目に生気が戻っていないことを感じ取っていた。オジョンが話すのをやめると、土鍋の底をスプーンでこする音と、おかずの皿に箸が当たる音しか聞こえなくなった。妻はその沈黙さえ感知できないほど、心ここにあらずだった。いよいよ気分が悪くなってきたオジョンは椅子から立ち上がり、冷蔵庫に入れておいたウーロン茶を取り出してきた。冷たいお茶漬けにしてさっさと喉に流し込み、席を立ってやる、という無言の抗議だった。

愛するがゆえだ、なんて言うの！

ずっとうつむいていた妻がだしぬけに叫んだ。褐色のウーロン茶がオジョンの茶碗の周りに飛び散った。冗談じゃないわよ。ジェイが離婚を切り出したらあいつ、ジェイの腕に取りすがって、泣いて懇願したんだって。愛するがゆえの行動だった、すまない、もう二度としないからって。ジェイなしでは一日も生きられないって。オジョンの眉間に皺が寄った。オジョンは妻をじろりと睨んだ。妻はオジョンの肩越しに一点を見つめて怒りをぶちまけている。愛してるって言いながら、あんなに人を苦しめる？　愛してるって言いながら、思い通りにならないからって人を叩く？　クソガキが。妻は大きな音を立ててスプーンをテーブルに置いたかと思うとガバッと立ち上がり、妻の部屋である寝室に入っていった。程なくして、妻の部屋からオペラが聞こえてきた。ドリーブの「フクメ」に登場する「花の二重唱」だ。妻が夜に一人でオペラを聴くのは良からぬ兆候だった。実はオジョンは、今晩妻に読んでやろうと、午後の時間をまるまる費やして慎重に本を選び、読むページに付箋までつけていたのだ。妻は、オジョンが読んでくれるフランス小説を聞きながら眠りに落ちるのが好きだった。ラクメが侍女マリカと小舟に乗って蓮の花を摘みにいくときに歌う、ソプラノとメゾソプラノの激情的な二重唱が流れてくる。二人の女性のエキゾチックなハーモニーが、三〇坪のマンションの部屋の隅々にまで広がっていく。妻は今ごろすすり泣いているだろうか。オジョンは、冷たくなって生臭い匂いを放ちはじめた焼きサバを、意味もなく箸でぶすぶすと刺した。心優しく正義感も強い妻は今、同情心に苦しんでいる。オジョンはサバの目玉をぶすりと突き刺して祈った。ジェイの夫が一日も早くまともな大人になってジェイを幸せにしてやりますように。どうか、彼らの不穏なウイルスが、自分たちの安寧な家庭をこれ以上脅かしませんように。

妻のかわいそうなジェイは夫を保護者ではなく加害者として認識しはじめた。断固とした態度を取るジェイに、夫は、愛しているとすがりついてみたり、おまえが俺にそんな態度を取れるのかと腹を立ててみたり、今家庭を壊すと言うなら一銭もくれてやらないぞと脅したりもした。ジェイは訴訟も辞さないと言い、夫は京畿道《キョンギド》で暮らす母親に助けを求めた。義母は家に押しかけてきて、ジェイをなだめすかしたり脅したりを繰り返した。食事も喉を通らず、夜もろくに眠れなかったジェイは、とうとうひどい風邪をひいた。犬もひかないという夏風邪をひいたのは犬にも劣る真似をしたからだと、義母はネチネチと嫌味を言った。ジェイを愛している、ジェイなしでは一日も生きられないと言っていた夫は、彼女を病院に連れていったり薬を煎じてやったりする誠実さは持ち合わせていなかった。会社を休んだとしても家ではゆっくり休養することができない。そもそもあの家はジェイにとって安らぎの場ではなかった。会社の机に突っ伏してウンウン苦しんでいるジェイを見かねた妻は、自分のベッドをジェイに使わせることにした。正確には、オジョンと妻のベッドだ。ジェイは、夫と義母には内緒で会社に病欠届を出し、病院で注射を打ってもらい、強い薬も処方してもらってオジョンの家にやってきた。そういうわけなので、半日ほど家を空けてどこか別のところで過ごしてもらいたい。オジョンが散歩しているあいだに、妻は彼に事情を説明する長文のメッセージを送ってきていたのだった。

窓の外の夕立の音が心地よいBGMとなって部屋を満たしている。耳を澄ますとゼーゼーという呼吸音が聞こえる。オジョンは依然として性器を露《あら》わにしたまま、妻のドレッサーの椅子に座ってジェイをつぶさに観察していた。顔には血の気がない。苦しそうに閉じられたまぶたには青い毛細血管が透けている。まつ毛は細く長い。唇はガサガサに荒れている。ぽってりした上唇は下唇より前に出ている。上の歯は歯並びが良くない。鼻先はやや上向きで、鼻の穴は小さい。頰の上部には薄いそばかすが広がっている。そして耳。長い髪のあいだから片方の耳が顔を出していた。オジョンはジェイの耳の縁が描く独特の曲線を目でなぞった。彼の視線はその曲線に沿って耳の中まで入っていく。じっと見つめていると、奥深くにある砧骨《きぬたこつ》や槌骨《ついこつ》まで見えるような気がする。透明感のある女だな。この透明感に妻は心を奪われたのだろう。ジャンパーの下から出ているオジョンの性器がゆっくりと立ち上がった。予想していたことだ。ついさっき妻のことを思い浮かべたのだから。夕立が突然やんだ。雨音が消えると同時に静寂が訪れた。静寂がオジョンの身体の奥深くにずしんと衝撃を与える。彼は勃起した状態で椅子から立ち上がった。掛け布団をそっと持ち上げジェイの隣に身を横たえる。ジェイと同じ向きに身体をひねると、性器がジェイの尻に触れた。重い斧が恥骨にドンと打ち下ろされたかのようだ。オジョンの顔がジェイの後頭部に触れそうなほど接近する。ジェイの髪からは汗臭い匂いがした。彼は軽く頭を持ち上げる。彼の唇がジェイの耳に触れた。

愛してるよ。

オジョンはジェイの後頭部に顔をうずめ、かすかにすすり泣いた。

ベッドから出たオジョンは静かにクローゼットから服を取り出し、書斎に戻ってきた。ゆっくりと服を身につけ、浴室の外に脱ぎ捨ててあった濡れた服を洗濯機に放り込んだ。そして携帯電話を持って家を出た。これでオジョンが家にいた痕跡はなくなった。

マンションのエントランスを出るとき、オジョンは反射的に周囲を見回した。朝出くわした犬の姿は見えない。マンションの裏山から一羽の鳥が大きな音を立てて飛び立った。初めて見る鳥だ。オジョンは悠々とマンション群の敷地を後にした。地球の自転の方向に逆らって歩きたかった。つま先に力を入れて歩けば、地球の回る方向を変えられるのではないか。時をさかのぼり、妻がジェイと出会う前に戻りたかった。妻と二人で築いたと自負してきた純白の家庭だけが存在するところへ行きたかった。バカバカしいと思いつつも、しきりに足に力が入る。大通りを通って大型ショッピングモールの前に着いたとき、電話が鳴った。遠く、南部地方で暮らすオジョンの母親だ。母は週に一度電話をかけてきた。毎回、ご飯はちゃんと食べているのか、嫁は稼ぎがあるからとオジョンを見くだしたりはしないか、いったいどうして嫁は不妊クリニックに行かないのかと尋ねた。オジョンは、はい、いえ大丈夫です、さあどうしてでしょう、と短く答えた。母は、オジョンの好物の旬のニベを送るから、刺身なりスープなり、嫁にご馳走を作らせなさいと言って電話を切った。もう何年も続いているレパートリーだ。母との電話のあと、オジョンは妻に電話をかけた。ホン監督が参考にって薦めてくれた映画があったから、朝から映画館にいたんだ。君のメッセージ、今見たところ。お客さんが来てるんなら、もう一本映画を観て、カフェでシナリオの手直しをしてから帰ることにするよ。うん、平気だよ。夕飯の時分に帰るから。愛してるよ。

退勤する人の群れがオフィスビルから一斉に吐き出される。本当に日は暮れるのだろうかと思うほど明るい。昼間の夕立のせいで一段と湿度が高まっていた。オジョンは映画館でスリラー映画を一本観たあと、カフェテラスで氷のたっぷり入ったコーヒーを飲んだ。冷たいものが喉を通っていくと氷のキリで両方のこめかみをチクチク刺されているような痛みを感じた。

今ごろジェイは目を覚ましただろうか。オジョンは日の沈む方向へのろのろと歩きだした。

白い布団はきちんと整えられていた。ダイニングテーブルの上にはコップひとつ残されていない。浴室のタオルもきっちり二つ折りにして掛けられている。ガラス張りのリビングにオレンジ色の光が差し込んでいた。夕日だ。鼻先がむずむずした。くしゃみが出そうで出ない。頭痛はまだ治まっていない。肩口にゾクッと寒気を感じた。充分蒸し暑い日なのに、寒かった。オジョンは寝室に入っていく。ジェイは自分の痕跡を跡形もなく消して帰っていた。布団を持ち上げてベッドに横になる。身体が沈んでいくような気分だ。布団からほのかに香水の匂いがする。去年の結婚記念日に、みずから選びラッピングまでして妻にプレゼントした香水の香りだ。シダーウッドの香りがベースになったその香水を、妻はとても気に入っていた。だが今年に入って、妻のドレッサーにその香水の瓶があるのを見た記憶がない。オジョンは目をギュッとつぶった。ベッドが水の上にプカプカ浮いているかのようだ。頭の中でオペラが鳴り響く。美しいラクメが侍女マリカと手をつなぎ、一緒に白い蓮の花を摘んでいる。二人の微笑みは、大きく開いた蓮の花のように咲きこぼれている。舟べりに大きな蓮の葉が近づいては遠ざかっていく。船酔いがしてきた。胸がむかむかする。白い蓮の花のめしべは妻の肌に似ている。また鼻先がむずむずしてきた。くしゃみはなかなか出てくれない。ゾワゾワと鳥肌が立った。どうやら夏風邪をひいたらしい。次はオジョンが病む番だ。

わたしたちが坡州に行くといつも天気が悪い

大魚を釣り上げた。

女はそいつをボートの縁に吊り下げておいた。口の端には女の釣り針がかかっており、体の半分は水に浸かったままだ。

そいつはもがかなかった。まったくもがかなかった。

引き上げるとき思わずうなり声が出るほどのずっしりした重さで、ただ吊り下げられていた。貫禄のある体はぼろぼろで、醜い。褐色の体のあちこちに昔の壁紙のような縞模様があり、さらに濃い褐色で際立っている模様もやはり壁紙を思わせた。たとえば、ほら。時とともにシミができ、色も褪せ、しまいには、どれがあなたの投げつけたコーヒーカップでできたシミで、どれがもともとの模様なのか区別がつかなくなった、大輪のバラ柄の壁紙のような。

生きているそいつの体にはフジツボが点々とくっついている。フジツボの殻は繊細なバラの花の形をした石灰質だ。さらに、そいつの体には小さな白いウミジラミまでウジャウジャしている。体の下のほうには緑色の海草二、三束がぼろ布のようにぶら下がっていた。


夜になった。

隔離の夜だ。陰性の夜だ、まだ今は。

ソファの前のローテーブルに、非接触式体温計と解熱剤、ぬるめのルイボスティーを入れた魔法瓶を用意しておいた。就寝中に違和感を覚えたらむくりと起き上がって体温を測り、基準値を超えていたらすぐさま解熱剤を飲むのだ。

さっき測ったとき、体温計のLEDディスプレイには37・4という数字が表示されていた。数字は一日じゅう、37・3だったり37・5だったり37・1だったりしていた。体温はわたしの身体が発する信号だが、もはやわたしのものではない。当分は、わたしとは関係のない何かが、わたしのすべてを判断する基準になるのだ。

朝八時三〇分にカカオトーク（メッセンジャーアプリ）のメッセージが届いた。「新型コロナウイルス感染症の検査結果は陰性（Negative）です」。さらに、正確に理解できるようこう付け加えられていた。「検査結果の解釈：新型コロナウイルスの感染者ではありません」。優しい補足だ。午前中には保健所から、自己隔離通知書を写真に撮ったものが送られてきた。保健所の照明が良くないのか薄暗く写った書類には、「感染病の予防及び管理に関する法律」第四三条及び第四三条の二に基づいて隔離を通知し、これに違反した場合「感染病の予防及び管理に関する法律」第七九条の三に基づいて一年以下の懲役または一千万ウォン以下の罰金が課せられることがある、という文章が記されていた。ちっとも優しくなかった。

わたしたちは――今もまだそう呼べるのなら――わたしたちは三日前、約二カ月ぶりに会って、坡州《パジュ》（ソウル近郊の京畿道に位置する市）のうなぎ専門店に行った。「社会的距離の確保」措置が第四段階に引き上げられていたが、昼食だったし、三人だったので、同じテーブルを囲むことができた（第四段階では午後六時以降の私的な集まりは二人までとされていた）。従業員が焼き網の上でうなぎをこんがり焼いて食べやすい大きさに切り分け、どうぞお召し上がりくださいと言うと、わたしたちは一斉にマスクを外した。わー、おいしそう！ 店ご自慢のエゴマの葉の醤油漬けの上に、うなぎと味噌、生姜の千切りをのせて口に入れた。大口を開けて頬張った。たくさん食べて、やつれた顔を早く元に戻さないと。そう言ってスラオンニ（オンニは、女性が実姉や親しい年上の女性を呼ぶ呼称。この場合は後者）はミイエの前にうなぎを置いてやった。ミイエは、男やもめだった父親を二週間前に亡くした。新型コロナの影響で療養病院にもあまり面会に行けなかったうえ、葬儀もバタバタと慌ただしく執りおこなわなければならなかった。わたしたちはカカオのグループトークでそのことを知り、慶弔時の送金機能を利用して香典を送った。葬儀から一〇日ほど経ち、三人の高校一年の子どもたちの中間試験まであと二週間というころ、スラオンニから、これ以上忙しくなる前に会っておこうと提案があり、日程を決めた。わたしたちはスラオンニの大きなＳＵＶ車に乗って、ソウルと坡州を結ぶ自由路《チャユロ》を走った。わたしたちが坡州に行くといつも天気が悪かったり、ＰＭ２・５がひどかったりしたのだが、その日は珍しく良い天気だった。空はジブリアニメの背景のように青く、ふわふわの真っ白な綿雲が目を引いた。うなぎを食べ終えると、ミイェの好きな、植物園ふうのベーカリーカフェに移動した。うなぎはスラオンニ、コーヒーとデザートはわたしが支払った。わたしたちはアイスコーヒーを飲み、ティラミスを食べながら、積もる話をした。週に一度会っていたころもあったのに二カ月ぶりに顔を合わせたものだから、話すことはたくさんあったのだ。話の合間にテーブル脇の観葉植物のほうを向くミイェの横顔は、げっそりしていた。

　子どもたちが学校から帰ってくる時間になり、わたしたちは席を立った。スラオンニは娘を新村《シンチョン》のウェブトゥーン学院（韓国ではスマホ上で読むマンガ「ウェブトゥーン」が、海外市場でもっとも消費されている韓流コンテンツ（二〇二三年時点・韓国政府調べ）であり、官民あげての人材育成がおこなわれている）まで車で送り届けねばならず、ミイェは平日でも家で夕食をとる夫と息子の食事を用意したあと、夜は息子を木洞《モクトン》の数学塾まで連れていかなければならない。わたしは息子の好物のレモンシフォンケーキを買うついでに、スラオンニの娘の好きなイチゴの生クリームケーキと、ミイェの息子の好きなティラミスを買って二人に持たせてやった。死んだお父さんのおかげで贅沢させてもらったわね。ミイェが悲しげな笑みを浮かべた。

　二日後の朝早く、スラオンニから電話があった。それぞれ夫が出勤、子どもが登校する時間帯に電話をかけてくることはめったにないので、携帯電話の画面に浮かぶスラオンニの名前を見るなり不吉な予感がした。スラオンニは、夫がついさっき新型コロナ陽性判定を受けたと言う。自分と娘は濃厚接触者になったので検査にいかないといけないのだが、その結果がどうであれ、二日前に一緒に食事したわたしとミイェも早く検査を受けたほうがいいと思って電話したと。ミイェには自分から連絡する、こんなことになって本当に申し訳ないと言った。スラオンニの声は慌てていながらも暗く沈んでいた。わたしは電話を切って、いつの間にかパソコンの前に座ってオンライン授業を受けていた息子の肩をぼんやり眺めた。頭の中が真っ白だ。何からすればいい？ 六時三〇分、目覚ましで起床。前日の夜に下準備しておいた朝食を並べる。息子を起こす。夫の出勤までにフルーツの弁当とコーヒーを準備。息子の制服と体操服を準備（オフライン登校の場合）。息子の水筒を準備（オフライン登校の場合）。白湯を入れた息子の魔法瓶とコップ、トレイを準備（オンライン登校の場合）。朝食後、息子の薬を準備。数年間繰り返してきたおかげで機械的に動いていた身体が、スラオンニの電話で突然機能を停止したかのようだった。さっきまで手に握りしめていた何かを失くしてしまったのに、それが何だったのかさえまったく思い出せないような、途方に暮れた気分だった。すぐにミイェから電話がかかってきた。オンニ、どうする？ 子どもたちも検査受けないといけないのかな？ 何からすればいいのかわかんない。頭の中が真っ白。

わたしたちは、まず学校に連絡してオンライン授業を中断し、それぞれ近所の指定診療所に行ってＰＣＲ検査を受けた。夫たちにも、すぐに職場近くの指定診療所に行って検査を受けるよう伝えた。検査を受けたあとは、みんな家の中にこもった。その日、子どもたちは三人とも塾を欠席した。普段、各種スタンプや食べ物の写真、本の写真、空の写真を次々と送り合っていたわたしたちのトークルームも静かになった。

　あくる朝、スラオンニは陽性、オンニの娘は陰性判定を受けた。わたしと息子、夫の三人は陰性だった。ミイエと息子は陽性、ミイエの夫は陰性判定を受けた。スラオンニは娘を一人家に残し、夫が先に入所している江北区《カンブク》の生活治療センター（病床不足を補うために設置された、無症状か軽症の感染者の受け入れ施設）に搬送された。ミイエと息子はともに蘆原《ノウォン》区の生活治療センターに入所した。ミイエの夫は濃厚接触者となり、二週間の自己隔離に入った。わたしも濃厚接触者となり、自己隔離の通知を受けた。夫は迷うことなく荷物をまとめ、息子を連れて、義母が一人で暮らす家へと向かった。濃厚接触者の中には、陰性判定を受けていても自己隔離中に症状が現れるケースもあるという。夫の対応を冷たいとは思わなかった。夫がそうしていなければ、わたしからそうしようと提案していただろう。免疫系の難病を抱える息子にとってウイルスは大敵だった。夫と息子が出ていったあと、義母から電話があった。二人ともちゃんと世話するから心配しないでちょうだい。わたし、まだまだ元気だから。二人がいないほうがあなたも楽でしょ。マスクも外していられるじゃない。一人だからって食事を抜いたりしないで、ちゃんと食べなさい。義母の言葉は普段と変わらず端的で優しかったけれど、膝の具合が悪く麻酔疼痛医に頻繁に通っている高齢者に負担をかけることになってしまい、心苦しかった。すみません。恐縮するわたしの言葉に続けて、義母はぼやいた。それにしてもまあ大胆なこと。こんなご時世にのこのこ遊びにいくなんて。

　息子の学校と塾に連絡して事情を説明し、泥棒に入られたみたいに散らかった家の中を片付け、息子と夫が脱ぎ捨てていった服を洗濯しているうちに、いつの間にか夕方になっていた。リビングが薄暗くなっているのを感じ、明かりをつけて初めて、朝からずっとマスクをしたままだったことに気がついた。一日じゅう、一口の水も飲んでいなかった。

　スラオンニがトークルームに長文のメッセージを上げた。こんな大事《おおごと》になってしまい本当に申し訳ない。夫が風邪気味なのは知っていたが熱はなかったので、まさかコロナとは思ってもみなかった。何より、お父さんのお葬式を終えて帰ってきたミイエを慰めてあげたくて設けた場なのに、ミイエの家族にいちばん大きな迷惑をかけてしまって、合わせる顔がない。夫が陽性判定を受けてからは一睡もできず、泣いてばかりいる。じっとしていても涙が溢れてくる。夫が恨めしいが、家に一人で置いてきた娘のことを思うと恨んでいる暇もない。さっき体温を測ったら38・8度だったので担当看護師に解熱剤を出してもらったが、熱が出ていることにも気がつかなかった。ミイエの家族と自分の娘を思うと申し訳なく、心配で、不安で、いてもたってもいられない。本当に申し訳ない。大変申し訳ない。申し訳なくてたまらない。悔しくてたまらない。とりとめもなく綴られた謝罪の言葉は、とりとめもないがゆえにいっそう切実に感じられた。わたしは、子どもを一人家に置いてそこに入っているスラオンニもさぞかしつらいだろう、そうやって思い詰めて症状が悪化したらどうするのか、気持ちをしっかり持って、まずは自分の身体を大事にするように、というメッセージを送った。ミイェに向けては、子どもまで陽性判定を受けてどんなに驚いただろう、治療センターで出される薬をしっかり飲んで、二人とも完治して無事に帰ってくることを祈っている、と書いた。スラオンニは、涙をポロポロ流しているキャラクターのスタンプを返してきた。ミイェは即座にトークルームから退出してしまった。

女は魚を観察した。手で触れるとざっくり切れてしまいそうな、恐ろしげなエラ蓋が苦しそうに酸素を取り込んでいる。血液で満たされたエラは新鮮で硬そうだ。女は穴があくほど魚を見つめた。つやのない白い身が、きつく束ね合わせた白い羽根のように体の中にみっちり詰まっているに違いない。太い骨の脇からは小骨が伸び、内臓はドラマチックに赤黒くてかっているのだろう。ピンク色の浮き袋は大きな芍薬のように咲いているのだろう。魚の目は女のそれよりはるかに大きかったが、薄べったくて、黄ばんでいた。目の奥にある虹彩は皺の寄った銀紙のようで、水晶体は傷だらけの古い雲母《うんも》のようだ。そいつの目がかすかに動いたが、女と視線を合わせたわけではない。光への反射的な動きに近いものだった。

こんにちは。保健所です。新型コロナウイルスの症状の確認のためお電話いたしました。パク・チウォンさんですね？（はい）まず、発熱はありますか？（いいえ）のどの痛みはありますか？（いいえ）咳は出ますか？（出ません）ほかに何か症状はありますか？（ありません）わかりました。今後、自己隔離中は毎日一回ご連絡いたします。ご回答ありがとうございました。（……）ありがとうございました。（……）

人工知能はやさしい女の声で話した。わたしは電話を切りたくなかった。

オンニも覚えてるでしょ？あの日、坡州でスラオンニが言ってたじゃない。先週の金曜日にスラオンニのダンナさんが夜一二時を過ぎて帰ってきたって。顔も見たくなくて、朝、スープも作ってやらなかったって話。一二時回って帰ってきたんなら、明らかにどこかでお酒飲んでたってことじゃない。スラオンニが、ご飯も用意してやらなかった、じゃなくて、スープも作ってやらなかった、って言ったのは、お酒飲んで帰ってきたダンナに腹が立って酔い覚ましのスープも作ってやらなかったって意味でしょ。そうでしょ？　私の言ってること、正しいよね？　つまりスラオンニは、自分の夫が防疫ルールに違反してどこかでこっそりお酒を飲んできたこと、知ってたのよ。違法営業の店で飲んだのか、会社で飲んだのか、とにかく夜遅くまでマスクを外して酒なんか喰らってたってこと、知ってたのよ。だったら、夫に風邪っぽい症状が出たとき、真っ先にコロナを疑うべきだったんじゃないの？　何の考えもなしに私たちを誘ったらダメじゃない。何をどう理解しろって言うのよ？　オンニも同じこと思ってたんじゃない？　オンニも、スラオンニのダンナの話聞いてぎょっとしてたの、私見たんだからね。コーヒーもまだ残ってるのにさり気なくマスクつけてたの、私覚えてるよ。オンニは陰性だったからすっかり寛大な気持ちになっちゃってるみたいだけど、私は違う。うちのテユン、目も合わせてくれないんだから。私を虫けらでも見るみたいな目で見るのよ。父親の葬式が終わったばかりだっていうのにどこぞでフラフラ遊んできて、中間試験直前の息子にウイルスをまきちらす情けない母親っていう目で見てくるんだから。私、どうしたらいいの？　答えてよ、オンニ。理解してやれなんてのんきなこと言ってないで、答えてよ。

また夜になった。

隔離の夜。陰性の夜、まだ今は。

二九坪のマンションの部屋は、一人で夜を過ごすには広すぎた。家じゅうの窓とドアを閉め、リビングにだけ明かりをつけておいた。見もしないテレビをつけっぱなしにしておいた。布団と枕をリビングに持ってきてソファで眠った。

隔離は孤立、遭難だった。こういう状況に置かれるのは初めてなのに、妙に既視感があった。何が起こってもわたしを助けに駆けつけてくれる人はいないという孤立感は、恐怖と隣合わせだった。無意識のうちに慎重に行動していた。浴室で足を滑らせて意識を失っても、二週間のあいだ、わたしを発見してくれる人は誰もいない。包丁が足の上に落ちて血がどくどく流れ出ても、誰も救急室に連れていってはくれないのだ。部屋のドアが壊れて寝室に閉じ込められても、救出してくれる人はいない。不吉な想像が次から次へと浮かんでくる。どれも突拍子もない想像だが、突拍子がないほど、恐怖の浸透力は強烈だった。恐怖がこみ上げてきて、呼吸が荒くなる。どうにかして自分で自分を落ち着かせなければならない。薬箱を引っかき回し、いつだったかミイエがくれた薬の小瓶を取り出した。パッションフラワーの成分で作った天然の精神安定剤なんだって。パッションフラワー？　うん、韓国語では時計草《シゲコッ》。南米の原住民は、この植物の根っこから葉っぱ、実や花まで無駄なく薬材として使ってたらしいよ。炎症の治療に使ったり、睡眠導入薬として使ったりとか。万能薬ってこと？　うん、タイガーバームみたいなもんね。でも、どうしてパッションフラワーって名前なの？　スペインの宣教師たちが南米でこの植物を初めて見つけたとき、大きく開いた花にイエスの受難の象徴を見いだしたとかなんとか？　パッションフラワー、受難の花。オンニ、最近不眠がひどくなったって言ってたでしょ。自分のを注文するときオンニのこと思い出して、ついでにもう一個買ったの。一回飲んでみて。不眠の夜こそ、わたしたちにとっては受難中の受難でしょ？

あの日のミイェはどんなにか優しかっただろう。

受難の花から作られたという緑色のカプセルを飲み込んで、ソファに横になる。眠気はやって来てくれるだろうか。さほど期待はしていなかった。ただ、過呼吸がパニック発作につながるのではないかと、それだけが不安だった。目を閉じて規則正しく息をしてみたけれど、意識すればするほど呼吸は乱れた。冴えわたっている脳は一向に休まる気配がない。やれることは何もないのに、脳のスイッチがどうしてもオフにならない状態。再び既視感を覚えた。一六年前の秋、産婦人科の回復室で過ごした孤立の夜のことだ。

誘発分娩がうまくいかず、心拍数が急激に低下していく赤ん坊を、医者は緊急手術で取り上げた。夕方、麻酔から覚め、その夜は回復室で過ごした。赤ん坊は新生児室に移され、夫も家に帰っていった。分娩待機室の一角をカーテンで仕切っただけの回復室に、夫が夜通し付き添うためのスペースはなかったのだ。当直の看護師さんがいるから心配しないでと、わたしのほうから夫の背中を押したのだった。だが、いざ薄暗い空間に一人で横になっていると、予期せぬ恐怖がじわじわと押し寄せてきた。下腹部はまだ重だるく、鈍い痛みがあった。赤ん坊を取り出した跡にごつごつした石をぎゅうぎゅう詰め込んで適当に縫い合わせたような感覚。童話の中のオオカミになって井戸の底へとどんどん沈んでいく気分。ときどき看護師が来て、尿の管を点検したり、血のついたおむつを取り替えてくれたりした。羞恥心なんてものはなかった。ひたすら痛みと恐怖のみ。わたしの身体はまだ自分のものではなかった。腰を中心に、胴体はまったく動かせない。いっそ眠れたら、忘却の彼方にでも逃げ込めただろうに。つらい覚醒状態のまま夜を明かした。時間が、重だるい胴体をもてあそびながらゆっくりと過ぎていくのをなすすべもなく感じながら、その夜をやっとの思いで通過した。あくる朝、夫がやってきて、わたしは一般病室に移された。午前中にひと眠りして目を覚ますと、腰を少し動かせるようになっていた。昼食の時間になり、廊下から食べ物の匂いが漂ってきて初めて、九カ月間自分のお腹にいて出てきたわが子のことに思いが至った。さらに、分娩後まだ赤ん坊の顔を見ていないことも、つらい夜を過ごしているあいだ一度も赤ん坊のことを考えなかったことも。その夜、わたしは子を産んだ女ではなく、ただ恐怖に飲み込まれた遭難者だった。

産後ケアセンターから家に戻ってきたとき、そして、俺たちもついに「家族」になったんだな、と夫が感激したように言って花束を差し出してくれたとき、これでもう孤立とは永遠におさらばだと思った。わたしは「家族」の一員であり、それはつまり、少なくとも一人ではないという意味だったから。

赤ん坊は夜中も二時間おきに目を覚まし、気に入らないことを泣いて訴えた。睡眠不足は人間をいとも簡単に壊してしまう。朝起きて、布団の中に転がっている空の哺乳瓶を見てギョッとする、ということが何度もあった。夜中に起きておむつを替え、ふらふらしながらキッチンに行ってミルクを作ってきたところまでは断片的に覚えているが、赤ん坊を抱いて哺乳瓶をくわえさせた記憶はない。もしや哺乳瓶からミルクが全部漏れてしまったのではないかと布団をあちこち触ってみたが、湿った感じはまったくなかった。夢うつつでなんとか哺乳瓶をくわえさせたんだな、そう思ってやり過ごしてもいいようなことだったけれど、朝、布団の中から空の哺乳瓶を発見するたびに果てしない不安に襲われた。記憶に残らないほど朦朧《もうろう》としているその時間に自分が何をしでかすかわからないことが、そして、夜中に目を覚まし、むずかる赤ん坊の口にちゃんと哺乳瓶をくわえさせること以外にこの手がとり得る行動が怖かった。記憶に点々と空いた黒い穴は、わたしにとって「孤立」のもうひとつの名前だった。

孤立は広場のど真ん中でも起こった。子どもが二歳になったころから、午後の時間の大半は近所の公園に行って過ごしていた。子どもは無限の動力で動く機械装置のようだった。疲れも知らず走り回り、三輪車やキックボードに乗るとさらにすばしこく動き回る。人の多い公園で見失わないよう子どもの服装をしっかり記憶し、あとをついて回った。肩にはいつも大きなカバンをかけていた。パンパンに膨らんだカバンの中には、子どもが脱いだ上着や帽子だけでなく非常用品も入っていた。ウエットティッシュやティッシュペーパー、ガーゼのタオル、消毒薬、絆創膏は必須だし、お腹が空いたといつ子どもが泣きだすかわからないので、おやつや飲み物も忘れてはならない。子どもを急いでなだめたいとき手に握らせるミニカーや、食堂やカフェで子どもの気を引く紙とクレヨン、絵本も必要だ。オムツや着替え用の服は基本中の基本。子どもはいつ何時、身体を汚すかわからない。機嫌よく遊んでいたのに突然吐くこともあるし、水溜まりに転ぶことも、みずからバシャバシャ入っていくこともある。そのため、どれかひとつでも忘れたら大変なことになる物をあれこれ詰めていると、家の前の公園に行くだけでも大荷物になった。よく〝オムツバッグ〟と呼ばれるそのカバンには、オムツだけが入っているのではなかった。

その日もいつものようにはち切れそうなオムツバッグを肩にかけ、三輪車で疾走する子どもの後ろを走っていた。暑い日で顔じゅう汗だくだったが、拭いている暇もない。前方から歩いてくる若い女性二人と目が合った。颯爽と足を運ぶたび波のように揺らめくワンピースの裾にも、ほんの一瞬だが視線が奪われた。彼女たちとすれ違い、再び子どもの後頭部に視線を戻したとき、背後から声が聞こえた。いやいや、ああはなりたくないよね。その言葉が耳に刺さった瞬間、公園を埋める騒音や人々の動き、その場の空気の流れは真っ白にかき消された。その言葉は、子どもとわたしを広場のど真ん中に縛りつけた。いや、縛りつけられたのはわたし一人だ。子どもは楽しそうに三輪車のペダルをこいでいた。

そんな日の夜、わたしたちはよく裸足でベランダの柵のそばに立った。足の裏にタイルの冷たさを感じながら、ぼんやりと外を眺めた。視線はいつも下へ。一七階から、九階から、二三階から、流れゆく自動車の列を、その向こうの公園を、点々と見えるベンチを、石畳の地面を見下ろした。高さや衝撃を想像してみたりもしながら。

そういう時間を通過して、わたしたちは今のわたしたちになったのだ。

女は魚の無愛想な顔を見つめた。顎の構造が見事だ。そして発見してしまった。そいつの下唇は——それを唇と呼べるのなら——不吉で、じっとりしていて、武器のようだった。そこに古びた釣り糸が五本ぶら下がっていた。そのうちの一本の金属ハリス（リールに巻いてある道糸の先に連結する糸）には今もサルカン（道糸とハリスを連結する器具）がついているのが見える。口の中には大きな釣り針が五本、がっちり食い込んでいた。
緑色の釣り糸は、そいつが引きちぎったときの姿そのままに先端がボロボロだ。二本はもう少し太く見える。細くて黒い一本は、そいつが引きちぎって逃げる直前の、釣り人との激しい攻防を物語るかのように縮れている。苦しそうに見えるそいつの顎に「知恵のひげ」五本がなびいていた。釣り針は、ちぎれた糸の先にぶら下がる勲章のようだった。

わたしたちは子どもたちが小学一年生のとき、授業参観で初めて出会った。教室の後ろに立ってわが子の姿を目に収めるのに余念がない母親たちの中で、スラオンニは断然目立っていた。スラオンニには、ただファッションが洗練されているとか目鼻立ちが派手だとかいう言葉では説明できない雰囲気があった。単なる赤や黄、オレンジといった色では表現できない秋の深い森の風景のように、さまざまな雰囲気が織り重なって「スラオンニ」になっていた。一見どこか近寄りがたい印象があったが、オンニはその独特の話術で相手との距離感をいっぺんに縮めた。ただでさえセンスが古くなって後輩たちに押され気味だったんだけど、うちの娘がちょうど小学校に入学したじゃない？　時代遅れって言われるよりは経断女《キョンダンニョ》（経歴断絶女性。結婚や出産、育児でキャリアが途絶えた女性を指す造語）って言われるほうがマシだと思ってスパッと退職願を出したってわけ。オンニは、デザイナーとして長年勤めていた有名アパレル会社を突然辞めた理由をそう説明した（だが、会社を辞めた本当の理由を聞かせてくれたのは、わたしたちがもっと親しくなったあとのことだ）。スラオンニは自分のセンスが時代遅れだと自嘲していたが、実際、オンニのセンスはかなりのもので、子どもにはいつも手作りの服を着せていたし、家の中の布製の小物もすべて自分で作っていた。オンニの作品はオンニの雰囲気と同じく洗練されていて神秘的な深みもあった。わたしたちは、オンニがいつか自分のブランドを立ち上げて起業を実現できるよう、心から応援していた。

　ミイエの第一印象はあまり良くなかった。授業参観の最後に、担任の先生は何人かの児童を無作為に指名し、それぞれ自分の名前を黒板に大きく書くようにと言った。背が黒板の高さの半分にも届かない子どもたちが小さな手で子音と母音を書いていく姿は、思わずクスリと笑ってしまうような愛らしさがあった。そんななか、ある男の子が三文字の名前の二文字目を「テエ」と書いた。その書き間違いさえも愛らしく、母親たちのあいだに静かな笑いが広がった。だが、わたしの隣に立っていた女性はただ一人こわばった表情をしていた。それがミイエだった。家への帰り道、偶然、ミイエと息子の後ろを歩く格好になったのだが、ミイエはずっと息子をなじっていた。テエって何よ、テエって。自分の名前もちゃんと書けないでどうするの。テエとテの区別もできないの？　ああいう人とは絶対に友だちにはなれないな、無意識にそう思っていたのに、わたしたち三人はその年のうちに、三銃士と呼ばれるくらい親しくなっていた。

きっかけは秋の運動会だった。学級委員のお母さんが、運動会に参加した母親たちの労をねぎらう意味で、町の居酒屋でビールを振る舞ってくれた。初の飲み会ということで硬くなっていたのか、みんなお酒があまり好きではないのか、母親たちは自分の前に置かれた三五〇ミリリットルの生ビールをちびちび飲み、グラスが空になると、そろそろ失礼しますと言って席を立った。学級委員のお母さんまで帰ってしまうと、残ったのはスラオンニとミイエとわたしだけだった。スラオンニは、自分がいちばん年上みたいだから二次会はあたしが奢ると言い、ずっと静かだったミイエがよっしゃー！と叫ぶと雰囲気は一気に盛り上がった。わたしたちは子どもたちの小学校から遠く離れたエリアまで歩いていき、地元住民より近くの会社員がよく利用するフライドチキンの店に入った。わたしたちが中に入ると、大声で喋りながら酔態を晒《さら》していたワイシャツ姿の男たちが一斉に視線を浴びせてきた。その視線にわたしは一瞬ひるんだが、スラオンニは敵陣に攻め込む将軍のように、美しい顎をツンと持ち上げて店の真ん中を優雅に歩いていった。その日わたしたちは、そろそろ閉店時間なので帰ってくださいと店員に言われるまでビールを飲み、フライドチキンにかぶりついた。時代遅れのデザイナーになるくらいなら経断女になったほうがマシだとスラオンニが話したのはその日だった。ミイェは、土鍋で煮込んだカイコのさなぎをスプーンで口に運びながら自分のことを話しはじめた。ミイェは三人きょうだいのいちばん上で、二人の弟より勉強はうんとよくできたが、ため息ばかりつく両親に根負けして「自発的に」実業系の高校に進学したと言った。そして一八歳で就職した職場で今の夫と出会った。自分に一目惚れした夫はかなり年上で、子どもを産む前に大学に行かせてやると約束してくれたから結婚を決めたのだと、ミイェは淡々と話した。放送通信大学の英文科を卒業したミイェはそのころ、息子が小学三年生くらいになって学校生活にも慣れたら大学院に行こうと、時間を見つけては勉強していた。カイコのさなぎの煮込みを一人で全部たいらげたミイェはビールをおいしそうに飲み干すと、赤らんだ顔で言った。授業参観の日、息子が名前の「テ」を「テエ」と書き間違えたときに母親たちのあいだに広がった笑い声が、自分には嘲笑に聞こえた。息子ではなく、母親である自分への非難のように聞こえた。環境に恵まれている息子が勉強を疎かにすることに腹を立ててはいけないと頭ではわかっていても、どうしても腹が立ってしまうのだと。

今思えば、その日ミイェがその話をしたのは、スラオンニが自分の娘について話した直後だった。スラオンニは、娘は得意なこともやりたいこともないし、怠け者で向こう見ずだ、でも、子どものときは勉強ができて、大人になったら大金稼いで社会的に認められるとか、そんなの何の意味もないって、人生振り返ってみて思う、娘は自分の好きなことでもしながら、大きな不幸を経験せずに生きてくれたら、と言った。だから自分たち夫婦は、のちのち娘がカフェでも開けるくらいのお金をあげて親としての役目を終えようと思っている、ということだった。そのあとにミイエが自分の話を始めたのだが、考えてみると、そのときミイエはスラオンニの話に内心カチンときていたのかもしれない。オンニ、お気楽なこと言わないでよ。オンニみたいに何不自由ない人に何がわかるの? けれど、スラオンニの話の中でわたしが注目したのはミイエとは違う部分で、その一言はその後もかなり長いあいだ、スラオンニに対するわたしの印象を左右した。あたしは、娘が大きな不幸を経験せずに生きてくれたらと思う。そんなことを願うなんて、いったい過去にどれほど大きな不幸を経験したのだろう? だが、オンニの孤立の夜にひとりソファに横たわり、あの日の会話をじっくり思い返してみると、オンニが言いたかったのは別のことだったのではないか、という気がしてくる。「大きな不幸を経験せずに」生きていってほしいと願っていたのではなく、大きな不幸を経験することなく「生きてさえいてくれたら」と願っていたのではないかと。

わたしたちは、子どもたちが別々のクラスになり、中学に上がり、それぞれ別の高校に進学するまで、一〇年近く親しくしていた。週に一度会って、スラオンニから編み物やフランス刺繍を習ったり、ミイエが勉強している英文学の作品を一緒に読んだりもした。郊外の植物園巡りをし、故宮や近代建築物を見学した。人文学や文学、歴史、建築を学び、現地に足を運んで、目で見て体感しながら探求した。家事や育児に追われる日々のなか、会うたびにわざわざ何か課題を決めて実行に移していたのは、たぶん、自分たちが時間を持て余してのんきに遊んでいる有閑マダムではないことを証明するためだったのだろう。どれ、ひとつ証明してみろ、と言ってくる人はいなかった。だけど、わたしたち三人は一様に、証明しなければならないというプレッシャーを感じていた。

　わたしたちがもっともよく行ったのは坡州《パジュ》だ。家から程近い郊外で、編み物や読書に適した広いカフェや飲食店も多かった。わたしたちが坡州に行くといつも天気が悪かった。どんより曇っていたり、雨が降ったり、ＰＭ２・５が多かったりした。スラオンニの車に乗って自由路を走るとき、そばを流れる臨津江《イムジンガン》（韓国と北朝鮮の国境近くを流れる川）の水も、いつも鉛色をしていた。坡州と天気の相関関係は、わたしたち三人だけに通じる冗談になった。

　でも、今ならわかる。わたしたちが坡州に行くたびに天気が悪かったのは、単なる運の問題ではなかったことが。たった三人の予定を合わせるだけなのに、天気のことまで考慮に入れる余裕はなかったのだ。

　国防大学の近くにメウンタン（魚のピリ辛スープ）を食べにいったことがある。当時ミイエはあるアメリカの女性詩人にはまっていて、その日わたしたちはその詩人の「The Fish」という詩を読んで話をすることになっていた。スラオンニが、「The Fish」を読む前にメウンタンを食べるのはどうかと提案した。わたしたちはマンションの広場で落ち合い、タクシーで国防大学前に向かった。三人で昼飲みをしたのはその日が最初で最後だ。グツグツとおいしそうに煮えるメウンタンや、手の中の焼酎グラスの冷たい感触といったものがわたしたちの気分を高揚させ、いつしか三人とも声が大きくなっていた。にぎやかに談笑している途中、ふと妙な気配を感じて辺りを見回すと、広いホールを埋め尽くした客全員がわたしたちのことを見ていた。同じような顔、同じような服装の男たちが、同じような目つきでわたしたちをじっと見ていた。それは軽蔑の眼差しだったはずだ。わたしたちが口をつぐむと店内は静かになった。どこからか、チッと舌打ちする音が聞こえた。舌打ちに続く言葉も聞こえるかのようだった。チッ、女どもが真っ昼間からみっともない。スラオンニが焼酎グラスを手にとって叫んだ。みんな、さっさと飲んで米を買いにいこう！　飯炊きするにはまず米を買わないと！　ミイエがケラケラ笑ったはずみに後頭部を壁にぶつけた。わたしたち三人は焼酎グラスを軽やかにカチンと合わせた。男たちは視線を逸らした。

わたしたちがわたしたちだからこそ、そばにお互いがいるからこそ、クラクラするほどまぶしい時代だった。

チウォン、あたし、もどかしくて、歯痒くて、もうどうにかなりそう。こんな話、あなた以外に言えなくて。ごめん。ほんとにごめん。さっき娘が電話してきて、わんわん泣くのよ。怖くてたまらないって。あなたも知ってるでしょ？　うちのヒョンがどんなに繊細で臆病な子か。家にある食べ物はレトルトご飯と海苔だけなの。デリバリーアプリで何か注文して食べなさいって言っても、怖くて玄関のドアを開けられないって。ドアの前に置いてってもらいなさいって言ったんだけど、それも無理だって。ドアを開けた途端、何かがワッと襲いかかってくるような気がするんだって。どうすればいい？　あの子そんな調子で、もう何日もお腹空かせてる。胸が押し潰されそうっていうのは、こういうことを言うのね。ところでさ、チウォン。この話はしないつもりだったんだけど。昨日ミイェが電話かけてきて、ガーッと一方的にまくし立てたかと思ったら、こっちが言い返す間もなく切っちゃった。そんなふうに思っちゃいけないってわかってても、あたし悔しくって。あたしが、うなぎが食べたくて二人を呼び出したと思う？　愛する人を亡くすのがどういうことか、誰よりもよく知ってるから。だから、直接顔を合わせて慰めてあげたくて、それで……。

ミイエが言いたいことだけ言って電話を切ったとき、どうして、あの子たちが九歳だった頃のことが頭に浮かんだんだろう。あなたは知らないことよ。誰にも言わなかったから。あれは八月で、ほんとに暑くてカンカン照りで誰も外に出ないような日だった。珍しくミイエが自分から連絡してきて、テユンが英語塾に行く前に公園で遊びたがってるからって、ほら、うちのヒョンと、チウォン、あなたの息子を呼び出した日よ。あまりに暑くて心配だったけど、テユンのほうから遊びたいって言うことなんてめったにないから、あたし、ヒョンを行かせたの。あのカンカン照りの中に。でも心配になって、冷たい水と紙コップを持って下りていったのよね。そしたら、中央公園にもいないし、七棟の前の公園にもいない。隣の団地の公園に行ったのかなと思ってマンションの裏門のほうへ歩いてたら、そばのバドミントンのコートからあの子たちの声が聞こえてくるじゃない。そのときあたし、何を見たと思う？ テユンが高い審判席に座ってて、うちのヒョンとあなたの息子は汗をダラダラ流しながらコートの周りを走ってるのよ。テユンが、家から持ってきたのかペットボトルを手にして三周！って叫んだら、あの子たち、ハーハー言いながらコートを三周してテユンの前に行くの。そしたらテユンはペットボトルの蓋に水を入れて二人に渡すの。あのちっちゃい蓋によ。で、二人は犬みたいにハーハー言いながら、そんなちょっとの水でも受け取って飲むの。テユンがまた四周！って言ったら、あの子たち、バカみたいにまた四周走るわけ。あたし、もうびっくりしちゃってテユンを見上げたら、ああ恐ろしい。あんな幼い子がニヤッて笑ったのよ。鳥肌立ったんだから。あいつ、顔が真っ赤になってる二人を見下ろしながら、悠々とペットボトルを口にもってって水を飲むの。あたし、全身が震えてきたんだけど、見ないふりして二人を呼んだのよ。二人をつかまえて、水を一杯ずつ紙コップに注いでやった。テユンのほうを見ないようにするのにどんだけ必死だったか。昨日ミイエが電話でさんざん罵ってるとき、どうしてそのときのことが思い浮かんだんだろう。チウォン、あたし怖いよ。ミイエも怖いし、テユンも怖いし、そんなことを思い出す自分も怖い。怖くてたまらない。もう無理。

こんにちは。保健所です。新型コロナウイルスの症状の確認のためお電話いたしました。パク・チウォンさんですね？（はい）まず、発熱はありますか？（いいえ）のどの痛みはありますか？（いいえ）咳は出ますか？（出ません）ほかに何か症状はありますか？（……）ほかにどこか具合の悪いところはありますか？

（何もかもです。何もかも悪いです。具合が悪くて、もう死にそうです）

わかりました。担当者に確認のうえ、ご連絡いたします。

でもね、スラオンニ。わたしたちが出会う前の年にこの世を去った、オンニの一人目の子どものことだけど。その子が生前すごく大事にしてたっていう、あの青い自転車。あの自転車を快く引き取ったのは、わたしじゃなくてミイェだった。死んだ子どもの使ってたものを病弱なうちの子に使わせたくなくて、わたしがなんとか理由をつけて断ろうと頭をひねってるあいだに、ミイェは、オンニの一人目の子をずっと忘れないように大事に使わせるからって、そんな優しい言葉をかけてたよね。ミイェはそんな人だった。

女は魚を見つめた。小さなボートの中に勝利の喜びが溢れていた。油のついた場所はどこも虹色に光っていた。錆びたエンジンの周りに、船底に溜まった水に、オレンジ色の古びた淦汲《あかく》み（船に溜まった水を汲み取る手桶）に、日に焼けてひび割れた横木に、オール受けに、舳先《へさき》の板に、そこらじゅうに虹が浮かんでいた。

何がしきりにわたしたちを臆病者にさせるのだろう。わたしたちを絶えず孤立させ、ああはなりたくないと人に思わせ、軽蔑されやすい顔に変貌させ、何かを証明しなければと常にみずからを追い立てる、この病の名は何だろう。わたしたちはいつから、災害の真っ只中で岩のように重くなった子どもをおぶって走る（でも走れない）夢を繰り返し見るようになったのだろう。このウイルスの本当の名は何というのだろう。

虹！　虹！　虹！
女は魚を放してやった。

ひどく寒い。全身が震える。悪寒で目が覚めた。むくりと起き上がって体温を測ってみる。ＬＥＤディスプレイにくっきりと表示された数字は38・8。とうとう熱が出た。震えながら解熱剤を包装シートから取り出す。冷めたお茶で二錠飲み込んだ。ものすごく寒い。寝室に入り、クローゼットの扉を開ける。そこには、編みかけのカーディガンが丸まっている。スラオンニに教えてもらって、秋に着ようと　年前から少しずつ編んできたものだ。ミイエはぴったりサイズのパープルのカーディガンを、わたしはグリーンのオーバーサイズのカーディガンを編んでいた。それぞれ完成したら、みんなで晩秋の森へ散策に出かける予定だった。曇り空を避けるには坡州さえ避ければいい。わたしたちは、わたしたちだけに通じる冗談を言って笑い合った。わたしは、まだ左袖が完成していない深い森の色をしたカーディガンを羽織ってリビングに戻ってきた。

夜だ。

隔離の夜。そして、おそらく陽性の夜。

夜が明けたら保健所に行って再検査を受けるのだ。

そしてわたしたちは

今もまだそう呼べるのなら

わたしたちはともにこの病を患うのだ。

＊本文中の女と魚に関する部分は、エリザベス・ビショップの詩「The Fish」の内容を登場人物の視点で再解釈し、散文形式にしたものである。

その猫の名前は長い

浮いた。

スッ。

ブッ。

下のほうに自分の身体が見える。酸素マスクをつけて手術台に横たわる五二歳の女の身体は、毎朝洗面台の鏡で見ていた姿とは違った。わたしは今、霊なのか。魂なのか。あの身体が温かいところを見ると、わたしは死んではいない。諸々の危険性を承知したという手術同意書にサインをしたことや、睡眠麻酔剤が注入される前、医者に数字を数えるように言われたこと、ややぎこちなく一《ハナ》、二《ドゥル》、三《セッ》、までつぶやいたこともすべて覚えている。そして真っ暗な忘却の彼方へスーッと沈んでいったのだが、いつの間にか、手術室の天井までスッと、もしくはブッと浮いて自分の身体を見下ろしていた。霊魂の重さは二一グラムとか言ってたけど。映画のポスターの「はちどり一羽の重さ、チョコレートバー一本の重さ」というコピーを見て、鼻で嗤《わら》ったっけ。人それぞれ身体の形も、色も、重さも、長さも、体積も違うのに、霊魂の重さだけは二一グラムという単一の数字で説明しようとするなんて。それはそうと、今こうやって浮かんでいるわたしの霊は二一グラムなのだろうか。くだらない好奇心が湧き、もしかして手術室の中に秤《はかり》のようなものはないかと見回してみたりもした。

好奇心の対象を変え、自分の身体をあらためてじっくり見てみる。いまだかつて経験したことのない視点、光景だ。鏡を見るのともまた違うし、自分の写っている動画や防犯カメラの映像だって見たことがないのだ。あの身体の歴史はもっぱらあの身体の中でのみ知覚してきたけれど、こうして霊になったわたしは、これまでにない距離をもってあの身体を観察している。あの身体は一六歳のとき一六九・九センチでかろうじて成長を止め、母親をホッとさせた（女の子なのに背が一七〇を超えたって使い道なんてないだろ？）。だが、それ以前に体重はすでに七〇キロを軽く超えていて、母親にため息をつかせた（女の子なのに体重が七〇を超えてなんに使うっていうんだい？）。母はいつもわたしの身体の使い道を心配していたが、幸いわたしは一九歳から自分の身体を使って家族を養っていた。「女家長」は、二〇代のわたしにつきまとっていた、死ぬほど嫌いだったあだ名だ。あの身体は二〇代と三〇代をあっという間に通過して四〇代に突入した途端、いきなりみずからの存在のあれやこれやを次から次へと主張しはじめた。三九で白髪が生えはじめ、定期的な白髪染めという面倒を強いるようになったかと思えば、四四で老眼になり、カバンの中や机の上、枕元に老眼鏡をひとつずつ用意しておかないと目も心もぼんやりするという生活が始まった。四八になると、頸椎ヘルニアや高脂血症、脂肪肝、ビタミンD欠乏症が、番号札も引かず我先にと襲ってきた。ありとあらゆる症状がまるで約束手形の支払日のように迫ってくると、自分の身体のどこかにこんなものが潜んでいたんだなあと、あらためて気づかされた。三カ月ごとの血液検査の結果に応じて、ひと握りほどもある薬の服用量を調節し、どこへ行くにもまず薬をカバンに入れ、薬と家族のように付き合う生活に慣れていった。この程度なら老化という滑走路に無事着陸したと言えるんじゃないかと、うっかり油断していたころ、子宮筋腫が見つかった。子宮はこれまでも、月に一度、月経痛だの、月経前症候群だの、排卵痛だのでみずからの存在をせっせとアピールしてきた臓器なのでそれなりに親しい間柄だと思っていたのに、コイツがいちばんひどい不意打ちを食らわしてきたのだ。筋腫の数もかなり多くてぇ……ここ、見えるでしょう? 一二センチ以上のものもあってぇ……場所もあまりぃ……医者は語尾を長く伸ばす癖があった。わたしは医者の言葉を遮って言った。子宮、サッと取っちゃいましょうよ。その瞬間、医者はわたしの顔をまじまじと見た。目には叱責の色が浮かんでいた。医者は、子宮摘出後の副作用も考慮しなければならないと言い、摘出する場合としない場合にそれぞれ起こり得ることを比較しながら長々と説明した。語尾を伸ばす話し方は耳障りだったが、この医者なら手術を任せても大丈夫だろうという気がした。

麻酔の効いた状態で医者や看護師たちに取り囲まれている自分の身体は、初めて見るように新鮮だった。眠っているようでもなく、気絶しているようでもない。もちろん、自分の眠っている姿や気絶した姿を見たことはないので、正確な比較とは言えない。あれは何と言うべきか。まだ使い道があるかどうか判断を保留された麻袋のよう、とでも言おうか。ゴミ箱行きは免れたものの、この先また使うからと保管されているわけでもない、中途半端な状態で倉庫の隅に放置されている麻袋。そんなふうに考えると、自分の身体に対してあまりにひどい比喩を用いたようで申し訳なくなってくる。そしてついに医者が下腹部にメスを入れる瞬間、わたしはその様子を直視できず目を逸らしてしまった。いくら霊になったとはいえ、むき出しになった自分の身体の内部と向き合う自信はなかった。

霊になってみると、確かに身軽だった。これまでずっと、巨人、女傑、女横綱といったあだ名がついて回ったが、霊になったわたしは羽毛のように軽く、息のように希薄だった。浮こうと思えば浮いたし、動こうと思えば動いた。はちどりよりも機動力があり、チョコレートバーのようにずっしりもしていない。軽いというのはこんな感じなんだなあ。手術は通常二時間半くらいで終わるが、開腹して確認した状態によっては、所要時間や範囲が増える可能性もあると言っていた。わたしには少なくとも二時間余りの自由がある。手術室から出るや否や、ひとりでに会社のほうへと動いていた。一九歳のときから三〇年以上通っていた場所のことは、霊も、身体同様よく把握していた。

野積場《のづみば》の丸太の山の上に座った。いっか一度は上ってみたいと思っていたのだ。工場棟から騒々しい電動ノコギリの音が聞こえる。予定どおりなら今ごろは超大型の一枚板を加工しているはずだ。会社の保有する丸太の中からもっとも大きくて質の良いものを選んで作る一枚板は、有名化粧品メーカーがこの秋カロスキル（江南に位置する、トレンド発信地とされるエリア）にオープンする店舗のメイン陳列台となって、同メーカーが前面に押し出しているナチュラリズムのイメージをアピールする予定だ。今回の一枚板の受注は、実益の面でもPR効果の面でも、会社にとってかなり重要な契約だった。その化粧品メーカーは有名雑誌にカロスキル店オープンの記事を大々的に載せるはずで、ページ全面を飾る店舗の写真では、化粧品よりも、うちの会社の作った一枚板のテーブルのほうが目を引くはずだ。現社長は、ここ数年間人気の衰えない一枚板の事業で味をしめ、今回の契約で完全に天狗になっていた。しまいには、会社の主力部署であるインテリア事業部に比べやや軽んじられてきた家具事業部への投資を強化すると宣言した。一見、勇断のようだが、実のところ現社長の本当の狙いは、投資強化ではなく経費削減だった。家具事業部を立ち上げ大きくしてきたわたしを外して、デザイナー出身の自分の妻をその座に据えるという意味だったのだから。

トゥッ。

プッ。

耳を澄ますと聞こえる。丸太が乾燥するにつれ中心部のどこかがわずかに歪む音。湿気が抜けることで空間が生じる音。予測不能なその音を社長は、木が熟していく音だと言っていた。木の熟す音の上に座って、三〇年以上自分が身を置いていた場所を観察してみた。見慣れない角度から眺める空間は、手術室の天井から見た自分の身体と同様、新鮮に感じられた。こうして見ると、工場棟と休憩棟、本館棟の三つの建物は、微妙にずれて三角形になり損ねた三本の線のようだ。木材の美しさを広めようと社長が無理して建てた木材展示場の屋根もいつしか古びて錆つき、ちっとも美しくなかった。見る角度が違うだけなのに、いろんなものが違って見えた。あの休憩棟の裏にある、裏山へと続く細い散策路で、ソヒオンニは冷たい顔で言ったっけ。それで、あんたは脚を広げたわけ？　あそこに見える工場棟の隣の喫煙室では、創立記念日のタダ酒で酔っ払ったチョン・ジュンマンさんがいきなりわたしの手をつかみ、絡んできたこともあった。ミス・クは身ひとつで来ればいい。俺がミス・クの失敗なんかも全部隠してやるから。俺はミス・クさえいてくれればいいんだ。ソヒオンニは結婚を機に会社を辞め、チョン・ジュンマンさんは日頃の職務怠慢からクビになった。どちらも、もう昔の話だ。工場の床に毎日毎日溜まっていくおが屑やかんな屑と同じくらい、よくある話。

トゥッ。

プッ。

木の熟す音よりも無意味なたわごと。

一七歳の春に、二流新聞のデスクだった父はどこかへ連れていかれ、秋に戻ってきた。父は、肉体だけが戻ってきた。腑抜けになった父は一日じゅう部屋で横になっているか、何も告げずに家を出て、かなり経ってから、溜まった部屋代を払ってくれと見知らぬ都市の安宿から連絡してくる、ということを繰り返した。もともと父はわりとマメな人だったのに、日がな一日ブラブラしている遊び人になってしまった。母は、お父さんは心にケガをした、心をケガした人も身体をケガした人と同じようにしっかり手当てをして治さないといけないのだと、わたしと二人の弟に言い含めた（軍事政権下では厳しい言論統制がおこなわれ、新聞記事の検閲のみならず、一九八〇年代には韓国中央情報部（ＫＣＩＡ）の後身である国家安全企画部に記者を連行し拷問を加える事例もあった）。だが、自分の実家に借金して生活している身の上で各種滋養食や強壮剤を一年以上にわたって摂らせてもちっとも良くならないものだから、そのうち母は父を「いない人」扱いするようになった。父はいつしか、心をケガした人ではなくただの使い道のない麻袋になり果てて、家の中のどこかに適当に転がされていた。大金持ちではないものの何不自由ない家庭で親が歳をとってから生まれた母は、末っ子として大事に育てられた。しかしそんな苦労知らずの母も、あっという間に別人のようになって食堂の皿洗いをするようになった。夜は夜で、父が大音量でつけている一四インチの白黒テレビの前にちゃぶ台を広げ、封筒の糊付けをして小銭を稼いだ。ものの値段はすべて、封筒一枚を糊付けして得られる金を基準に考えるようになった母は、ほんのわずかな金も節約しないと気が済まない「生活の闘士」へと生まれ変わった。だが、母の稼げる金は本当に微々たるものだった。その金で家族五人が食べていくことはできない。わたしは高校三年の終わりに、きっかり一〇分だけ悩んで大学進学を諦めた。わたしの成績では、家の暮らし向きを劇的に変えられるような、名のある大学や有望な学科に入るのは無理だったのだ。普通高校の卒業証書一枚ですぐに就職できるようなところはほとんどなかったが、山林庁で公務員をしている伯母の夫が、ソウルと京畿道の境にある小さな木材会社に臨時職として「ねじこんで」くれた。そのときからわたしには「女家長」という名札がぶら下げられた。デリカシーのない人は、人よりちょっとばかり立派なわたしの体格を見て「女横綱」と呼ぶこともあった。

わたしが間の抜けた顔で初めて会社に足を踏み入れたとき、にっこり笑って自分から歩み寄ってきてくれたのがソヒオンニだ。ソヒオンニは総務部のベテラン社員だった。女子商業高校出身で、経理の実務を一手に引き受けていた。オンニは、暇を見つけてはタイプライターや簿記を教えてくれたりもした。オンニからはいつもいい匂いがしていた。今思えば、香水か、ちょっと高級なシャンプーの香りだったのだろうが、女子高を出るなり放り込まれるように就職し、いわゆる「女性らしさ」について学ぶ機会が皆無だったわたしは、ソヒオンニの放つ香りや雰囲気のすべてを「女性らしさ」の真髄だと信じてしまった。昼休みにわたしの一歩半ほど前を歩いて食堂へと向かうソヒオンニの後ろ姿を眺めることは、潤いのない会社生活の中で、わたしのいちばん好きなことになった。オンニはいつも、ふくらはぎが半分隠れる長さのスカートとパリッとアイロンのかかったブラウスを身につけていた。いつだったかオンニが足首の後ろが見えるバックストラップパンプスを履いてきた日には、足首のくびれを見て内心驚いたものだ。人間の足首が、ウエストのようにキュッとくびれるなんて。それは新たな発見だった。オンニがタイプライターの前で仕事に没頭しているときは、そのやや前かがみの肩のラインをしばらく眺めたりもした。たぶん、あのころわたしはオンニに憧れていたのだと思う。オンニのエレガントな容姿と細やかな心配り、そしてそれらが合わさって醸し出される雰囲気を、わたしは美しさと定義した。オンニは本当に美しかった。そんなに美しい人を会社のおじさんたちは、ミス・ヤン、ちょっとコーヒー頼むよ、ミス・ヤン、ちょっと果物むいてきて、とこき使った。わたしが何か失敗でもしようものなら、みんなはオンニに注意した。ミス・ヤン、無鉄砲なミス・クの教育、ちゃんとしといてよ、いいね？

わたしは、昼ご飯のあとオンニと一緒に裏山へと続く散策路をゆっくり歩き、また下りてくる、その束の間のひとときが大好きだった。オンニは長く伸びた草をかき分けながら、静かな口調で話を聞かせてくれた。工場長の遠い親戚だというオンニは、コツコツお給料を貯め、いい人と出会って結婚し、温かい家庭を築くのが人生の目標だと言った。裏山に登ると、会社のすぐ隣に社長が貴重な木材をふんだんに使って建てた、頑丈そうな二階建ての家が見えた。その家を見下ろしながら、オンニは夢見るように言った。あんな立派な家に住んで、女の子と男の子を二人ずつ産んで、庭で元気に遊ばせながら幸せな子どもに育てたい。でも近ごろは三人以上産んだら野蛮人って言われるから、女の子一人と男の子一人の二人だけ産んで大事に育てるの。オンニなら実現できそうな気がした。あんなふうに眉毛も、鼻の下の産毛も、すね毛も完璧に管理できるオンニなら、バスで一時間半かけて通勤しながらも、丁寧に眉毛を描き、うっとりするような香りを漂わせているオンニなら、この世でもっとも幸せな子どもの母親になれるような気がした。わたしはオンニの視線の先にある社長の家の庭を見下ろしながら、そこに未来の子どもたちの姿を重ねてみた。オンニに似て明るく素直な女の子一人、男の子一人の姿を。

その年の秋、急に冷え込んで、慌てて冬服を引っ張り出すのに朝からバタバタした日のことだった。ソヒオンニは、肩幅のぴったり合った、仕立ての良いハンドメイドのウールコートを着て出勤した。オンニの色白の肌に橙《だいだい》色のコートがとてもよく似合っていた。わたしは、羽毛ではなく中綿の入った、もこもこ膨れているだけで保温性に劣るナイロン製ジャケットを着ていた。オンニのほっそりした身体にフィットするコートを見たあとに自分の中綿ジャケットを見ると、空気を入れ過ぎた風船人形にでもなったような気がした。その日の服装をはっきり覚えているのは、ソヒオンニが思いがけない頼み事をしてきたからだ。オンニは、仕事のあと、ちょっと一緒に行ってほしいところがあるんだけど、と言った。ソヒオンニはいつもわたしの頼みを聞いてくれる側で、何かを頼んでくることはなかったので、わたしはちょっと興奮していたように思う。退勤後、わたしたちは京畿道の奥まった地域に向かうバスに乗り、背の低い灰色の建物がぽつん、ぽつんと現れる田舎道を走った。バスから降りたときはすでに日が暮れていた。ところどころにある薄暗い街灯を頼りに数百メートル歩いたところ、赤い旗をくりつけた竹の枝がセメント塀の内側ににゅっと立っている家が現れた。ブリキの看板に赤いペンキで「少女菩薩神占」と書いてある。神を身体に受け入れたばかりの霊験あらたかな巫女《ムーダン》（朝鮮のシャーマニズムで、神と人間とのあいだを仲立ちする女）なんだって。ずっと黙っていたソヒオンニが、看板を確認するなりわたしのほうに顔を向け、そう囁《ささや》いた。ムーダンの家は暗がりの中にひっそりと佇んでいた。粗末なアルミサッシのドアを開けて中に入ると、天井の低い薄暗い部屋で中年女性がわたしたちを出迎えた。霊験あらたかだという少女ムーダンは、いちばん奥の部屋に設えられた儀式の間にぽつんと座っていた。どう見てもわたしと同い年くらいにしか見えない。濃い化粧も、あどけない目鼻立ちまでは隠せなかった。テレビで見た色とりどりの儀式用衣装を期待していたが、ムーダンはごく普通のジャージ姿だった。ただ髪の毛だけは、時代劇に出てくる少女のようにひとつに結って帯状の赤い髪飾りを垂らしていた。ムーダンは背筋をまっすぐ伸ばして座り直すと、ソヒオンニを見て言った。きれいなお姉さんが何を悩んでここまで来たのかな？　ソヒオンニはすっかり怖気づいた顔でハンドバッグから一枚の紙を取り出し、ムーダンの前に差し出した。会社のロゴ入りのメモ用紙に、漢字の名前と生年月日、出生時間が二つずつ書いてある。二人のうちどちらと結婚したらいいでしょうか？　まあこのお姉さん、大人しそうな顔して、ずる賢いキツネだね、キツネ。ムーダンは目に笑みを浮かべてソヒオンニを見ていたかと思うと、すぐに真顔になって鈴を振りはじめた。軽く目を伏せて何やらつぶやいてもいる。まぶたに描かれた黒いアイラインはわずかに歪んでいた。鈴の音がぴたりと止んだ。ムーダンはカッと目を見開き、紙に書かれた名前をひとつずつ指しながら言った。こいつと暮らしたら身体が楽で、こいつと暮らしたら心が楽だ。ソヒオンニが言った。もう少し詳しく説明してもらえないでしょうか？　ムーダンはじれったそうに言った。こいつと暮らしたら気苦労、こいつと暮らしたら身体の苦労。どっちを選んでも、一方が楽ならもう一方では苦労するってこと。わたしはムーダンが適当なことを言っていると思った。ソヒオンニは、まだ聞きたいことがあるのにムーダンの勢いに気圧されて言葉を飲み込んでいるようだった。しばし沈黙が流れる。このペテン師め。わたしは、ソヒオンニの顔を一瞬にして曇らせたムーダンが憎らしかった。そのときムーダンがわたしに言った。そこの後ろに座ってるお姉さん、お姉さんも何か聞いたら？　あたしが特別にサービスしてあげるから。ソヒオンニは驚いたようだったが平静を装って相づちを打った。そうよ、あんたも菩薩様に何か聞いてみたらいい。今日ついてきてくれたお礼に占い料は払ってあげるから。二人揃ってこちらを見ている。困った。お姉さんは何か悩みとかないのかな？ ムーダンは、促すというより若干楽しんでいるような口調で聞いてくる。何を聞けばいいんだろう。ソヒオンニみたいに、いつごろ結婚するかとか、誰と結婚するかとか、それとも、いつごろ恋人ができるかとか、そういうことを聞けばいいのかな？ そのとき、わたしの口から思いもよらない言葉が飛び出した。うちのお父さんはいつになったら働くようになるでしょうか？ 自分で言っておいて自分が驚いた。父に関してはわたしも母同様、完全に諦めていると思っていたのに。ムーダンは瞬きひとつせず、わたしをじっと見つめて舌打ちをした。お姉さんも実に憐れだねえ。あたしと同じくらい憐れだ。たかだか一九の娘が、実に重いねえ。ずっしり背負っておる、ずっしり。わたしはその言葉を、父が再起することはないという最終宣告と理解した。

その日、ムーダンの家を後にしてバス停まで歩いていく道でも、ソウルに戻るバスに乗っているあいだも、わたしとソヒオンニは一言も交わさず、それぞれがずっしりと背負っているものについて考えていた。

今ごろわたしの身体は少し軽くなっただろうか？ 霊魂の重さ二一グラム、プラス、摘出した子宮の重さ分？ 子宮の重さってどれくらいだろう？ 子宮を摘出しているあいだに木材に生じた空間の重さってどれくらいだろう?

二〇歳、正社員になった。ソヒオンニに習ったタイプライターもかなり上達し、業務上のミスも減った。上の弟は高校二年、下の弟は中学生になって出費は増えたけれど、わずかながら給料が上がって助かった。

二一歳、上の弟は高校三年になり、わたしの給料はそのままだった。休憩棟の裏山に初々しい若葉が芽吹くころ、社長がわたしを社長室に呼び出した。入社三年目にして初めてのことだったのでちょっと驚いたが、わたしよりもソヒオンニのほうが当惑している様子だった。大丈夫。大したことじゃないよ。早く行っておいで。ソヒオンニは、頼りない子どもを心配そうに見守るような目をして言った。

社長の机の上には、わたしが二年前に書いた履歴書が置かれていた。社長は、履歴書に目を落としたりわたしの顔を見上げたりしながら聞いた。会社生活は問題ないかい? はい。すぐ下の弟さんは今年何年生なの? 高三になりました。勉強はできる? 全校三位だそうです。行きたい大学もある? ソウル大はギリギリで、延世《ヨンセ》大や高麗《コリョ》大の中位圏の学科なら狙えるのではないかという話です。お父さんはどんなご様子? 社長はうちの事情をどこまで知っているのだろうか。伯母の夫がわたしをここに「ねじこんで」くれたとき、どこからどこまで話したのだろう。わからないだけに曖昧に答えるしかない。相変わらずです。そうか、君も苦労するね。わたしは何も答えなかった。これを見ると特技は日本語とあるね？ 日本語は得意かい？

まさか。趣味の欄には読書と書いたが特技の欄にはどうしても書くことがなく、高校のとき第二外国語として習い、唯一「秀」をもらった科目なので「日本語」と書いただけだ。社長はわたしの返事を待たずに言った。わが社は今年、日本の木材会社と技術移転の契約を結ぶ予定だ。わしはこの先、日本に定期的に出張に行くことになるが、わが社で日本語ができるのは君だけだ。ちょっと手伝ってくれないか。

えらいことになった。わたしはその日の夕方さっそく鍾路《チョンノ》（ソウルの繁華街）の大型書店に行って会話のカセットテープのセットを買い、時間を見つけてはイヤホンをして一生懸命、日本語の文章をぶつぶつと唱えた。

数カ月後、社長が日本出張の計画を発表し、随行員としてわたしを指名すると、会社の人みんなが驚いた。しばらくのあいだ、不満げな表情、呆れたような表情、腹立たしそうな表情がわたしに向けられた。わたしが休憩室に入ると、座っていた人たちは一斉に口をつぐんだ。昼休みに食堂に行くとき、ソヒオンニは以前のようにわたしと腕を組んで歩かなくなった。

日本出張は四泊五日の日程だった。母は上の伯母の長女からスーツケースとトレンチコートを借りてきた。いとこのコートはわたしには小さく、肩周りがパンパンだった。出発の前日、荷造りをしていると、母が手伝うフリをしながらさり気なく聞いてきた。社長さんとおまえと、ホテルの部屋は別々に取ってくれてるんだろ？　ちゃんと確認したのかい？　お母さん、社長さんって、お父さんより年上なんだよ。息子は高校生だし。母は身震いしながら返した。自分の歳を気にする男がどこにいる。何かあったら国際電話でもいいからすぐに連絡しなさい。わかった？

母の心配はまったくの杞憂だった。社長は、飛行機の隣の席に座っているわたしには話しかけもしなかった。仕事の虫と呼ばれるほど、日ごろから、会社とすぐ隣の木造二階建ての自宅を往復するだけの生活を送っていた。酒も飲めないので、会食の席では、食べるものを食べたら真っ先に帰っていった。ソヒオンニの話では日本留学の経験があるらしいが、わたしの目には、仕事しか知らない、ただの冴えない中年のおじさんだった。とはいえ、社長が仕事の虫だからこそ、斜陽産業と言われる木材事業も細々《ほそぼそ》ながら持ちこたえていて、そのおかげでわたしのような人間も食べていけるのだと思った。ソヒオンニはそんな社長のことを、夢に描いてきた理想の夫像だと言った。優しい父親、優しい夫。奥さまは本当に福がなかったんだね。社長みたいな人と暮らしていたなら、生前、気苦労も身体の苦労もしなかっただろうに。ご自身の寿命が短かったから、その運を使い切れずに逝っちゃったのよ。でもうちの社長、いまだに奥さまのこと忘れられなくて、再婚話は一切受け付けないんだって。ということは、奥さまは死んでからも運のいい女性ってことになるのかな？

成田空港に到着すると、「丸和林業」の従業員が迎えにきていた。わたしたちは会社のロゴ入りのバンに乗って東京郊外にある本社に向かった。驚いたことに社長は流暢な日本語で現地の従業員と会話していた。そういえば日本留学の経験があるとか言ってたな。じゃあ、どうしてわたしを連れてきたんだろう。不安な気持ちを抑えて彼らの会話に耳を傾けてみたが、カセットテープが伸び切るほど何度も繰り返し聞いた文章はひとつも出てこなかった。

日本は木材産業に強い国と聞いていたが、なるほどその会社はうちの会社よりはるかに規模が大きく、どこか先進的な雰囲気が漂っていた。出迎えにきた従業員は社長とわたしを白一色で統一されたオフィスに案内してくれた。そこでわたしたちは技術部長だという佐藤さんと対面した。佐藤さんこそが、わたしたちの相手すべき、いや、お相手をさせていただくキーマンであることは、ひよっこのわたしの目にも明らかだった。社長は佐藤さんの前でしきりにおどおど、ペコペコしていて、そのたびに佐藤さんはおおらかな笑顔を見せた。小柄で痩せ型の佐藤さんの前で、ヒキガエルのような社長がやたらとペコペコするさまは、どこか痛々しくもあり、ぶざまでもあった。これが大人の世界か。わたしはこれといって何の役にも立たないまま、ただ社長の隣でワンテンポ遅れてペコペコしていた。

初日は、佐藤さんと若い従業員一人が社長とわたしに社内を案内してくれた。うちの会社にはない巨大な機械や作業場を見て社長は口をあんぐり開けて驚き、「すごい！」を連発していた。その姿は本当に大口を開けたヒキガエルのようで、わたしは少し恥ずかしくなった。最後に向かったのは、会社のいちばん奥にある広い野積場だった。丸太が種類別に山のように積み上げられている。カメラを肩にかけ、行く先々で写真を撮っていた社長は、突然わたしにカメラを差し出したかと思うと丸太の山の前に立った。巨大な丸太の丸い断面が、まるで水玉柄の壁紙のように社長の背後に広がっている。赤みを帯びた木材をバックに社長の紺色のスーツが際立って見えた。一《ハナ》、二《ドゥル》、三《セッ》。わたしは社長の全身が入るように撮影した。カメラを返そうとしたとき、佐藤さんが社長の隣に立った。わたしは再びファインダーを覗いた。無愛想な顔の社長とにこやかな佐藤さんがひとつのフレームに収まった。わたしは二人の全身が入るように一枚撮り、もう少し近づいて二人の上半身のアップを一枚撮った。シマイ！　突拍子もないわたしの日本語に佐藤さんはたまらず吹き出し、社長も緊張が解けたようだった。その瞬間、わたしはこっそりとシャッターをさらに何度か押した。

　二日目には本格的な交渉が始まった。社長は、会話テープにあった文章以外ろくに日本語のできないわたしを隣に座らせ、流暢な日本語で交渉していた。雰囲気は悪くなかったが、かなり真剣な様子だった。前日、やたらとニコニコしてこちらが若干うんざりするほどだった佐藤さんも、笑顔は見せていなかった。わたしは重い雰囲気に気圧されて居眠りしないよう、ひそかに太ももをつねりながら耐えた。交渉は無事終わり、その日の夜はみんなで会食をした。箸を付けるのがもったいないほど美しい寿司を食べ、カラオケに行って歌も歌った。日本のカラオケの機械に韓国の歌が入っていて驚いた。一滴も飲めない社長は、酒に付き合えなくて申し訳ないと、代わりに歌を二曲も歌った。社長はソウルの人なのに、日本人たちの前で、釜山港へ帰れと何度も絶叫する歌を歌っていた。みんなと別れてホテルに戻るとき、ホテルまで歩いて行ってもいいかと社長が聞いてきた。東京の夜は、パチパチ弾けるコーラの泡のようにひんやりと爽やかだった。社長はホテルまで歩いていく途中、一言も話さなかった。酒も飲んでいないのに、酔っぱらいみたいに何度かよろめいていた。ホテルに着くなりロビー脇の小さなコーヒーショップに入り、ホットコーヒーを二杯注文した。そしてコーヒーが出てくるや否や、あらかじめ考えてあったかのように矢継ぎ早に言った。明日からは自由時間だ。明後日の朝、空港で会おう。日本語ができるから、空港までひとりで来られるな？　パスポートを忘れないように。明日一日はわたしも君も自由だ。したいことがあるならしなさい。行きたいところがあるなら行ってきたらいい。これを使いなさい。社長はかなり分厚い封筒を差し出した。ピンピンの日本の紙幣が入っていた。特別ボーナスだと思ってくれたらいい。ただし、この自由時間のことは二人だけの秘密にしよう。社長はコーヒーには手も付けずに席を立ち、コーヒーショップを出ていった。わたしはなんだか拒絶されたような気分になりながら（いったいどうして？）、ひとりでコーヒーを飲んだ。自分の分を飲み干すと社長の分まで飲んだ。それでもどうにも気持ちが落ち着かず、自動販売機でタバコを一箱買った。ホテルの裏手に喫煙室があるのが見えた。生まれて初めてタバコを吸った。狭い喫煙室では、わたしのほかに、いかにも「オフィスレディー」という感じの女性が実に洗練されたポーズでタバコを吸っていた。ソヒオンニに会いたかった。

この奇妙な出張はその後も二〇年以上続いた。社長は毎年わたしを連れて東京へ行き、頃合いを見計らって現金入りの封筒を差し出すと忽然と消え、最終日の朝、空港に現れて一緒に帰国した。出張の日数や封筒の厚さは少しずつ違っていたが、出張先と社長の謎の一日はいつも同じだった。その二〇年のあいだに、わたしはベテラン社員を通り越していつしか長老と呼ばれるほどに歳をとり、お隣のおじさんのようだった社長はお隣のおじいさんのようになった。

初の出張から戻り、部署の人たちに成田空港で買ってきたお菓子を配ったとき、みんなは一段と不愉快そうな視線を向けてきた。わたしの日本語がお粗末だということに気づいたらしい。それしきの実力でどうしておまえなんかが社長と二人きりで出張に行ってきたのか、と顔に書いてあったが、それはむしろわたしのほうが知りたいくらいだったので、彼らの疑問や誤解を解いてあげることはできなかった。わたしと社長の関係をめぐる噂話は、その年の暮れ、最高潮に達した。上の弟が有名私立大に合格したのに学費が工面できず途方に暮れていたわたしに、社長が従業員福祉という名目で弟の学費をすっと出してくれたのだ。ソヒオンニは、わたしとは食堂にすら行かなくなった。ひとり寂しくご飯を食べ、ひとり寂しく散策路のほうへと歩いていると、背後から、社長の好みもちょっとアレだよね、ミス・ヤンならまだしもミス・クだなんて、という声が聞こえてくることもあった。

翌年の春、ソヒオンニが結婚式の招待状を配ったとき、わたしは、エレガントなベージュ色のカードに印刷された新郎の名前が、あのとき少女ムーダンに相談した二人のどちらのものかとても気になったが、わざわざ聞くわけにもいかなかった。オンニは気苦労と身体の苦労のどちらを選んだのだろう。会社の人たちは、ソヒオンニが金持ちの地主の長男の嫁になったと言っていた。やっぱり結婚は、夫になる人よりその実家を見てするもんだ、とも。「夫になる人より」という言葉がなぜか引っかかった。招待状を配って以来、ソヒオンニの表情が目に見えて沈んでいるように感じるのは、わたしの錯覚だろうか？　わたしはある日ついに、食堂を出るオンニをつかまえて散策路の真ん中に連れていき、ずっと言いたかったことをぶちまけた。オンニ！　気苦労も身体の苦労もしないで暮らしたらダメなの？　ただオンニひとりで幸せに暮らしたらダメなの？　わたしはオンニに幸せになってほしい。わたしはオンニが好きなの、とまでは言わなかった。自分で考えてもあまりに唐突だったから。足首がキュッと締まった後ろ姿の美しいソヒオンニが、初めて見る硬い表情で言った。それで……あんたは……幸せになろうと……男やもめのじいさんの前で……脚を広げたわけ？　オンニはその短い文章を一息で言うこともできず、ぶるぶる震えていたかと思うとついに泣きだした。
　その日以降オンニは、結婚式の前日に会社を辞めるまで、わたしに一言も話しかけなかった。わたしはオンニの結婚式に行った。自分の懐具合には不相応なほど分厚い封筒をご祝儀として渡し、参列者席の前のほうに座って一生懸命拍手をした。長いベールの広がった美しい後ろ姿を見ながら、オンニの幸せを心から祈った。隣に座っていた総務部長がわたしの脇腹を突ついて言った。おい、ミス・ク。こんないい日にどうしておまえが泣くんだ？　ミス・ヤンオンニが羨ましいからか？　嫁にいけないのが悲しいからか？

　使い道のない麻袋になる前の父は、実はとても優しいお父さんだった。五、六歳のころだっただろうか。父は夕食後、腹ごなしをすると言って、わたしを自転車の後ろに乗せて仏光川《プルグァンチョン》（ソウル北西部を流れる川）沿いをゆっくり走った。幼い弟たちは自分たちも乗せてくれと駄々をこねたが、父は決まってわたしだけを乗せた。ウンジョン、お父さんの身体をしっかりつかむんだぞ。わたしが腰をぎゅっとつかむと、父は自転車をこぎはじめた。ウンジョン、脚上げたか？　わたしが車輪のスポークにふくらはぎを巻き込まれてケガをして以来、父は口癖のように確認した。ウンジョン、脚上げたか？　わたしは、周りの風景がいくら素敵でも、頬を撫でる風がいくら爽やかでも、自転車の荷台に座ったら両脚を軽く持ち上げることを忘れてはならないと心に誓った。黒い水面に街灯の明かりがオレンジ色に揺らめくときも、散歩している人たちの姿が幽霊のように過ぎ去っていくときも、父は荷台のわたしに優しく問いかけた。ク・ウンジョンちゃん、脚上げたか？　だが、ソヒオンニの冷たい言葉を耳にしたとき、初めて気がついた。他意のない父の言葉が世間的には別の意味を持つことを知り、自分が数十年間それを歪曲して記憶していたということに。ウンジョン、脚広げたか？　ちゃんと広げたか？　そうだ、本当は、父はそう聞いていたのだ。

社長は七〇代半ばで膵臓がんと診断された。そして、すでに副社長になって経営を学んでいた息子に会社を完全に任せ、治療に専念した。社長が治療を断念しホスピス病棟に入ったとき、わたしは最後の挨拶をしにいった。当時わたしは、環境にやさしい木製家具やミニマリズムの流行に合わせて家具事業部を新設し、うまく軌道に乗せていた。付き添いの人が席を外したとき、社長に尋ねた。日本にいるどなたかにわたしからご連絡を差し上げましょうか？　差し出がましい、立ち入った質問だった。怒りを買うことも覚悟していたが、意外にも社長は淡々と答えた。ク部長、わしたちはな、お互いに待たないことにしたんだ。最初からそう約束して会っていたんだ。

二〇代初めのわたしと五〇代の男やもめだった社長との関係をめぐる醜聞は、会社の倉庫の奥深くに放り込まれて久しかった。そのころの社内でのわたしのあだ名からは、「女家長」や「オールドミス」といった性的ニュアンスの含まれる言葉は完全に消えていた。それでも一応、性別を感じさせるあだ名といえば「モーレッツおばさん」くらい？ もっともギョッとしたあだ名は「キンタマのない男」だったが、まあそれもそうかなと思っていた。ところが、社長の死後、弁護士の公開した遺言状にわたしの名前があったという話が広まると、わたしと社長の関係を疑う噂の波が再び会社を飲み込んでいった。だが、社内のざわめきや、明らかに緊張している現社長の様子に反し、社長がわたしに残した遺産はささやかなものだった。社長は自身の還暦を記念して桐材のチェストを制作することに没頭していた。老人ののどかな趣味と言うにはかなりの熱の入れようだったことを覚えている。道具が取り揃えられた作業場には行かず、最初から最後まで自分の部屋でゆっくりと時間をかけて作っていた。決裁をもらうため社長室に入ると、いつも木の匂いが漂っていた。削りたての鉛筆の匂い。床に落ちたかんな屑から立ち上る香り。チェストを作っているあいだずっと社長の表情は穏やかだった。社長はそのチェストをわたしに譲るよう遺言状に書いていたのだ。

現社長が後ろから見守るなか、引き出しを開けてみた。社長が入院前に整理しておいたのか、入っているものはそう多くはなかった。数年に一度会社の広報用に制作していたパンフレットや従業員用に作った文具が、年度別にまとめられていた。どれもわたしの机の引き出しにも入っているものだ。わたしは現社長に見せるように中身をひとつずつ取り出し、机の上に並べた。これといった貴重品や重要書類のようなものがないのを確認した現社長は、見るからにホッとした顔で言った。うちの親父、ク部長さんのことを本当に娘のように思ってたんだな。ほら、女の子が産まれたら桐の木を植えて、お嫁にいくときその木でタンスを作って持たせるって言うじゃないですか？　なにをあんなに一生懸命作ってるのかと思っていたら、最初からク姉さんにあげるつもりだったんだ。ク姉さん、今からでも早くお嫁にいかないといけないんじゃやない？　現社長は、都合のいいときだけわたしを姉さんと呼んだ。柄にもなくペラペラ喋る様子から、現社長も昔、わたしと自分の父親にまつわる噂話を耳にしたことがあるんだな、と直感した。

会社の配達用の車を借りてチェストを家まで運んだ。ひとり暮らしの部屋で、もう一度引き出しをひとつずつ開けてみる。いちばん下の引き出しを完全に抜き出した。社長はそこに隠しスペースを作っているとき、わたしに見せてくれたことがある。手で探って引き出しの底の突起を押すと、カチャッと音がして秘密のスペースが開いた。封筒三つがぴったり収まっている。一つ目には五万ウォン札、二つ目には一万円札が入っていて、どちらも結構な厚みがある。韓国ウォンと日本円を合わせると、わたしの年収ほどの金額になった。それら二つより小さくて薄い三つ目の封筒には、写真が一枚入っていた。わたしが社長に初めて会ったとき、すでに結構な歳のおじさんという印象だったが、久しぶりに見る写真の中の社長はとても若かった。山積みの丸太の丸い断面をバックに社長と佐藤さんが立っている。佐藤さんはカメラに向かってにっこり笑っていて、社長は間抜けな顔をして隣の佐藤さんを横目で見ている。二〇年以上も前、わたしがこっそりシャッターを押した写真の一枚だろう。どうしてわたしだったのだろうか。この愛の目撃者、証人として、なぜよりによってわたしを選んだのだろう。その夜わたしは、佐藤さんに手紙を書くべきかどうか朝までずっと考えていた。

丸太の上から見る夕焼けは、形のないわたしの霊をも赤く染めていた。霊の姿で、わたしは涙もなく泣いた。今ごろわたしの子宮もあんな赤い色の検体となってステンレスのバットに載せられているのだろう。そろそろ戻ろうか？若干の重さを失ったであろうわたしの身体へ。ひとつになった霊と身体で行くべき場所が思い浮かんだ。

店の名前はクルミだった。初めて社長が日本の紙幣の入った封筒とともに一日分の自由をくれたとき、わたしは差し当たって何をすればいいかわからず当惑した。日本語があまり上手ではないので心細くもあった。最初の年は、ホテル周辺を歩いて適当に目についた食堂に入ってご飯を食べ、適当に目についたコーヒーショップに入ってコーヒーを飲みながら、退屈な自由時間を過ごした。出張を重ねるうちに、その時間を有効に活用しようとあらかじめ計画を立てるようになった。東京の主な観光地は隈なく回り、有名な食堂やスイーツの店も制覇する勢いだった。だが、一〇年ほどそのパターンを繰り返しているうちに飽きてしまった。何をするのも面倒で、ホテルの部屋に閉じこもり一日じゅう寝ていた年もあった。三〇代半ばからは、その時間をちょっとのんびり過ごすことにした。地下鉄に乗って見知らぬ駅で降り、その町をのんびり散歩し、気になった食堂に入って地元の人たちに交じってご飯を食べた。そして目についた書店に入って絵本を一冊買い、気になったコーヒーショップに入ってコーヒーを飲みながら絵本を読んだ。細い路地に小さな家が軒を連ねる町は、初めてなのにどこか懐かしい感じがした。五年ほどそんなふうに自由時間を過ごしていたとき、カフェ「クルミ」を発見した。「クルミ」という文字とクルミのイラストが描かれた木製の立て看板の横で、一匹の猫が伏せて眠っていた。店の中からコーヒーの香りと木の匂いが漂ってくる。削りたての鉛筆の匂い。床に落ちたばかりのかんな屑の匂い。こぢんまりした店内には小さな木工芸作品が並んでいた。店主は、コーヒーも淹《い》れるし木工芸作品も売ってるんです、とはにかんだように笑った。わたしはそれ以降、毎年クルミを訪ねた。行くたびに、その人の淹れたコーヒーを二杯飲み、その人の焼いたパンを食事代わりに食べた。その人は柔らかな声でわたしの買った絵本を読んでくれて、わたしが理解できない文章はわかりやすく説明してくれた。そんなときは、すっかり顔馴染みになった猫がわたしたちのそばに座ってゴロゴロと喉を鳴らした。その猫の名前は長かった。クルミ・ラテ・アロニア・バロネス三世、なんです。絵本を読んでくれるときのように優しく説明してくれた。ラテは友だちが付けてくれた名前です。毛が、泡立てた白い牛乳とエスプレッソが混ざっていくラテの色だからって。アロニアは、この猫を最初に保護した人が付けてあげた名前なんです。この子は近くのアロニア農場から保護されたんですよ。きょうだいたちからいじめられていたのに母猫が知らんぷりしてたらしくて。ジブリアニメが大好きなうちの母が、『猫の恩返し』に出てくるバロンみたいに絶対に男爵の称号を付けてやるんだって譲らなかったんですけど、女の子なのでバロネス三世になりました。もちろんバロネス一世はうちの母で。クルミは店の名前から取ったんですか？ その人は澄んだ瞳でわたしを見つめ、やがて、はにかんだように視線を外して言った。ええ、わたしの名前でもあるんです。わたしは店を後にするとき、来年もまた来ます、と挨拶した。あるとき、勇気を振り絞って、泊まっているホテルの名前と部屋番号を伝えた。夜に会ったその人の身体は温かく、丸かった。翌朝、別れ際にその人は初めて聞いた。来年もまた来ますか？ わたしはうなずいた。でも、その次の年、わたしは日本に行かなかった。社長と違い、わたしはその人を待たせてしまった。

わたしの身体は回復室に移されていた。付き添いの人が、頬を軽く叩きながらわたしを起こしている。起きてください。早く起きて呼吸しないと。目を覚ましてください。わたしは回復室の天井付近からその様子をぼんやり見下ろし、ありもしない霊の頬に手をやってみた。二一グラム、プラス子宮の重さ分軽くなったわたしの身体が、なすすべもなく頬を叩かれていた。わたしはそんな自分の身体を救ってやろうともせず、ただ、いろいろなものの重さについて考えていた。佐藤さんの微笑みの重さ。その人が待っていた時間の重さ。社長がわたしを選んだときわたしに浴びせられた噂の重さ。父のこいでいた自転車のスポークとスポークのあいだの重さ。ク・ウンジョンちゃん、脚広げたか？ ソヒオンニが突然こぼした涙の重さ。わたしの体内に新たにできた空間の重さ。その「無くなったこと」の重さ。

トゥッ。

プッ。

どこからか木の熟す音が聞こえる。取り出された跡には何が現れただろうか。今わたしの身体はどんなことを語るのか、聞きにいかなければ。

水の中を歩く人たち

人がなにごとかを「思い出す」と言うとき、「人が」思い出すのではない、記憶の方が人に到来するのだ、ということである。（岡真理『記憶／物語』、キム・ビョング訳、ソミョン出版、二〇〇四、四八ページ〈原書：岩波書店、二〇〇〇年〉）

ｈが道路越しに目撃した人物は二〇歳の自分だった。顔はもちろんのこと髪型や服装、歩き方まで、二〇歳の自分に違いない。道路の向こうのその人は右足に靴を履いていなかった。左足にだけスニーカーを履いて歩いていくその人が二八年前の晩春のある夜のｈであるという事実は、ｈだけが知っていた。ｈは立ち止まってその人をじっと見つめたが、二人のあいだに横たわる八車線道路は広大で、ひっきりなしに車が行き交っている。大型バス二台が並んで通過したあと、ｈはその人を見失った。しばらくそこに立ってキョロキョロしていたが、その人の姿は見えなかった。ｈは、その人が今も片足に靴を履いていないのが気にかかった。

数日後、ｈはｋに電話をかけ、若い自分を目撃した話を聞かせてやった。ｋは、そんな話を聞いてもｈの精神状態を疑ったりしない唯一の友人だったが、それでもｈは無意識のうちに、話の蓋然性や信憑性に気を配りながら話していた。ｋは、全国的に数十万人がデモに参加したその春の六〇日余りのことを当然覚えていた。* だが、ｈが鍾路三街（ソウルの繁華街）の路地裏で白骨《ペッコル》団《ダン》（軍事独裁政権時代に組織されたデモ鎮圧部隊の俗称。過激な暴力を用いた）にカバンを奪われ片方の靴まで脱げたせいで四時間以上も夜道を歩いて寄宿舎まで帰った話は初耳だと言った。わたし、話さなかった？　hはそう聞き返したものの、実際、その夜の話は誰にもしていないことはわかっていた。それは、女の自分には口にできない話、口にしたくない話だった。

hが控室を訪ねたとき、kはハリナとコーヒーを飲んでいた。ハリナは三年ほど前、ある独立映画で、変わり者だが根性のある女性探偵の役を見事に演じきって注目を集めた新人俳優だ。kはhに、今回の映画で主人公「スナ」を演じたハリナを「韓国映画の期待の星、世界映画の未来」と紹介した。ハリナはkの腕をポンと叩いて微笑んだ。kは、続いてハリナにhを紹介した。

こちらは僕の大学時代の友人で、本物のスナ。

＊一九九〇年、与党の民主正義党（総裁＝盧泰愚（ノテウ））と野党の統一民主党（同＝金泳三（キムヨンサム））および新民主共和党（同＝金鍾泌（キムジョンピル））の三党が合併し民主自由党を創設、政局の主導権を握った。だが、政府の汚職や各種法案の強引な可決、労働運動や学生運動への弾圧強化などにより、国民の不満は高まっていく。九一年四月、大学の授業料引き下げを求めるデモの鎮圧にあたった警察の暴力によって明知（ミョンジ）大学の学生が死亡。これを機に同年六月まで、焼身（九人中八人が死亡）による抗議を含め、全国各地で二〇〇〇件以上のデモや集会が相次いだ

「本物のスナ」という言葉に、ハリナよりhのほうが驚いた。ハリナは、もともと大きくて丸い目をさらに大きく見開いてhを見た。

本物のスナが観にこられたなんて、自分がちゃんと演じられたかどうか心配になります。

そう言いつつ、ハリナはkに向かって鼻筋にクシャッとシワを寄せてみせた。

僕らは最善を尽くしたんだから、結果は天に任せよう。

kはハリナに返事をしながら、視線はhに向けていた。

映画は、青々とした湖を俯瞰するシーンから始まった。吸い込まれそうな青さの湖水は、早く飛び込めと誘惑しているようでもあり、危ないからすぐに離れろと警告しているようでもある。カメラがゆっくりと下りていき、画面は、右手に湖を見ながら走る自動車の中へと切り替わる。ハリナがハンドルを握り、助手席の中年女性は湖面のさざ波をぼんやり眺めている(韓国は左ハンドル、右側通行)。二人はお揃いのワンピースとスニーカーという出で立ちだ。ハンドルを握るハリナはウキウキした様子だが、中年女性は浮かない顔をしている。その憂鬱と無気力は皮膚かと皮のように長いあいだそこにべったりと張りついて、もはや彼女のもつ雰囲気として定着していた。ハリナは長年勉強とアルバイトに明け暮れた末、ようやく希望の職場で働くことになった。問題はその職場が遠い外国にあるということで、一人きりの娘との別れを前に母親はいつにも増して鬱々としていた。物語が進むにつれ、母娘のあいだにはハラハラするような言葉が行き交い、二人のあいだに葛藤があることをうかがわせる。湖を一望する別荘に到着し、ハリナが、すごく素敵でしょ？ハン教授が就職のお祝いにって使わせてくれたの、と言うと、母親は、水辺だからカビ臭さがひどいわね、まずは換気しないと、と返す、といった具合に。荷を解いていた母親がスーツケースから大きなウイスキーのボトルを取り出した瞬間、雲行きは一気に怪しくなる。

お母さんは、わたしが就職できたこと、ちっともうれしくないの？

夕食の準備をしていたハリナが、ふと、赤い肉を切る手を止めて尖った口調で問うと、革のソファに気だるそうに座っていた母親は、他人の別荘のカーペットに平気な顔でタバコの灰を落としながら吐き捨てた。

いい気になるんじゃないよ。どうせおまえはあたしがひり出した人間だ。

それからしばらく演劇の舞台のような別荘シーンが続いた。完全に二人の俳優の演技力だけに頼るこのシーンがkの意図によるものなのか、演出の怠慢なのか、hは気になった。

hが少し退屈だと感じはじめたころ（その時点まで、母娘は食事をしながら、互いを気遣う言葉をやり取りしていたかと思うと、急にトゲのある言葉で相手を攻撃する、というパターンを繰り返していた）、突然、画面いっぱいに夜の湖が映し出された。一見、黒い水は夜空と区別がつかない。湖面は静かだ。どこからか水をかく音が聞こえてくる。水の音はだんだん大きくなってくる。誰かが湖の中に入って、水をかき分けながら歩みを進めている。お母さん！お母さん！遠くから聞こえるハリナの叫び声。水をかくペースが少し速まる。お母さん！ハリナの声が近づいたかと思うと、ざぶんと水に飛び込む音が聞こえる。画面は一瞬にして水中に切り替わる。群青色の水の中を歩く二本の脚が映る。スニーカーを履いた一対の足は、ゆっくりと水の中を歩いている。その様子はまるで散歩でもしているかのように、のどかにさえ見える。続いて、後ろから別の脚が現れる。二対の足は同じスニーカーを履いている。水の中を並んで散歩しているかに見えていた歩みが速くなったかと思うと、間もなく二人の身体は完全に水中に入る。ハリナが母親の身体をつかんで後ろに引っ張る。無音の画面には、水中の二人が激しく揉み合う様子が流れる。母親を水の中から引っ張り出そうとするハリナと、頑として抵抗する母親。そこでホワイトアウト。やがて、劇場内を揺らすほどの大音量で、ハリナの叫びが響き渡る。

お母さん！

再び画面いっぱいの水の中でぎゅっと目をつぶっているハリナの顔が現れる。プハッ！という声とともにハリナが水面に顔を出すと、そこはところ変わって、室内プールだ。早朝のプールにはハリナのほかに誰もいない。窓越しにオレンジ色の朝日が差し込む静かなプールにハリナがプカプカ浮いている。ハリナの身体は軽やかに浮いているが、固く目を閉じたその顔はどこか暗く見える。このシーンでｈは否応なくオフィーリアのイメージを連想した。* 更衣室のドライヤーで髪を乾かすハリナ。別荘のハリナはウェーブのかかったロングヘアだったが、プールのハリナはおかっぱに近いショートヘアだ。化粧っ気のない顔がとてもあどけなく見える。

Ｔシャツにジーンズ姿のハリナがリュックを背負ってキャンパスを歩いている。ｈは画面の中の場所がどこなのか、ひと目でわかった。ｈとｋがともに過ごした一九九〇年代初めの、ある大学だ。スナ！　誰かがハリナに声をかけて近づいてくる。ついに登場した「スナ」という名前に、ｈは緊張した。ハリナと友人が学生食堂の券売機に硬貨を入れて五〇〇ウォンの食券を買う場面や、二人が向かい合って座り、プレートに盛り付けられた粗末なご飯を食べているすぐ隣のテーブルで誰かがタバコを吸っている場面など、ｈやｋの世代にはおなじみのキャンパスの風景が映し出される。ハリナが冷麺用の大きなボウルに入った豆もやしビビンバをかき

*『ハムレット』のヒロイン。恋人ハムレットとのあいだに起きた悲劇がきっかけで川で溺死する。一九世紀の画家ミレーが本作をイメージして、長い髪の娘が川に横たわる様子を描いた代表作「オフィーリア」では、オフィーリアの周りを囲むように草花が水に浮いている。ケシ、スミレ、ひな菊、バラ、パンジー、柳など。死、貞節、無邪気、愛、無駄な愛、見捨てられた愛、といったそれぞれの花言葉に彼女の気持ちが込められていると言われる

混ぜる手を止め、器に鼻を近づけてクンクンと嗅いだ。

なに？　今日はまた何の匂いがするっていうの？

友人にとがめられ、ハリナが小さな声で答える。

豆もやしが生臭い。

五〇〇ウォンの飯に何期待してんの？　犬の飯よりはマシだって思わないと。

友人が先に、豆もやしビビンバをスプーンで豪快にすくって口に入れる。

ハリナと友人は、学生会館の壁に張り出された「速報」の壁新聞を見つける。壁新聞の前に集まってざわめく学生たちや、学生会館の屋上からするすると垂らされる長い懸垂幕（〝殺人的な強硬鎮圧、盧泰愚政権を打倒しよう！〟）、コピー機がせわしなく吐き出す「対国民要請文」、薄暗い廊下の片隅で焼酎の空き瓶で火炎瓶を作っている学生たちの様子など、複数のカットが連続で映し出される。大きな講義室の後方の席で、なかなか授業に集中できず、しきりに腕時計に目をやるハリナ、ひとりで長い階段を上っていくハリナ、廊下に立ってドアの小窓からサークル部屋の中をうかがうハリナの姿も順に映し出される。

学生会館の屋上だ。ハリナが欄干にもたれて誰かを待っている。やがて、ひとりの男子学生がハリナに近づいてくる。数年前、地上波チャンネルの水木ドラマで準主役のピュアな男性を演じて顔が知られた俳優だ。ドラマではかなり洗練されたイメージだったが、kの映画の中では、痩せこけた顔に銀縁眼鏡、冴えないチェック柄シャツという、hが飽きるほど目にしてきた当時の典型的な「男の先輩」だった。チェック柄の先輩がハリナを見るなりタバコをくわえて吸いはじめると、ハリナは顔をしかめる。二人は欄干越しにキャンパスの広場を見ながら何やら真剣に話しているが、その様子は俯瞰で捉えられており、二人の声は広場のシュプレヒコールにかき消されて聞こえない。ひとり、トイレの便器に腰掛けて静かに涙を流すハリナの姿。誰かがドアをノックすると、慌てて涙を拭いて洟をかみ、水を流す。

場面が切り替わる。もともとあどけないハリナはさらに幼く、高校生に見える服を着ていて、その隣の友人（学生食堂で一緒に豆もやしビビンバを食べていた友人だ）はミニスカートにハイヒールという着飾った出で立ちだ。友人が肩から下げている革のハンドバッグには火炎瓶の包みが入っている。地下鉄の駅の出入り口はどこも戦闘警察が二人ずつ検問に立っている。一見、おばと姪のように見える友人とハリナが緊張した面持ちで彼らの前を歩いていく。少し離れてついてきていたチェック柄の先輩は戦闘警察に止められてボディーチェックを受け、身分証の提示を求められる。曲がり角で立ち止まったハリナは心配そうな顔でその様子を見守る。

誰かが大声で掛け声を叫ぶと、それを合図に、歩道のあちこちで待機していた学生たちが一斉に通りに飛び出す。解体　民自党！　退陣　盧泰愚！というシュプレヒコールが通りを埋め、いつしか隊列をなしたデモ隊が一斉に同じ方向に行進していく。隊列の先頭の学生何人かは火炎瓶を投げながら警察と対峙中だ。やがて、大きな爆発音とともに催涙ガスが噴射され、デモ隊に向かって白い煙が広がっていく。刺激の強いガスが辺り一面に広がると、デモ隊は散らばりはじめる。戦闘警察が威圧的な軍靴《ぐんか》の音を響かせながら走ってきて、デモ隊の先頭付近の人たちを連行していく。反対方向に走っていく人、途中で転ぶ人、催涙ガスを吸い込んで呼吸困難に陥る人、その場にしゃがみ込んで嘔吐《おうと》する人、警察にずるずると引きずられていく人、白骨団の棍棒で殴られる人たちで、通りは修羅場と化す。hは、画面全体が自分の身体を圧迫してくるような感覚を覚えつつ、歯を食いしばり、息をこらえた。やがて画面の中に入ってくるハリナ。鼻水と涙にまみれ、アスファルトに膝をついてうずくまる。動けないハリナのそばを無数の脚が通り過ぎていく。遠くに、警察が盾を手にこちらに走ってくるのが見える。あわやという瞬間、誰かの手がハリナの手をつかむと前へと走りだす。チェック柄の先輩だ。客席のどこかから、おおお！と嘆声が上がると、劇場内は静かな笑い声でしばしざわめく。hは笑わなかった。

大学前の居酒屋に場面が切り替わる。ハリナのサークルのメンバーたちが鍋《チゲ》を肴に焼酎を飲みながら騒いでいる。みんな競い合うように、その日のデモで誰がもっともヤバい状況に直面したか、どうやってその危機を切り抜けたか、口々に武勇伝をまくし立てる。その様子は一見幼稚に見えるが、みんな恐怖を押し殺そうと必死なのがひどく痛々しくもある。雰囲気が高揚すると、あちこちからワッと泣きだす声が聞こえる。誰かがガバッと立ち上がり、拳を握りしめ、右腕を振りながら闘争歌を歌う。ハリナは、遠くに座るチェック柄の先輩が真っ赤になった顔で涙をこらえている様子を見つめ、ひそかにため息をつく。店を出て、ある男子学生の背におぶわれていく先輩。その後ろ姿をぼんやり眺めているところを、友人の手に引っ張られ反対方向に歩きだすハリナ。途中で何度か振り返る。ハイヒールの友人はそんなハリナの気持ちにはまるで気づかず、かかとが靴ずれしたとしきりにぼやいている。

早朝の、下宿屋の集まる大学前の通りは、まるで廃墟のようだ。hは、その時間帯、その通りに淀《よど》んでいたよそよそしい寂寥《せきりょう》と食べ物のすえた匂いを覚えている。半地下のひとり暮らしの部屋から薄汚れた姿で出てくるチェック柄の先輩を、こざっぱりした身なりのハリナが待っている。場面が変わり、クッパ屋で向かい合って座る二人。ハリナはスプーンを持った手を動かさず、チェック柄の先輩は二日酔いを覚ますようにスープを飲んでいる。その様子をぼんやり見ていたハリナが出し抜けに言う。

来週、一緒に病院に行きましょう。

先輩が手を止めてハリナを見つめる。その顔が青ざめていくのがわかる。hは反射的にフーッと息をついた。客席で嘆息を漏らしたのはhだけではなかった。

オッパ（女性から実兄や年上の男性への親しみを込めた呼称）は一緒に行ってくれるだけでいいから。あとはわたしが全部やるから。

先輩はたちまち泣き顔になる。うつむいてクッパの器を見下ろし白い湯気を見つめていた先輩は、震える声を絞り出す。

俺たち、結婚しようか？

ハリナが、情けないという顔で先輩をじっと見る。

俺が両方の親にうまく話すから。な？　結婚しよう。

ハリナが頑なに黙っているのを見て、先輩は脅しにかかるように言う。

よくそんなことができるな。命を、よくそんなことが。

ハリナの顔に怒りの色が浮かぶのを見て、hは目をつぶってしまった。やがてハリナはとどめを刺すように言う。

来週水曜日四時、正門前で会いましょう。忘れないでね。わたしもこれ以上は待てないから。

ハリナが席を立って店を出ていくと、先輩は手で顔を覆って苦悩する。

いくつかのシーンを経て、また別のデモの日だ。ハリナは市民に配るビラをリュックに入れ、ハイヒールの友人は前回とまったく同じ服装で、革のハンドバッグに火炎瓶の包みを隠し入れた。今回も二人は地下鉄の駅前の検問所を無事に通過するが、チェック柄の先輩は戦闘警察に身分証の提示を求められる。しばらくして、ビルとビルのあいだの奥まったところで落ち合う三人。先輩はハイヒールの友人から火炎瓶の包みを受け取る。気をつけて、オッパ。ハイヒールの友人が快活に言うと、うなずく先輩。ハリナは不安げな顔で先輩を見つめるばかりで、気をつけてという言葉も出てこなかった。しばし見つめ合い、目で多くの言葉を交わす二人。今回のデモは前回より規模が大きく、警備もはるかに厳重に見える。通り全体に緊張感が張りつめている。誰かが掛け声を叫んで火蓋を切ると、あちこちに潜んでいた学生たちが一斉に道路に飛び出す。ハリナはリュックからビラを取り出し、歩道を行き交う人々に配る。いつしか一方方向に行進しているデモ隊の中にハリナとハイヒールの友人の姿が見える。隊列の先頭で火炎瓶を投げる一群の中にチェック柄の先輩の姿もある。デモ隊と戦闘警察、両者ともに前回のデモより激しく熾烈だ。ガガガガンという音が聞こえ、瞬く間にデモ隊のほうに白い催涙ガスがもうもうと広がると、デモ隊は方向を変えて走りはじめる。掛け声は、秩序！秩序！秩序！に変わる。だが前回と違わず、足がもつれて転ぶ人や、ガスを吸い込んで倒れる人、しゃがみ込んで嘔吐する人たちで隊列は大混乱だ。通りを俯瞰すると、デモ隊の流れに逆らって走る人の姿が目を引く。ハリナだ。ハリナの視界に火炎瓶投擲《とうてき》組の姿が入ってくる。彼らはすでに白骨団の手によって一人、二人と連行されつつある。チェック柄の先輩も、棍棒で背中を殴られながら屈辱的に捕えられていく。驚いて悲鳴をあげるハリナ。その拍子に催涙ガスを吸い込んでしまい、地面に倒れ込む。涙と鼻水まみれの顔でえずいているハリナを誰かが引っ張り起こす。ちょっと、しっかりして！　ハイヒールの友人がハリナの手をつかんで走りだす。ハリナは走りながら先輩のほうを振り返るが、群衆と煙に遮られて何も見えない。

いつしか日が暮れ、通りは暗くなっている。通りのそこここで散発的なデモが起こっている。ハリナとハイヒールの友人は細い路地に入る。向こうから奇声とともに白骨団の一群が現れる。まるで狩りをする野蛮人のようだ。通称「ウサギ狩り」が始まる。白骨団が、ある女子学生の長い髪をひっつかむ。上衣がめくれ上がり肌が露わになった女子学生は、地面に倒れたまま麻袋のようにずるずると引きずられていく。ハリナは、狩りを楽しむように歯をむき出して笑う白骨団の姿を見て驚愕する。ｈは既視感を覚え、歯を食いしばった。顎がジンジンしてくる。ハリナのすぐ隣でハイヒールの友人が転んだため、ハリナもしばし足を止める。友人はハイヒールを脱いで手に持ち、裸足で歩きはじめる。その瞬間、白骨団がやってきて、友人のパーマのかかった長い髪をぐいっとひっつかむ。ハリナは反射的に友人に向かって手を伸ばすが、別の白骨団にリュックをつかまれてしまう。恐怖で青ざめるハリナ。本能的に身をくねらせて瞬時にリュックの肩ひもから両腕を抜き、白骨団の手から逃れる。おいコラ！　白骨団の怒鳴り声を背中で聞いて走りだすハリナ。そのとき右足のスニーカーが脱げたが、転がっていくスニーカーには見向きもせず、無我夢中で走っていく。細い路地はあっという間に地獄と化した。あちこちから上がる悲鳴と泣き声。遠くに、友人のハイヒールとハリナのスニーカーの片方が、無数の片方だけの靴とともに転がっている。前の人の背中だけを見て走っていたハリナは、再び連鎖的に転倒する人の波に飲まれて転んでしまう。頭上では白骨団の棍棒が宙を舞っている。観念したように目をギュッとつぶってしまうハリナ。そのとき誰かの手がハリナを引っ張り起こした。ハリナはその手の主を確認する余裕もないまま、手を引かれて走る。あちらへこちらへと方向を変えながら路地を抜ける二人。大通りの脇道に入ると、とある商店街の中に紛れ込む。その後も走りつづけ、白骨団もデモ隊もいない静かな場所にたどり着いてようやく足を止める二人。地面に座り込んでしばらく息を整える。

二人が同時に顔を上げて互いを見る。ハリナを救った手の主は、映画序盤の別荘のシーンの長い髪のハリナだった。予想できた場面ではあったが、客席からは嘆声が上がった。ハリナの演技がすばらしいのか扮装がすばらしいのか、二人のハリナは一人二役というより、よく似た姉妹のように見える。自分とそっくりの未来のハリナを見て驚く過去のハリナ。一方、切なそうな目で過去のハリナを見る未来のハリナ。その瞬間、あの暗い水の中を歩いていく二対の脚が見える。お母さん！　お母さん！　必死に叫ぶ声も聞こえる。

あの出口を抜けると細い裏道に出るから。そこですぐにバス停を探すの。大通りは避けて。

自分のお姉さんのような未来のハリナが言う。過去のハリナはただ呆然とした顔で聞いている。

さ、立って。

未来のハリナが過去のハリナを引っ張り起こす。

わたしの言うこと、よく聞いて、スナさん。

わたしを知ってるんですか？

もうすぐ悪い知らせを聞かされるかもしれない。つらいと思う。自分を責める気持ちも相当なものだと思う。でも、どんなことがあっても、まずは自分のことを考えて。この世でいちばん愛しい人のことが気にかかっても、その小さな命よりもスナさん自身のことを愛さなきゃダメ。絶対に。

潤んだ瞳で過去のハリナを見つめていた未来のハリナは、やがてグリーンのスニーカーを脱いで過去のハリナに差し出す。

これを履いて行って。わたしは大丈夫。わたしは、本当に、大丈夫だから。

身をかがめて、スニーカーを履かせてやる未来のハリナ。自身は、過去のハリナが履いていた左足のスニーカーを履く。二人は再び身体を起こして向かい合う。未来のハリナが衝動的に過去のハリナを抱きしめる。そしてささやく。

生き残るのよ。絶対に、生き残って。

未来のハリナは、最後の一言は声に出さず口だけを動かして言った。

お母さん。

未来のハリナは過去のハリナを前に向き直らせ、背中をそっと押す。過去のハリナはグリーンのスニーカーを履いてゆっくりと歩きだす。途中で一度振り返ると、靴を片方だけ履いた未来のハリナはその場に立ち尽くし、遠ざかっていく過去のハリナを見つめている。再び歩みを進める過去のハリナ。場面が切り替わり、暗い水の中を歩いていく二対の脚が再び登場する。生き残るのよ。絶対に、生き残って。懇願するような声が画面にかぶさる。グリーンのスニーカーを履いて歩いていく過去のハリナの脚。水をかき分けて進んでいく音。過去と未来のシーンと音が交差し、やがて画面が暗くなる。

湖畔の夜明け、カメラはその情景を俯瞰する。静かな湖面に緑の葉の隙間から差し込む日の光。実にのどかだ。カメラが地面に近づくにつれ、徐々に聞こえてくる朝の鳥の声、虫の声、そして誰かの穏やかな息遣い。遠くに、誰かが湖畔の草の上に仰向けに寝転んでいる様子が見える。服だけでは、それがハリナなのか、入水しようとしたハリナの母親なのかわからない。午睡でも楽しんでいるかのように、ゆったり横たわって呼吸している。カメラが、規則正しく呼吸するその人物の顔は映さず、上半身から脚までをゆっくりと映し出す。そして、もうすぐ足が見えるというとき、エンドロールが流れだす。ｈと同じ列に座っている誰かが聞こえよがしにつぶやいた。なんだよ、「開かれた結末」か？　無責任だな。

記者会見が始まると、ｈはそっと映画館を抜け出した。地下鉄の車両が明るい地上に出て漢江を渡るとき、ｈは扉にぴったりくっついて立ち、足元の川の水を見た。あの春の夜、漢江の橋を歩いて渡っているときに見下ろした川の水はあまりに黒く、ｈを怖気づかせた。黒い深淵にまるごと飲み込まれそうな気がした。奥底の知れないものはすべて怖かった。ｋの映画で見た、水の中を歩く脚が頭に浮かぶと、ｈの脚はずっしりと重くなった。だが車内にはｈの座る席はなかった。

夜の晩酌を簡単に用意してテーブルの前に座り、習慣的にスマートフォンのポータルアプリを確認した。早くもｋの映画に関する記事が掲載されていた。そのうちの「これは後日談ではない」というタイトルの記事が目にとまり、タップした。この映画は運動圏（労働運動や学生運動など社会変革のための活動に積極的に参加する人々）出身の監督の後日談なのか、というある記者の質問に、ｋは、あの時代がまだ過去のことになっていない人たちの話なので後日談とは言えない、と答えていた。別の記事では、ハリナが、時代に苦悩する若者の役であると同時に、女性として二重の重荷を背負って生きていた先輩女性たちの姿をも演じることができ、感慨深いものがあった、と話していた。記事の下には「ハリナ、フェミだったのか?」「はい、さよーならー」といった軽薄な書き込みが複数あった。hはポータルアプリを閉じ、ショートメッセージのアプリを開いた。そして、試写会の会場を知らせるkからの数日前のメッセージに返信する形でメッセージを送った。「映画、良かった。ポン・ジュノより良かった。カンヌも夢じゃない。でもね、k」。hは一瞬迷った。「わたしは〝本物のスナ〟じゃない」。

毎週土曜日にすることになっていたhとジュンのビデオチャットは、二年前からは隔週の行事になっていた。hはそのことに不満がないわけではなかったが、論文の学期が始まってますます忙しくなったジュンがビデオチャットを月一に減らそうと言い出すのではないかと、むしろジュンの顔色を気にしていた。いつたって子どもが王様だった。それでもhは、幼い子どものようにブーブー言いながら外国暮らしの苦労を訴えたり、かと思えば、ひと晩でいきなり成長したかのように大真面目な顔で論文関連の専門知識を披露したりする彼の姿を見るのが好きだった。今回のチャットでは、いきおいkの映画の話もすることになった。ジュンは映画がOTTプラットフォームで配信されたら見てみると言い、hは忙しいなかわざわざ見るほどおもしろくはないと言った。お母さん、kおじさんに嫉妬してるの?ジュンは笑いながら言い、hは答える代わりに軽く横目で睨んだ。ジュンは思春期真っ只中のころ、もしかしてkおじさんが自分の生物学的父親なのかと聞いてきたことがあった。hには、ジュンがその話題を口にしたという事実よりも、「生物学的父親」という表現を使ったことのほうが、はるかに印象的だった。今では顔も思い出せないあのクソったれのことをジュンが「実の」お父さんなどと表現したなら、hは正気を失うくらい怒り狂っていただろう。ジュンがkに対する疑念を完全に解いたのかどうかはわからないが、kとkの映画に好感を抱いているのは明らかだった。詳しく話しはしなくても、ジュンが、重要な選択をする前に、時折kを訪ねていたこともhは知っていた。だからkはきっと、hについても、ジュンについても多くのことを知っているはずだとhは思っていた。ひとしきり映画の話をしたあと、hは、ジュンが大きなマグカップに手を伸ばしお茶を一口飲んだタイミングで、ふと聞いてみた。

もしかして、お母さんがあまりに不幸だってことがおまえの選択に大きな影響を与えたこと、ある?

ジュンはどういう意味、というように目を丸く見開いた。

お母さんがあまりに不幸に見えて、それならいっそのこと僕を産まなきゃよかったのにって、おまえはそんなことまで考えたことある?

ジュンはしばらく何も言わずただhを見つめていた。そして、もう一度マグカップを持ち上げて口に運んだ。やがてスピーカーから、hの好きな、すっかり大人びたジュンの声が聞こえてきた。

お母さん、僕、先週同じラボの人の家に遊びにいったんだけど、そこでスウェーデンの男に出会ったんだ。コリアンに会うのは初めてだ、なんて大騒ぎしてたかと思うと、そのうち「おまえの母語は何だ?」って英語で聞いてくるんだ。僕はドイツ語で答えた。「君の言う母語が母親の言語という意味なら、僕は正直、自分の母親の言語を完全には理解できない。母の言語はまるで長いあいだ深く沈んでいた泥のように、ときどきは不安定に舞い上がって視界をぼんやり曇らせるけど、ずっしりしていて、真剣で、だからつまりは美しい。僕は母の言語をとても愛している。でも、もし君の言う母語が、僕が最初に覚えた言語を指しているなら、僕は生まれてから二五年間、韓国語を使ってきた。さらにここに来てドイツ語を新たに学んで、第二言語である英語まで交えながら、相当に新しい言語を実験しているところだ」。そしたらそのスウェーデンの男、真面目な顔して「韓国人は中国語か日本語を話すんだと思ってたけど、韓国語ってのが別にあるって聞いて驚いたよ」とか言って、スーッとどこかに行っちゃったよ。

なに、そのバカ!

hが大きな声で言うと、ジュンはケラケラ笑った。画面にジュンのツバメのような口の中が見えた。その様子をずっと見ていたくて、hは間髪を容れず、笑える話をしてあげると言った。そして、近ごろ切迫性尿失禁がひどくなって、走ったり縄跳びをしたりするときは必ず紙オムツをはくのだと打ち明けた。

お母さん、それ、笑える話じゃないじゃん。

ジュンは真顔になってとがめた。

あら、そんなこと言うようになったの。小さいころはお母さんがウンコとかオシッコとか口にするだけで笑い転げてたのに、大きくなったからって初心を忘れたようね。

ｈがぼやくと、ジュンは軽く微笑んで、必ず病院に行くようにと言った。ｈは、ついでにこの尿失禁の歴史まで話して聞かせるべきかどうか迷った。ジュンを悲しませずにきちんとあの話を聞かせてやれるだろうか？ｋにもすべては明かせなかった話をジュンに伝えられるだろうか？いや、もしかしたらあの話は、ｋではなくジュンにこそ、必ず伝えるべきではないだろうか？

思い返せば、話の出発点と終着点にはｎがいた。ｈは大学の入学式の日、寄宿舎の部屋で初めてｎと出会った。その夜、ｎは机の前に座って何やらもそもそ書きながら、時折鼻をすすり上げていた。ｎはのちに、実は母親と離れて寝るのはその日が初めてで、一種の分離不安に陥っていたのだと打ち明けた。それでも、大学生活にはhより早く適応したように見えた。一学期の途中、ひとりで女子大の前の美容室まで行って最新トレンドのパーマをかけて現れたかと思うと、同学年の中で誰よりも早く化粧を始めた。いつもショートヘアにジーンズ、スニーカーで通していたhは、nの末の妹のように見えた。

nがいなかったらhは絶対に、「哲学」と「研究」という単語が両方入った名前のサークルに加入することはなかったはずだ。連合同門会（同じ高校出身者の大学内の集まり）に参加してきたnは、好きな先輩ができたから、その人が会長をしているサークルに一緒に入ってくれと何日もせがみつづけたのだ。テーブルがひとつに、どこかから拾ってきたとおぼしき三人掛けソファ、やはりどこかから拾ってきたらしき古びた本棚がすべてというサークル部屋を初めて訪ねたとき、t先輩を見かけた。hは、新女性のように進歩的なnがどうしてまた、あんな古臭い知識人風情の男を好きになったのだろうと思った。ともかく、nの地道な努力が実って二人は夏休み直前から付き合いはじめたのだが、t先輩は、暗黒の時代に恋愛などという私的な行為をすることを恥じていたため、二人の交際を知る人はh以外にいなかった。

hの尿失禁の歴史は、農村活動に参加した一年生の夏休みまでさかのぼる。そのときもやはりnがそばにいた。畑仕事を手伝いながら「労働の神聖さ」や「民衆の偉大さ」といったものを学べると言うのでついていったのだが、夜も明ける前からタバコ畑に出て、背丈ほどに育ったタバコの葉に腕を引っかかれながら働いていると、暑いわ、大変だわで、罵《のの》りの言葉ばかりが増えていった。労働は神聖である以前にとりあえず大変だったし、民衆はその大変な労働を耐え忍ぶしかない人たちなのだという点で、偉大さというより罪の意識を刺激するばかりだった。しかも、寝泊まりしていた旧集会所には粗末なトイレしかなく、hは気楽に用を足すことができなかった。シャワーの設備もないので、一〇日も過ごすうちにhの身体はだんだん、熟成された堆肥の臭いを放つようになっていった。そんなときは、どこでも後ろを向いてちょっとズボンを下ろせば用を足すことができ、毎日小川でシャツを脱いで気持ちよさそうに水浴びしている男子学生が羨ましく、憎らしく思えた。

農村活動の最終日、思いもよらないところから騒ぎが起こった。最後を飾る村の宴の途中、農村活動隊と村の若者たちとのあいだで諍《いさか》いが起きたのだ。t先輩は急いでhとnを集会所の中に避難させた。もっとも奥まった部屋に二人を入れ、ドアをしっかり閉めて鍵をかけておくようにと言った。酒に酔って活動隊と揉めた村の若者が、女子大生たちを捕まえて強姦、いや輪姦してやると脅したらしい。サークルの男子学生たちが、鉄パイプやら、野球のバットやら、つるはしの柄やら、武器になりそうなものを片っ端から手にして見張りに立つなか、集会所の周りをグルグルと威嚇的に走るオートバイの音が遠くから聞こえてきた。音は近づいたり遠ざかったりを繰り返し、ときどき勇ましい雄叫びも聞こえてくる。その奇異な対峙の状態のなかで、ｈは夜通し考えた。あの子たちはどういう経緯で、強姦を、敵を征服するひとつの方法として学習したのだろう？　ｔ先輩を含めサークルの男子学生たちはどうして奴らの幼稚な脅しを真に受けて、同じレベルで行動しているのだろう？　いったいどうしてｎとわたしは誰かの狩りの獲物になり、同時に誰かの守護の対象になったのだろう？　ｈが歯を食いしばって暗澹たる思いに浸っているとき、隣に座っているｎがつぶやいた。くっそー、膀胱破裂しそうだよ。その瞬間、それまで感じていなかった尿意が一気にｈにも襲いかかった。ｈの膀胱こそ、今にも破裂してしまいそうだったのだ。

ｈは農村活動から戻るとすぐ、下宿屋の集まる通りからほど近い小さな医院を訪ね、急性膀胱炎と診断された。年配の男性医師は症状を聞くなり、最近性交渉をもったのはいつかと尋ねた。ｈがそういう経験はありませんと答えると、医師は首をかしげながら口を尖らせた。薬をもらってサークル部屋に行ったｈは、年配の医師のふてぶてしい目つきや偉そうな物言いに対する怒りを、ｎをはじめメンバーたちにぶちまけた。変態野郎めが、それが嫁入り前の娘に対して言うこと？　そのときの自分の言葉に「性交渉をもったことのない身体」に対する自負が滲んでいたことや、その奇妙な自負心がその場にいる誰かにとっては一種の加害になっていたかもしれないということには、ずいぶん後になってから思い至った。いつもそうだが、気づいたときにはもう遅いのだ。

そして破裂寸前の膀胱といえば、やはりあの夜の話をしないわけにはいかない。スニーカーを片方失くし、手ぶらで歩きつづけなければならなかったあの夜の本格的な出発点は、事実上ソウル駅付近だった。午前〇時を回ると駅周辺は急速に暗くなった。あちこちに無造作に置かれているモノが今にも動きだしそうに思えて、hはひどく緊張していた。よく見ると、モノだと思っていたものの幾つかは、路上で身を丸めている人間だった。カバーを被せられた小さな荷車やオートバイまでが人間のように見えてくる。そのうちのどれかが、ガバッと起き上がって自分に襲いかかってくるような気がして、hはパニックに陥った。歩きながら身体が震えていた。やがて、駅を過ぎてかなり歩いたところで、路地からいきなり誰かが飛び出してhのほうにずんずん近づいてきた。オッパ、休んでって。hは腰を抜かしそうになりながらも女の声だったことにホッとしたが、目の前まで来てhを確認した女はむしろ腹を立てていた。なんだ、女じゃん。チッ、ムカつく。自分は相手が女だから安心したのに、相手はどうして自分が女だからと腹を立てるのだろう。hがそう考える間もなく、女はカーッと痰を切って吐き出した。痰混じりの唾は、hの足すれすれのところに落ちた。何なの? 路地からまた別の女が現れた。二人目の女が近づいてきてhをじろじろ見ていたかと思うと、靴を履いていないほうの足を指して言った。大学生だろ。デモしてる途中で靴失くした、ってとこ? 最近、あんたみたいな子、よく見るよ。hはそっと後ずさりを始めた。ちょっと待ってな。二人目の女はhを引き止めると、路地の奥に入っていった。hは一瞬、女が靴を貸してくれるのかもしれないと期待した。これ持っていきな。女が差し出したのはコーラの空き瓶だった。このへんさ、けっこう危ないんだよね。誰かが襲いかかってきたら、これで思いっきりドタマかち割ってやんな。二人目の女の言葉に、一人目の女がクックッと笑った。二人はhをからかっているようでもあり、それなりにhのことを考えてくれているようでもあった。何してんの、早く受け取んなよ。女に促され、hは空き瓶を受け取った。間近で見た女には、濃い化粧でも隠しきれない疲れと年齢が滲んでいた。

コーラの空き瓶を握りしめて漢江を渡った。そのころには、右足に履いていた靴下もボロボロになり、アスファルトで擦れた足の裏も痛んだ。長い橋の真ん中で誰かに出くわすのではないかという恐怖と、本当に人っ子一人いないのではないかという恐怖を感じた。いざとなったら車道に飛び出すつもりで、車道との境界近くを歩いた。道路標識を頼りに、馴染みのある地名のほうへと向かう。ようやく下宿屋の集まる通りに着いたころにはすっかり夜も更け、人影もほとんどなかった。見慣れた建物や看板を目にするなり、尿意が押し寄せてきた。寄宿舎は朝六時にならないと玄関を開けてくれないし、ここから寄宿舎までさらに一時間ほど歩いていく余力もない。hは最初から、nのひとり暮らしの部屋を当てにしていた。二年生になってhは寄宿舎に残ったが、nは部屋を借りて出ていったのだ。夜遅い時間だけどnは快くドアを開けてくれるはずだ。まずトイレに直行して用を足したら、ｎはわたしがその夜どんなに怖くて大変な思いをしたか全部聞いてくれるはずだ。夕飯も食べていないわたしのためにラーメンを作ってくれるかもしれない。狭い半地下の部屋だけど寝床を用意してくれるはずだし、朝、寄宿舎に戻るときは靴とタクシー代まで貸してくれるだろう。ｎはきっとわたしを歓待してくれる。最後の力を振り絞って坂道を上り、入り口の小さな門を開けると、ｎの部屋のドアの前に靴が二足並んでいた。一足はｈもよく知っているｎの牛革の靴で、もう一足は男物の大きなスニーカーだった。ｈはスニーカーの持ち主が誰かわかった。それは少し前、ｎが新たに始めた家庭教師の給料をもらった日に、ｈと一緒に新村《シンチョン》まで行って買ってきたＮＩＫＥだった。ｔ先輩はＮＩＫＥなんて恥ずかしくて履けないと、受け取ろうとしなかったのに。期待していた歓待は幻に終わった。ｈはその瞬間、コーラの空き瓶を振り回しドアに叩きつけたくなった。パンパンに張った膀胱がキリキリ痛んだ。明かりの消えたｎの部屋は冷淡だった。ｈはｔ先輩の右のスニーカーに、ズキズキ痛む右足を入れた。スニーカーは大きくて温かかった。足の裏はヒリヒリした。ｈはそのまま立ち去ろうとしたが、後ろに向き直り、ｔ先輩の右のスニーカーがあった場所にコーラの空き瓶を突き立てた。

　ｎの家を後にして商店の並ぶ通りに戻ってきたｈは、使えるトイレはないかと建物を一つひとつ調べて回った。ほとんどの建物は出入り口から施錠されていた。施錠されていない建物をようやく見つけて中に入ったが、今度はトイレのドアが開かない。なんとかして膀胱を空にしなければと、それしか頭になかった。地団駄を踏みながら最後の手段を考えていると、どこからか二つの人影が現れた。二人は酔っているのか眠いのか、ぴったり身を寄せ合ってふらつきながら歩いていた。んだよ、びっくりすんなー、もう。二人はhを見て、幽霊でも見たかのように驚いた。hは二人が、幽霊は死ぬほど怖いが、この世に生きているものには怖いものなどないという奇妙な自信を持っている世代のように見えた。髪を黄色く染めた少女がhをじろじろ見ていたかと思うと、隣の友人に言った。女子大生じゃん。すると隣の少女はhのほうに顔を突き出して言った。ボッコボコにしてやろっか？ 二人の少女はからかうようにhに一歩大きく近づいた。いいねえ、女子大生。二人はまた一歩大きく近づいた。そのとき、黄色い髪の少女が悲鳴をあげながら後ずさった。隣の少女も事態を把握して後ずさりした。hのズボンの裾から尿がツーッと流れ出ていたのだ。セメントの地面に黒いシミが広がっていく。恥ずかしい。だが、一度開いた膀胱の扉は閉じる気配がない。t先輩のスニーカーの中は尿でズクズクになっていた。このイカれ女！ 二人の少女は身を翻し、もと来たほうへと走り去った。その様子はどこか楽しそうでもあった。hはその場に立ち尽くして膀胱をすっかり空にした。パンパンに張っていた膀胱の切迫感がなくなり、自分の恥ずかしい姿を見る人間もいなくなったところで、hの口から、自分でも思いもよらぬ言葉がついて出た。はー、生き返った。

ｋは、今回の映画がファンタジー映画祭のオープニング作品に選ばれたと招待状を送ってきた。ｈはオープニングセレモニーには行かず、代わりにインターネットの生中継を見た。スーツ姿のｋが、軽やかなミニドレスをまといガラスの靴のようなピンヒールを履いたハリナと腕を組んでレッドカーペットに登場した。一斉にフラッシュがたかれ、拍手の音が聞こえてくる。あの日、白骨団の手から逃れたときに背後から聞こえてきた激しい破裂音を、ｈは今も覚えている。おいコラ、ックックソアマ！「ック」以外に表しようがないほど鋭く破裂するその音は、厚いジーンズを貫いてふくらはぎに刺さった手投げ催涙弾の破片よりも強力だった。ノートパソコンの画面の中でｋが観客に向かって手を振っていた。

ｋ、わたしは本物のスナじゃない。そんな柔らかくてやさしい響きの名前なんかじゃない。あのころわたしたちはイカれ女、ムカつく女、ックックソアマだった。処女であることが恥ずかしく、処女でないことを恥じていた未熟な女だった。二年生の秋学期にｎは休学届を出して大学を去った。その年の冬、ｎは、地元の韓医大に合格したと知らせてきた。ｔ先輩は兵役のための入隊を前に、毎日酒に酔っては同期たちの胸の中でむせび泣いた。祖国を収奪する帝国主義と自分を捨てていったｎの両方を罵った。サークルの飲み会でｎは、クッソな女、キッツい女、ということになっていた。当時、わたしたちに与えられる名前はどれもこれも鋭く破裂する音ばかりだったのだ。入隊前夜、したたかに酔ったt先輩が、nは二回も中絶したんだとペラペラ話しはじめたとき、hはt先輩に焼酎の瓶を投げつけ、そのままサークルを去った。焼酎の瓶はt先輩の額に当たり、ケガを負わせた。だが、hにその後も長らく残った罪の意識は、それとは別のところから生まれたものだった。立ったまま膀胱を空にし、「はー、生き返った」とつぶやいていたあの日、そこからそう遠くない場所でまた一人が命を落としていたのだ。翌朝遅く起きたhは、靴を買おうとスリッパをつっかけて大学の売店まで行き、速報を目にした。壁新聞に貼られた白黒写真の中の女子大学生（前述の一九九一年のデモのさなかの五月二五日、盧泰愚政権退陣を求める汎国民大会に参加した成均館大学の女子学生が白骨団の暴力によって命を落とした）の澄んだ眼差しを見て、hはその場に崩れ落ちた。彼女の瞳は丸く優しげだったが、その眼差しは、前夜hに飛んできた無数の言葉の破片よりもはるかに強い痛みを伴ってhに突き刺さった。

レッドカーペットの真ん中でハリナのガラスの靴が脱げ、横に転がった。kは素早く拾ってハリナの前で片膝をついた。人々は歓声をあげ、フラッシュがたかれる。しばし何か考えているふうだったハリナは、kの手から靴を取り上げた。そしてもう片方の靴も脱ぎ両手にひとつずつ持つと、顔の横でクルクル回しながら軽やかに歩きはじめた。kはきまり悪そうに笑いながらあとをついていく。歓声とフラッシュの音がますます大きくなる。暗い水の中を歩くハリナの重々しい足取りが思い浮かんだ。あのシーンはハリナ本人が演じたのだろうか？　ｈはたった今、本物のスナをちらりと見たような気もした。ジュンとの次のビデオチャットの日には、水の中を歩いたことがあるか聞いてみようと思いながら、ｈはノートパソコンを閉じた。

花を描いておくれ

少年の家の壁に、またもや赤い文字が現れた。サタンは失せろ！　赤いスプレー塗料で書かれた文字は壁全面を覆っている。もう何度目かわからない。朝早く文字を発見した祖母は、床下に入れておいたシンナーの容器を引っ張り出した。慣れた手つきで軍手の上にゴム手袋をはめ、たわしにシンナーを含ませて文字の上をゴシゴシこする。病気にでもなっちまえ。祖母は時折罵りの言葉を吐きながら文字を消した。トラに喰われて死んじまえ。文字がひとつ消えるたびに、罵りも激しくなっていく。腐ってドロドロに溶けちまえ。赤いペンキはシンナーで溶けて消えたが、あとに醜いシミを残した。壁は、消された文字の残した跡でまだらになっていた。サタン。失せろ。怪物。消えろ。数歩下がって見てみると、これまでにどんな文字が現れては消えたか、おおむね想像がつくほどだ。少年が思うに、いっそ消さずにそのままにしておくほうがマシな気がしたが、祖母は赤い文字を目にするたびに躍起になって消した。路地に、ツンとしたシンナーの匂いが充満した。

落書きはひとりの人間の仕業ではなさそうだった。スプレー塗料で書かれた文字では筆跡を見分けるのは難しいが、書いたのが複数人であるのは間違いなさそうだ。とりあえず「犯人」は地元の人間である可能性が高い。おそらく、少年が関わった一年前の事件に関係のある人物、あるいは、その事件について知っている人物の仕業だろう。祖母は真っ先にその事件の「被害者」家族を疑った。少年か、青い門の家の息子ハラム、二人のどちらかが投げた石が後頭部に命中して倒れ、今も集中治療室にいる男の家族のことだ。もしくは、青い門の家の夫婦の開拓教会（教会のない地域につくられた教会）が急に閉鎖され一家が町を去ることになったのを恨んだ熱烈な信徒の仕業かもしれないと、祖母は考えた。特に「サタン」という言葉を使っているところを見るとキリスト教のヤツらに違いないと言った。

　ハラムは町を去り、少年は通っていた学校を辞めた。あつらえたばかりの中学の制服は、そのままタンスの中に放り込まれた。出血が激しかった男は今も意識が戻らない。少年は月に一度、祖母と一緒に病院を訪ねる。備え付けの青いガウンを身につけ手指の消毒まで済ませて集中治療室に入ると、いちばん奥のベッドに男が横たわっている。パンパンにむくんだ顔で人工呼吸器につながれた彼は、普段町で見ていた姿とはまるで違っていた。少年のか細い襟首をひっつかみ、不快な息を耳に吹きかけていた姿はどこにもなかった。少年の肩を抱き、長い腕を伸ばして少年のズボンの前をまさぐっていた姿も消えてなくなっていた。ただ、水にふやけた肉の塊がベッドの上に無造作に転がされているようだった。だから少年は、ベッドのそばに座っているおばさんに向かって、祖母の言うとおりに頭を下げて挨拶することができた。おまえみたいなクソガキ、チョロいもんだ、と愚弄される心配をせずに、肉の塊に向かって腰を九〇度に曲げ、申し訳ありませんでした、と言うことができた。もしも男が、町をぶらついて少年をいじめていた普段の姿そのままだったら、濁った目をして片方の口の端を上げ少年にニヤりと笑いかけでもしていたら、祖母の言うとおりには絶対にできなかったはずだ。

病院に行く日になると祖母は、サンチュや豆もやし、タワシを売って得た千ウォン札をアイロンでピンピンに伸ばして封筒に入れた。少年が集中治療室で男と男の母親に何度も頭を下げて謝罪を終えると、祖母はポケットに入れてあった封筒を差し出した。おばさんが封筒を受け取らなかったことは、ただの一度もない。祖母がしわくちゃの汚れた紙幣にアイロンをかけるたび、少年はそのアイロンをひったくって自分の太ももに押しつけたい衝動に駆られた。

事件についての捜査が終わり、ハラム一家が夜逃げ同然に町を去ったあとから、少年の家に赤い文字が現れるようになった。町の人たちは、少年と祖母もハラム一家のように町を出ていくだろうと考えていた。とても世間に顔向けできないだろうと。だが祖母は最後まで耐えた。人々に露骨にヒソヒソ話をされたり、後ろ指を指されたりしても、まったく動じなかった。祖母は、一生この家で暮らしてこの家で死ぬのが人生最後の目標なのだと、悲壮な面持ちで少年に言った。踏んばる祖母同様、赤い文字もしつこく現れた。

サタンめ、失せやがれ！

怪物はここから出ていけ！

殺人者！

赤い文字は目に入るたびに消した。家の外観はどんどん醜くなっていった。町が「壁画村」

（地域の活性化や治安改善を目的に古い住宅の塀などに壁画を描いた一帯）になり、家々の塀には花が咲き、鳥が飛んでいても、少年の家は化け物屋敷のようになっていった。

祖母が「サタン」の「タン」の字を消しているとき、初めて見る女が現れた。

消すんじゃなくて塗ればいいんですよ。

女は唐突に話しかけた。

消せば消すほどシミが残って見苦しいし、大変なだけでしょう。いっそ別の色で上から塗ってしまうんです。

女は真昼の太陽のように明るいオレンジ色の髪をして、大きな革のカバンを持っていた。町に壁画を描きにくるボランティアたちと同じような格好だ。祖母が手を止めて女のほうを振り返ると、女は地面にカバンを下ろして中を開けてみせた。半分に仕切られたカバンの中には、ありとあらゆる色のスプレー塗料が入っていた。怪訝《けげん》な顔でひとしきり女とスプレー缶を交互に見ていた祖母は、どういう風の吹き回しか、女に壁を任せてやった。

若い人たちが町に現れて壁画を描くようになると、花が咲きこぼれる塀ができ、天使の翼が大きく広げられた壁もできた。色とりどりの絵が増えていくと、そのうち、武器のように重そうなカメラを首から下げた人たちも現れるようになった。人々は花の絵の隣に立ってVサインをしたり、天使の翼の前で両腕を大きく広げたりして何枚も写真を撮った。

うちの家には牡丹を描いておくれ。椿でもいい。祖母は女に頼んだ。どうせ描くなら、赤くてきれいな花にしておくれ。獣はダメだよ。夢見が悪いから。

祖母は、長い塀にシマウマとライオン、キリンが描かれた、階段下の三七番地のおばあさんが気の毒だと言った。そのおばあさんは、塀に獣の絵が描かれてからというもの夢見が悪く、枕の下に包丁を忍ばせて眠っているのだと。

ああ、獣は嫌だね。人間もうんざりなのに。必ず花を描いておくれ、いいね？

祖母は少年に女をしっかり見張っておくよう言いつけて商売に出かけた。オレンジ色の髪の女はスプレー缶を振り回し、まず窓の周りに黄色い楕円を描いた。黒い鉄格子のはまった小さな窓はあっという間に、見開かれた目の瞳に変身した。もう一度スプレー缶を振り回すと、反対側の窓も瞳になった。少年は少し離れたところにしゃがんで、女が絵を描く様子を見ていた。祖母は女を見張っておけと言ったが、女は花を描く気はさらさらないようだ。黄色い目を描き終えた女は黒色のスプレー缶を取り出した。もとはどんな色だったか見当もつかない窓の下の壁が黒色で塗りつぶされていく。女の迷いのない手つきが少年の家を変えていく。赤い文字の残したシミが消されていく。少年は、女が祖母の頼みを忘れているようで心配になったが、一方では、不思議と気持ちがせいせいしていた。女の淀《よど》みない動作や手つきは清々しく、だんだん恐ろしげになっていく絵は痛快だった。

女はしばらくしてようやくスプレー缶を下ろし、腰を伸ばした。エプロンのポケットからタバコを取り出して火をつけ、少年の隣にしゃがむ。そして少年にも一本差し出す。少年は頭を振った。

なんで？

おばあちゃんは花を描いてって言ってたじゃないですか。

きれいな花が描いてあったら、みんなが来るから。

みんなが来たらどうしようっての？

家の前に座って商売ができるから。

少年は自分で言っておいて自分で驚いた。人々が家の前に来ることを祖母が願ったことは一度もない。少年も、家に絵を描いてほしいと思ったことはなかった。自分の家がほかの家みたいに美しくなって人々が見にくるようになれば祖母が家の前で楽に商売ができるというのは、ついさっき思いついたことだ。むしろ少年は、きれいな花や天使の翼が描かれた壁の前を通るたびに疑問に思っていた。カメラを手にした見物客たちは、壁の向こうに、悪臭を放つ排水口が四六時中、口を開けていることを知っているのだろうか？　セメントがぽろぽろ剝がれ落ちる壁に灰色のムカデが這い回っている様子を撮れるのだろうか？　女はフッと笑った。

あんた、知ってる？　貧しさは売るほどに貧しくなる。

少年は女を無礼だと思った。貧しさがどんなものかも知らないくせに。

おばあちゃんは貧しさを売ってるんじゃありません。サンチュと豆もやしとタワシを売ってるんです。

女は少年の言葉が聞こえなかったかのように、タバコを地面で揉み消して立ち上がった。そして少年の手にスプレー缶を一本握らせてやった。

あたしが描くからあんたは消しな。

少年が目を丸くしていると、女は顎で壁の一角を指した。赤みは消えているものの、水が染み込んだようにくねくねした字の跡が残っている。サタン。失せろ。消えろ。怪物。

女は黒い顔の右頰に引っかき傷を描いた。少年は黒い顔の左頰の前に立った。少年が、塾に行ったハラムの帰りを待ちながら、しゃがんでひなたぼっこをしていた場所だ。祖母がよく痰を吐き出していた場所でもあり、集中治療室で横たわっている男が少年の口を塞《ふさ》いだ場所でもあった。少年は、女が握らせてくれたスプレー缶を振り回した。少年の後頭部が当たっていた場所が消された。イトミミズのような文字の跡が消された。消されると同時に色をまとっていった。消した。描いた。消した。描いた。

女はアルミサッシのドアの周りにせっせと何かを描いていた。少年は何歩か後ろに下がって女の絵を見た。黄色い目を見開いた黒い顔は、ドアを飲み込んで大きな口を開けていた。少年の家全体が巨大な顔になって叫んでいる。それは恐ろしい悲鳴のようでもあり、怒りの雄叫びのようでもある。少年は思わず手のひらで耳を塞いだ。女は少年の手をつかんで耳から引き離した。

水を一杯だけくれる？

逆光を浴びた女のオレンジ色の髪が夕陽のように燃え上がっていた。少年は、ガタガタと音を立てるみすぼらしいサッシのドアを開けて家の中に入っていった。女はあとをついていく。二人はさながら、獣の口の中へと果敢に攻め込む戦士のようだった。

まるで洞窟ね。

オジュは少年の部屋を見回して言った。少年の部屋はすぐ裏が斜面になっていて日当たりが悪く、ジメジメした湿気がこもっていた。部屋の隅を伝うように青黒いカビが生えている。

少年は、冷蔵庫で冷やしてもいない生ぬるい水をコップになみなみと注いでオジュに渡した。オジュはそれをおいしそうに飲んだ。少年の部屋には絵の一枚、写真の一枚も飾られていない。壁紙は灰色に色褪せている。もとの色が想像できないほど古い壁紙だ。小さな洋服ダンスに三段チェスト、座卓が部屋のすべてだった。座卓には本がない。粗末な家具は、天井から垂れ込める影に抑えつけられている。今すぐ部屋の床に苔が生え、天井から鍾乳石が垂れ下がってきてもまったく不思議ではないような雰囲気だった。

本当に洞窟みたい。

洞窟《トングル》という丸く深みのある発音が口から転がり出た途端、オジュの頭の中に、あるイメージが思い浮かんだ。洞窟の中に赤い照明がパッ！と灯ったように。オジュはスマートフォンを取り出して画像を検索し、少年に見せてやった。少年の目が丸くなる。洞窟の中の壁一面に数百個もの白や赤の手形がつけられていた。無数の手形は、まるで数千匹のムカデが同じ方向に向かって這っているかのように、洞窟の壁を伝ってどこかへと慌てて走っている。猛獣に追われ列をなして逃げる草食動物の群れのようでもあり、城壁に沿って進撃してくる敵軍の執拗さのようでもある手形は、見るたびに鳥肌が立ったが、まさにそういう理由からオジュはこの画像が好きだった。「手の洞窟」という名を持つ、アルゼンチンのパタゴニア地域にある先史時代の洞窟壁画だ。赤い顔料を使ってステンシル技法で人の手形を無数に描いたものだという。つまり先史時代に洞窟で生活していた人の本物の手形だ。オジュはいつか必ずアルゼンチンに行ってこの洞窟壁画を自分の目で確認したいと思っていた。穴居人《けっきょじん》の手形の上に自分の手のひらを重ね合わせてみたいと。オジュは「手の洞窟」を勝手に「手の雄叫び」と呼んでいた。その前に立つと、無数の手の「ウォー」という雄叫びが耳をつんざくような気がした。

すごいでしょ?

少年はゆっくりとうなずいた。

これって血ですか?

オジュは、ウサギのように目を丸くして驚いている少年をかわいいと思った。血みたいだよね。あたしも初めて見たときは血の跡かと思った。原始人が獣の血を手のひらにつけて壁に塗った? 狩りの証のようなもの? って。でも、本物の血じゃなくて赤い顔料なんだって。絵の具。

初めてこの壁画を目にしたときオジュは、大きな野牛の腹を切り裂き、ドクドクと溢れ出る熱い血に歓喜する太古の狩人たちを思い浮かべた。熱い血だまりを両手でかき回しながら勝利の口笛を吹いただろうか? 本当に手に血がついているかのように温かい感触まで感じられた。続いて、鼻の奥まで侵入してくる血生臭い匂い。胸がムカムカした。

おもしろい遊びを思いついた。

オジュはカバンから赤色のスプレー缶を取り出した。図面ケースから画用紙も一枚取り出す。少年の部屋の床に真っ白な画用紙が置かれた。オジュは少年の右手をつかんで画用紙の上に乗せる。少年の手は熱かった。オジュは少年の手の上にスプレー塗料を吹きつけた。少年の手の甲とその周囲に赤い点々が散った。

昔はこんなスプレーがなかったから、口に絵の具を含んでストローで吹きつけたんだって。プラスチック製のストローもなかったはずだから、動物の骨を使ったんだろうね。そうやって原始人が口で吹きつけた絵の具がこんなふうに手形を残したってわけ。

オジュは少年の手を画用紙から離した。少年の手の形が、点々と散った赤い塗料を背景に白く浮かび上がっている。「手の洞窟」の手形と同じだ。

あんたの手は人差し指と薬指の長さが同じなんだね。

オジュは自分の手を広げて少年の目の前に差し出した。オジュの手は薬指が人差し指よりひと節分長かった。

あんたも一回やってみな。

オジュは画用紙の空いている部分に左手を大きく広げて乗せた。少年はおずおずとスプレー缶を手に取る。そして、オジュよりたどたどしい手つきでその手の上にスプレー塗料を吹きつける。オジュの手の甲が赤くなった。少年の手形の隣にオジュの手形が並んだ。オジュの手のほうが少し大きくて長い。二人は、指紋のように、表情のように、互いに異なる二つの手形を並んで見下ろした。少年は、自分のつけたオジュの手形より、オジュのつけてくれた自分の手形のほうが鮮明だと思った。長い中指を中心に人差し指と薬指が公平に肩を並べている手。まだ誰も傷つけたことのない手。誰の口も塞いだことのない優しい手。けれど温かい血の温度を記憶している手。何の予告もなく押しかけてきた客人のように、急に吐き気が襲ってきた。少年の吐いた物が二つの手形を覆ってしまった。オジュは驚きはしたが、何でもないようにカバンからティッシュペーパーを取り出し、吐しゃ物を拭きはじめた。

あのクソガキが。

クィソンはしばらく、開いた口が塞がらなかった。家はどんなふうに変わっただろうか、内心期待に胸を膨らませ、商売もいつもより早く切り上げて坂道を上ってきたのだ。それなのに、なんだこれは。クィソンの家はどす黒く、けばけばしく、醜い姿に変わり果てていた。

寂れた町の中でも、もっとも奥まった路地にひっそりと隠れるように立つみすぼらしい家だが、クィソンはこの家を大事にしていた。家は、七〇年以上生きてきたクィソンが唯一まともに所有している財産だ。この家一軒を手に入れるため、クィソンは数十年間、関節がすり減るほどに働いてきた。その家が醜い怪物に変わり果ててしまったのだ。クィソンは、家の壁に赤い牡丹が一輪大きく花開いていることを内心願っていた。花びらが壁からはみ出すほど見事に咲き誇っている姿を期待していた。家全体が大輪の赤い花になって、いい香りをふんわり漂わせていることを望んでいた。そうすれば、夜の闇に乗じて、壁に「サタンは失せろ」「怪物は消えろ」という醜い落書きをしにきた人たちも、美しい花を目にして思いとどまるのではないか。それなのに、なんだこれは。花どころか、家は怪物に変わっていた。ここを見ろ、この家には本当に怪物が住んでいるのだと、家全面が怪物の顔になり、世間に向かって思い切り口を開けていた。

孫はクィソンの部屋のアレンモッ（韓国式床暖房、オンドルの焚き口にもっとも近い、暖かい場所）にじっと横たわっていた。胃もたれでもしているのか、もともと色白の顔が真っ青になっていた。

おばあちゃん。

うん。

家に絵が描いてあるの見たでしょ？

うん。

怖いよね？

醜い。

うん。醜いよね？

あの女どこ行きやがった。とっ捕まえたら、ただじゃおかない。

僕は好きだよ。

孫の声には焦りが滲んでいた。

僕は好きだよ、おばあちゃん。僕は、醜くて怖いから好き。

孫はむくっと起き上がり、クィソンの腕をつかんだ。

消さないで、おばあちゃん。怪物消さないで。

どうして？　醜くて怖いのに何がいいって言うんだい？

みんな来なくなるでしょ。うちの家、醜くて怖いって逃げ出していくでしょ。

孫がこんなに喋るのは久しぶりだった。もともと無口な子だったが、事件のあと、さらに口数が減っていた。クィソンは何も言わずに部屋を出た。そして再び表に出て、変わり果てた家をじっくり見た。口を大きく開けている様子は、攻撃するならしてみろと威圧的に怒鳴っているようでもあり、怖いからそれ以上近づかないでくれと怯えて悲鳴をあげているようでもある。頬の黒いシミはクィソンの肝斑に似ている。ボサボサの髪は孫のそれに似ている。クィソンはもう一歩下がって、さらに家を見た。怪物の真っ黒に塗りつぶされた口の中で、桐の木で作った表札だけが、クィソンの名前三文字が端正に刻まれたその表札だけが、白く光っている。表札は、怪物の糸切り歯にあたる場所で燦然と輝いていた。クィソンは歯を食いしばった。新しい糸切り歯が生えてくるかのように、老いた歯茎がジンジンした。

壁は白いほどいい。セメントの壁でもいいが、漆喰《しっくい》の壁ならもっといい。背景が白いほうが、赤い手がより目立つはずだから。少年の荷物はシンプルだ。折りたたみ脚立に、絵の具の入った小さなペットボトル、そしてストロー。アルミ製の脚立は通りで拾った。あるカフェの前で脚立を広げて窓を拭いていた青年が、路地裏にちょっとタバコを吸いにいった隙に。それ、拾ったって言うのか、盗んだんじゃないか。ハラムが見ていたら一言言っていただろう。少年は、そこにいもしないハラムに言い返した。拾ったんだよ。持ち主のいない脚立だったから。そのとき目の前に持ち主はいなかったから。少年は、拾った脚立とオレンジ色の髪の女にもらった絵の具を持って、芸術をしにあちこち訪ねていた。少年はいまや芸術家だった。

今日の画用紙は青い門の家。少年が心から好きだったハラムの家だ。少年を全身で突っぱねたハラムの家だ。ハラムは初めて会った日から気さくに手をつないできた。だが、警察で最後に顔を合わせた日、少年のほうを見ようともせず、全身で少年を拒絶した。ぐらぐらしている門を入ると猫の額ほどの庭があり、隅っこに、蛇口を右にひねると生ぬるい水がちょろちょろ出てくる水道が見える。そこから少し離れたところには大きな排水口がある。排水口はいつも生臭い匂いを放っていた。たまに野良猫たちがやってきて、溜まっている水を舐めていった。ハラムは憎々しげに怒鳴りつけて猫たちを追っ払い、蛇口をひねってちょろちょろ出てくる水に口をつけて飲んだ。ちょろちょろ出るのがおまえの小便みたいだ。ハラムはいつも少年を何かにたとえてからかった。少年は靴を履いたまま、ハラムが寝転んで腹をボリボリかきながら漫画本を読んでいたリビングに足を踏み入れる。リビングの床に少年の足跡がつく。寝室の、合板の表面が剝《は》がれかけたドアが大きく開いている。少年は中に入る。寝室の壁には大きさの異なる四角い跡が複数残っている。ひとつは小さな洋服ダンスの跡で、また別のは五段チェストの跡だ。床に接しているその他の跡とは違い、ひとつの跡だけは壁の高い位置についている。ハラムの家族写真がかかっていた場所だということを、少年は知っている。ハラムの両親が、やや驚いたような顔をした赤ん坊のハラムを挟んで無邪気に笑っている家族写真を、少年はかなり長いあいだ見つめていたことがある。ハラムの一歳の記念写真だと聞いた。ハラムはその写真を見られるのを嫌がり、少年を家に上げた日は寝室のドアをぴったり閉めて、もっぱらリビングで遊んだ。

少年は、写真がかかっていた場所の下に脚立を広げた。脚立に上ると、黄ばんだ壁紙の上に、そこだけ白く浮かび上がった画用紙がちょうど目の高さに現れる。少年は左手を大きく広げてその画用紙の上にあてがう。人差し指と薬指の長さが同じで、中指を中心になだらかな「へ」の字を描いている手だ。右手でペットボトルを持ち、絵の具を一口、口に含む。口の中に石油の匂いが広がる。絵の具を飲み込まないように注意しながら、ズボンのポケットに挿しておいたストローを取り出してくわえる。一《ハナ》、二《ドゥル》、三《セッ》。心の中で数えて、フッと一気に吹き出す。その瞬間の少年は、石油を口に含んで火を吹くサーカス団員のようだ。少年は冷たい火を吹く。手の甲に冷たさを感じる。手を動かさないよう注意しながらまんべんなく吹きつけたら、絵の具が壁にしっかり染み込むまで待たなければならない。そして、ゆっくり手を離す。白い壁に赤い手形がついた。いや、手は白く、手の周りが赤いだけだ。少年は、自分がつけた赤い手形を満足そうに眺める。赤いそれは、ずっと暗かった洞窟の中を照らす松明《たいまつ》のようだ。少年の心を霧のように埋めていた恐怖が、ちょうどその明かり分くらい壁に移ったような気がした。赤ん坊のハラムのやや驚いたような顔の上に手形をつけたのだと思うと、少年はいっそう満足な気持ちになる。いつも少年に乱暴な言葉を浴びせていたハラムの口を、バカにしたりからかったりしてこそ本当の愛情だと思っていたハラムの物言いを、赤い手で封じてやったような気がした。少年は、無邪気な顔でのんきに笑っているハラムの母親と父親の顔にも手形をつける。初めて会った日、少年をいきなり抱きしめて、おお、主よ、この憐《あわ》れな子羊を救いたまえ、と同情していた女と男の口を赤い恐怖でふさいで、今日の芸術を終える。

少年は脚立から下り、汚い床に寝転ぶ。喉がヒリヒリしてくる。寝転んだまま顔だけ横に向け、床に唾を吐く。再び顔を上に向けると、ようやく天井が目に入ってくる。左手をそっと持ち上げて眺める。赤い絵の具が点々と散った小さな手が、天井を背景に浮かび上がる。爪の裏に赤黒い絵の具が詰まった手。その手はまだ小さく柔らかい。少年は早く、節くれだった、たくましい手を持ちたいと願う。オレンジ色の髪の女が家の壁に描いていった怪物が持っていそうな、ごつい手が欲しい。少年は怪物のようにいかめしい表情をしてみる。ウルル。ガルル。

声も出してみる。花を描いておくれ。祖母は女に頼んだ。貧しさは売るほどに貧しくなる。女は言った。少年は寝転んだまま首を後ろに反らし、ついさっき自分がつけた手形を見上げる。洞窟の中を照らす松明だったのが、拳より少し大きなつぼみへとスーッと姿を変える。昔三人の顔があった場所に、五枚の細長い花びらを力強く押し立てた「拳の花」が三輪咲いている。少年は汚れた手の甲で目をこすり、再び手形を見上げる。五枚の細長い花びらは、打ち上げ花火になったかと思うと、鋭い槍になり、やがて柔らかな若葉になる。少年は誰でもいいから連れてきて、聞いてみたかった。あなたの目にはあれが何に見えますか？　あの赤いのは、花火ですか、花びらですか？　おばあちゃんならこう言うはずだ。牡丹を描いておくれ。椿でもいい。どうせ描くなら、赤くてきれいな花にしておくれ。すると少年はこう答えるのだ。花火なのか花びらなのか、後退なのか前進なのかわからないあの三つの赤い手形が、まだたくましくないこの手で描ける精一杯の花なのだと。僕はついに花を描いてやったぞと。

春のワルツ

春が自分の母親に会ってくれないかと聞いてきたとき、わたしは喜びと不安を同時に覚えた。そのころわたしは、ポムとの関係をどう捉えればいいのかわからず途方に暮れていた。わたしが大学を卒業するや否や、親戚の集まる場に行くと決まって結婚の話を持ち出す母にイライラさせられることがたびたびあった。そんなときは、ポムもわたしと同じように、結婚して家庭を築くべきだという、そこはかとない圧力に苦しんでいるのか、もしそうなら、その瞬間、わたしがポムを思い浮かべるようにポムもわたしを思い浮かべるのだろうか、と考えたりもした。

ポムとわたしは大学のバンドサークルで知り合ったキャンパスカップルだった。でもそれはただ、定期的にデートをしたり、ときどき旅行に出かけて二人きりの時間を過ごしたりするという意味であって、二人だけの未来について真剣に話をしたことはなかった。数え切れないほどの昼と夜、ポムはわたしに文学や映画、写真、風景について囁いたけれど、自分の家族について聞かせてくれたことは一度もない。それを物足りなく感じながらも、一方では、相手との適切な距離を保つ洗練された態度のように思えて、わたしもポムに時事や歴史、哲学、音楽についてだけ囁いた。母や兄に気持ちをかき乱されたときも、ポムにはただの一度も家族の話はしなかった。家族が原因で腹が立ったりイライラしたりするときは、高校の同級生や地元の友だちに会ってストレスを解消した。けれど、友人たちに母や兄への不満をぶちまけたあと家に帰る道では決まって、しょんぼりした気持ちでポムのことを思い浮かべた。わたしはどうしてポムにこういう話ができないのか。いや、ポムはどうして、こういう話ができないように距離を置くのか。寂しかった。恨めしかった。そういう感情に振り回される自分が惨めだった。そんな折、ポムが初めて、自分の母親に会ってほしいと丁重に頼んできたのだ。心の片隅に明かりが灯ったように大きな喜びを感じると同時に、ポムとの関係が新たな局面に進んでいくのかと思うと不安でもあった。

ポムがショートメッセージで送ってくれた住所は、ポムの家からほど近い大学病院だった。ポムは、病院のロビーにあるスターバックスで落ち合って一緒に七階の病室に行こうと言った。薄紅色のかげろうのように目の前を美しく染めていた期待が、たちまち不安へと一変した。ポムの母親は入院中だった。深刻な状態ではなく、婦人科の病気で手術を受けたのだが、どういうわけか手術部位がきれいに治らず、入院が当初の予定より長引いているのだと言う。身体の回復の遅れとともに急激に気分が落ち込み、担当医が精神科の受診を勧めるほど精神状態が思わしくないのだとも。そんな母親が、ある日深刻な顔でポムの手を握りしめ、ポムの恋人にどうしても一度会ってみたいと懇願したと言う。最初は笑ってごまかし、やんわり断っていたが、母の頼みはまるで死を目前にした人の最後の願いのように切実で、きっぱり断ることはどうしてもできなかったと。話を聞いているわたしの表情がだんだん深刻になってきたのか、ポムはわたしの目をまっすぐ見据えて言った。

何か評価を受けるような場ではもちろんなくて、自分の愛する人の愛する人に会ってみたいという自然な気持ちだと理解してもらえるとありがたい。

緊張して喉が渇き、アイスコーヒーをしきりに口にしながらも、一方では、ポムが重低音で発した「愛」という言葉にわたしの心はあっけなくほどけていった。わたしはこんなにもポムを愛しているんだ。それならわたしも、愛する人の愛する人に喜んで会いに行かなければ。ひそかにテーブルの下で拳をギュッと握りしめた。

病室は二人部屋だった。入り口側のベッドでは誰かが眠っていて、窓側のベッドではウェーブのかかったロングヘアの、透明感のある中年女性がヘッドボードにもたれて座っていた。すぐそばの付き添い用の長椅子には、ボブヘアでメガネをかけた同年輩の女性の姿が見えた。ポムとわたしが並んで入っていくと、二人は、今か今かと待ちわびていた様子が窺《うかが》える表情でこちらを見た。ポムの母親が、顔じゅうの筋肉を総動員したような満面の笑みでわたしたちを迎えてくれた。付き添いの人もにっこり笑って歓迎してくれた。

さあ、さあ、こっちにいらっしゃい、あなたたち。

ポムの母親が細くて高い声で言った。まるで漫画の中から飛び出してきたかのように一つひとつの表現が大きく、頭のてっぺんから足の爪先まで愛情が溢れ出ていた。

ここに座って。

付き添いの人が立ち上がって席を譲ってくれた。思ったより背が高くしっかりした体格で、姿勢のいい人だった。声はポムの母親より低く、よく通る。ポムがわたしの腕をそっとつかんで椅子のほうへ引っ張った。

本当によく来てくれたわね。わたしはポムの母親、キム・ミホよ。ポムと同じように、ミホさんって呼んでちょうだい。

わたしはなぜか口ごもってしまった。

は、はじめまして。ポムの……友だちの、ソン・ウンスです。

危うく、面接を受けにきた人みたいに、よろしくお願いします、まで言いそうになったが、ちょうど付き添いの人がタイミングよく割って入ってくれた。

不躾なお願いだったかもしれないって心配してたんだけど、こうやって来てくれてありがたいし、会えてうれしい。わたしはポムの母親、パク・ソンナム。まあ、ポムにはソンナムさんって呼ばれてるわね。

一瞬、聞き違いかとポムの顔を見てみたが、ポムはアメリカのハイティーン映画に出てくる高校生のようにひょいと肩をすくめるだけだった。

なによ？ いつの間にあたし抜きで楽しんじゃってるわけ？

さっきまで隣のベッドに横たわっていた人が仕切りのカーテンを開けて登場した。いかにも寝起きという感じではあったが、アンバランスに刈り上げた髪や、目尻をくっきり描いた化粧、派手な柄のレギンスは目を引いた。

あたしもポムの母親よ。オ・リオン。よろしく。

彼女はついと前に出てきて握手を求めた。とっさにその手を握って振った。どう見てもこれは新入社員の歓迎式であって、恋人の母親（たち）との対面の場ではない。再びポムを見やると、ポムはもう一度肩をすくめて言った。

ミホさん、ソンナムさん、リオンさん。みんなぼくの母親なんだ。

三人の女性が同時にわたしを見てにっこり笑った。大きさや形はそれぞれ違っていたが、どれも「母親の微笑み」だった。

ソンナムさんの話

ソンナムは毎晩、日記帳にこう書いた。「悲劇の中に自分を置かないこと」。父親のいない子を持った、父親なしにひとりで子どもを育てなければならない、この世に子どもと自分の二人きりだ、そういう不幸な文章は最初から存在していたわけではない。不幸な文章は、ソンナムの心が脆くなったり身体が弱ったりするのを待って飛び出してきた。弱っている隙を狙って一気に攻撃してくる陰険な文章を、ソンナムは警戒した。今はただひたすら自分と子どもの生活に集中するときだ。もっと強くならなければならない。そのためにはハギュの記憶さえも捨てなければ。ソンナムは心を強く持つために何度も自分に言い聞かせた。ハギュに悪いとは思わなかった。いま、この厳しい世の中を生きていかねばならないのは、ハギュではなくソンナムと子どもだったのだから。

ハギュの失踪はニュースを見て知った。監視カメラが捉えたその後ろ姿は、まったくハギュのようには見えなかった。分厚い探査服を着たその姿はまるで、ふわふわと月面を歩く宇宙飛行士のように非現実的だった。画質の粗い監視カメラの映像をさらにテレビニュースの画面で見るという二重の距離感のせいだろうか。歩き方といい、肩といい、腕を振る角度といい、動いているその姿はソンナムの知るハギュではなかった。ソンナムの心は彼の失踪を信じられず、悲しみは永遠に宙ぶらりんのままになってしまった。

一カ月以上も捜索は続けられたが、ハギュは発見されなかった。捜索チームは、彼がひとりで基地の外に出ていき、吹雪に見舞われて基地を見失いさまよっている途中クレバスに落ちたものと暫定的な結論を下した。捜索が終了となった日、ハギュの両親はニュースに出て嗚咽した。あんなに元気なうちの子が……ああ、まだ結婚もしていないのに……こんなに無念なことが……。ハギュの母親は時折涙を流しながら悲嘆に暮れた。ソンナムは、一度も会ったことのない彼の母親をわずか数秒のニュースの画面で見ながら、ひどく神経質な女の人かもしれないと思った。もう、胸がずたずたに引き裂かれる思いです。涙も枯れ果てて、もう、血も枯れ果てて。ハギュの父親はひどく疲れているように見えた。何か気に食わないことがあると眉間にくっきりと三本皺を寄せる癖は父親譲りだったんだな、ソンナムは淡々と考えていた。父親の眉間と母親の人中《じんちゅう》（鼻と上唇のあいだにある溝）にハギュの面影があった。南極基地の安全対策、このままでいいのか、というニュースが後に続いた。閉ざされた空間に長期間滞在しなければならない隊員の受けるストレスは深刻な精神疾患につながる可能性もあると、ある精神科医がテレビに出てきて、もっともらしいことを言っていた。ニュースはハギュの失踪をめぐり、自殺を想起させるよう巧妙に編集されていた。一面真っ白に吹きつける暴風雪に閉じ込められれば、砂漠で蜃気楼を見るように幻を見ることもあると、刺激的な報道をするニュースもあった。南極基地での生活に息が詰まり、みずからの足でクレバスに向かって歩いていった無謀な人。暴風雪に閉じ込められてしばし判断力を失い、みずからの命まで危険に晒した愚かな人。世間は寄ってたかってハギュを暗に非難し、あざ笑った。たったひとり、ソンナムだけが頭を振った。ハギュは死んでいない。ちょっと氷の洞窟に隠れてるだけ。見てなさい。もうちょっとしたら、じゃーんって出てくるから。びっくりした？　口が顔の半分を占めるくらい大きく開けて笑いながら。ハギュはそういう人だから。いつもいたずらっぽく目を輝かせている人。地球でもっとも寒いところで仕事をしながらも、誰よりも熱くなれる人。わたしの知っているハギュはそういう人だから。

つわりは、いきなり襲ってきてソンナムを執拗に苦しめたかと思うと、ふと消えてなくなった。すべての匂いが拷問のようで水を飲むだけでも吐いていた時期が過ぎ去ると、ソンナムの舌は貪欲にこの世のありとあらゆる味を思い浮かべ、渇求した。ソンナムは閉店時間直前のデパートへと車を走らせた。駐車場に車を停めると地下一階の食品売り場に直行し、カートいっぱいに食べ物を入れた。菓子職人が作ったという高級和菓子一箱、南部地方の有名製菓店でしか作っていないという落花生せんべい一袋、アップルマンゴーにメロン、ポークリブバーベキューと羊足の丸焼きを、前後の見境なく次々とカートに放り込んだ。惣菜コーナーでは瓶詰めの減塩タラコをひとつ選び、テナガダコを串に巻きつけて丸焼きにしたものやウナギの煮付けといった、ひとりでは絶対に作って食べようと思わない手間のかかる料理も買った。無我夢中で食べ物をカートに入れているあいだも、しきりに口の中に唾が湧いてきた。見るからに大きなお腹をした妊婦が一心不乱に食べ物を入れている姿は見る人に同情心を抱かせるのか、デパートの従業員たちは積極的に試食を勧め、おまけをつけ、値引きしてくれた。安産を祈っています、と声をかけてくれる従業員もいた。年配の女性従業員たちはソンナムのお腹の形を見て、男の子だね、女の子だね、と一言付け加えた。知らない人と言葉を交わすのがあまり好きではないソンナムも、なぜかそういう口出しやおせっかいは嫌ではなかった。ああ、こういうお腹の形だと男の子なんですね？　ほんとですか？　まだわからないんです。わざと聞いてないんです。実際に産んだときに知ったほうがもっと嬉しいだろうし、サプライズにもなると思って。差し出された試食のビーフジャーキーをもぐもぐ噛みながら会話する自分の姿は、我ながら別人のようだった。見事に食品だけでパンパンに膨らんだ買い物袋を両手にさげて駐車場へと向かう途中、エレベーターの鏡に映ったやつれた顔を見て初めて、ソンナムは自分がどんな振る舞いをしていたかを理解した。朝塗った真紅の口紅はいつの間にか剥げ落ち、輪郭だけがうっすら残っていた。頬骨の上あたりにはそばかすとシミが点々と浮かび上がっている。疲れたような、くたびれ果てたようなその顔が物語っていた。たくましくがんばっているフリをしていたけれど、実はソンナムは孤独なのだと。誰も必要ない、干渉もおせっかいもうるさいだけだと思っていたけれど、ソンナムは今、どんなときよりも誰かを必要としているのだと。

リオンさんの話

オ・リオン。きれいな名前だな。新しい学年になり新しい担任の先生が最初に出席をとるときが、リオンはいちばん嫌いだった。オ・リオンってつけるくらいだから、きっとお父さんは星座に興味のある人なんだろうね？　下のきょうだいの名前はもしかしてオ・ロラかな？　大人たちの形式的な関心にはうんざりだった。父は星座について何も知らないし、星座どころかひとり娘のことも何も知らないし、わたしの名前は祖母がつけてくれたもので、弟はオ・ロラじゃなくてオ・スンミンです。そしてわたしは、みんながきれいだと羨ましがるこの名前が大嫌いです。きっぱりそう言い放ち、どうしようもない子だと思われてしまえば、その一年は適当に退屈に、気楽にやり過ごすことができた。遠慮なく言いたいことを言うリオンを見て、担任や同じクラスの子たちは戸惑ったり、煙たがったりした。だがソンナムはそんなリオンのことが気に入って、だから三月（韓国は三月が新学期）の一カ月間、そっと目で追っていたのだと、のちに本人に教えてあげた。

リオンがソンナムのことを気に留めるようになったのは、五月の体育祭のときだった。各クラス、くじ引きでひとつの国を選び、その国の民族衣装を着て民族舞踊を披露するプログラムがあった。リオンのクラスはスペインを引いた。学級委員と体育部長は、学級費を集めて洋服直し店で衣装を作ってもらい、踊りの振り付けをして生徒たちに教えた。女子校なので、出席番号順にクラスの半分は男役、半分は女役をすることになった。男役は黒い紙で作った仮面をつけ、女役は赤い布で作ったフラメンコドレスを着た。スペインの人が見たら腹を抱えて笑いそうな、でたらめな踊りとお粗末な衣装だったが、生徒たちは久しぶりに入試前のプレッシャーを忘れて運動場で踊りの練習をしたり、のんびり風を浴びたりする時間を楽しんでいた。

体育祭当日、五月の日差しがジリジリと照りつけるなか、リオンはクラスメイトたちと並んで出番を待っていた。運動場の真ん中では、タイを引いたクラスの生徒たちが、アルミホイルの細長い付け爪をくるくる回しながら踊っている。タイトスカートをはいた生徒たちが窮屈そうに脚を動かすたびに砂煙がもうもうと上がる。ホイルの先に反射した太陽がリオンの目を射る。仮面のゴム紐は耳の後ろを締めつける。こめかみに汗が流れる。ズキズキと頭が痛くなってきた。振り付けを忘れないよう手足を小さく動かして練習している生徒もいれば、しゃがみ込んで砂に落書きしながら体育祭とはまったく関係のないお喋りをしている生徒もいる。どこからかジイジイとセミの鳴き声が聞こえてきた。五月にセミなんて、そんなはずはない。その瞬間、周りの風景が、耐えがたいほど幼稚な茶番に見えてきた。安っぽい茶番の小道具になって砂煙の舞う運動場の隅に押し込められている自分が情けなくてたまらなくなった。チッ、クッソが。そのとき、すぐ隣で口汚い言葉を吐いたのがソンナムだった。クラスで常に成績トップのソンナムの口からそんな言葉が出てきたという事実に、リオンはなぜか胸のすく思いがした。自分の心の声をソンナムが代わりに吐いてくれたような気がした。挙げ句にソンナムは、顔の半分以上を覆っていた紙の仮面を片手で引きちぎってしまったのだ。ちょっと！近くに立っていた副学級委員が叫んだ。リオンのクラスは間もなく運動場の真ん中に出ていく番だった。副学級委員はおろおろするばかりだ。ソンナムは仮面を破いたその手で額の汗を拭っている。生徒たちはソンナムの様子を見てざわついた。ざわめきは大波のように前後に広がり、すぐに学級委員が予備の仮面を持ってきた。副学級委員は懇願するような目でソンナムに仮面を差し出した。

ていうか、ほんとにウケたのはさ。罵りながら仮面をベリッて破いといて、副学級委員に新しい仮面を渡されたら素直につけて踊りにいったってことよ。しかも振り付けをひとつも間違えないで完璧に踊ってたし。あんたの振り付けをチラチラ見ながら踊るもんだから、むしろあたしのテンポがずれてパートナーの子に怒られちゃってさ。ステップがめちゃくちゃになって、その子まで転ぶところだったんだから。そのときからあんたが好きだった。カッコよかった。おとなしいんだけど、ぜんっぜん言うこと聞かなそうな子、それがあんただった。大人になってからたまにソンナムと会って一緒にビールを飲むとき、リオンはいつもその話をした。そのときからあんたが好きだった。リオンはあっけらかんと自分の感情を口にできる人だった。わたしのほうが先に好きになったんだけど。三月二日の初日から。口数の少ないソンナムがポンと投げる言葉に、リオンの心臓が熱く締めつけられる日々だった。

新学期早々、どうしようもない子というレッテルを貼られたリオンと違い、ソンナムは真面目な生徒だった。いつもシャツのボタンを上まできっちりとめ、小さな唇をきゅっと結んで過ごしていた。リオンが三六五日静かに問題を起こしていたとしたら、ソンナムはごくたまに大事故をやらかした。無断欠席、丸刈り、校長室への抗議訪問など、ソンナムの戦績は派手だった。地方の無名の女子高からソウルの名門大に進学できそうなほど成績が優秀でなかったら、とっくに懲戒を受けていたはずだと、みんなは陰口をたたいた。トイレや廊下の隅でソンナムの悪口を言っている生徒を見かけると、リオンはそのすらりと長い脚で彼女たちの尻を蹴り上げた。クソガキが、おまえらに何がわかんだよ？　正直、リオンも、ソンナムがなぜそんなふうに間欠的に爆発するのか、理由はわからなかった。ソンナムのすることなら何でも無条件に理解したいと思っていただけだ。そんなソンナムが、三〇も過ぎてからまた大事故を起こしてリオンを訪ねてきた。婚前妊娠。しかも産むつもりだと。ソンナムの告白を聞いたリオンはいろんな意味で呆れて、笑いが止まらなかった。

ちょっと、そんなのアリ？　あたしが先に驚かせてやるつもりだったのに！　リオンは、大きなお腹でデカフェコーヒーをすするソンナムに封筒を差し出した。ソンナムは切れ長の目を大きく見開いて封筒を開けた。結婚式の招待状だった。リオンみずから撮影した写真の中で、短いウエディングドレス姿の二人の女性がそれぞれブーケを持ち、ギュッと手をつないでにっこり笑っている。背が高くすらりとしたショートヘアの女性がリオンで、背が低く水色のロングウェーブヘアを下ろした可愛らしい印象の女性がミホだった。結婚式はソンナムの出産予定日の半月前で、場所は麻浦区《マポ》（ソウル市西部）にあるカフェだ。今度はソンナムが呆れたような笑顔をリオンに向け、リオンは悠然とコーヒーカップを口に運んだ。二人の驚きが落ち着いたころ、カフェのドアが開き、レモン色に髪を染めた女性が入ってきた。ミホだった。

ミホさんの話

リオンがグラビア撮影のためシンガポールに出張に行ったとき、ミホは連絡もせずいきなりソンナムの家を訪ねていった。両手いっぱいに紙袋をさげていた。ソンナムは、紹介されて間もないミホの訪問に驚き、戸惑ったはずだが、教養のある人間なので表には出さなかった。ミホは遠慮なくソンナムの家に上がってダイニングテーブルの上に紙袋を置くと、その日の天気について話したりソンナムの体調を気遣ったりしながら、買ってきたものをてきぱきと片付けた。敏感肌のソンナムのための保湿ティッシュはリビングのティーテーブルの上に置き、ソンナムが食欲のないときに好んで食べる減塩タラコは冷蔵庫に入れた。さらに、まだ産まれてもいない赤ん坊のためのオーガニックコットンのオムツやアトピー肌用ローション、シャンプーまで買ってきていた。ミホの買ってきた物は、本人の性格と同じく一貫性も脈絡もなく、てんでバラバラだったが、よく考えてみると不必要なものはひとつもなかった。ソンナムがミホをもてなそうとすると、ミホはソンナムを必死に止めてソファに座らせ、みずからキッチンでお茶を淹れ、果物の皮をむいた。食器棚を開け、冷蔵庫の中を探る様子は、まるで自分の家であるかのように自然だった。

果物はボソボソのリンゴしかなかったんですね。そうと知ってたらイチゴでも買ってきたのに。

ミホはソンナムの大事にしている日本製のカップに、ハイビスカスとローズヒップをブレンドした赤いお茶を注いでくれた。血のように赤いお茶から甘酸っぱい香りが立ち上る。いつだったかイギリスに出張に行ったリオンがロンドンのデパートで買ってきてくれたものだ。ミホはリオンと一緒にソンナムの家に三、四回来たことがあり、どこに何があるかすっかり把握していた。

あったかいうちにどうぞ。

いつの間にかミホの髪は淡いピンクのバラ色に変わっていた。彼女が動くたびに揺れる髪からバラの香りがした。ミホはフォークでリンゴを刺してソンナムに差し出した。

ダーリンがわたしに念を押して行ったの。ソンナムオンニはいま、特にしっかり食べないといけない時期だからって。

ミホはソンナムの前でリオンのことを「ダーリン」と呼んだ。リオンの話が出ると、ミホの表情はぱあっと明るくなった。今回の出張は、ある有名俳優のファッショングラビアの撮影だ、その俳優はリオンの仕事ぶりを買っていて、リオンとビジネスクラスの隣同士の席に座って行くんだと言って譲らなかったと、ペラペラ話す声も弾んでいた。リオンのことを話すときのミホは、自信のある商品を売りにきたセールスマンのように声に力が入った。向かいに座っているソンナムがそろそろ疲れてきた素振りを見せると、ミホは不意をついて尋ねた。

オンニ、わたし今日泊まっていってもいいでしょ?

戸惑いを隠しきれないソンナムが即答できずにいると、ミホはすでに許可を取りつけたかのようにリオンの寝相について話しはじめた。同じベッドで寝ると、リオンは何度も足で蹴ったり肘で突いたりしてくる。だからリオンが遠くに出張に行ったら誰にも邪魔されず安眠できると思っていたが、実際には寂しくて怖かった。いっそ、寝返りを打つリオンの長い手足で攻撃されるほうがマシだと思った。そんな話を熱く語るミホを見ているうちに、戸惑い顔だったソンナムもいつしか笑顔になっていた。

リオンは手足が細いし長いし、アメンボみたいよね。

それを聞いた途端、ミホは自分の表情が冷たくこわばっていくのを感じた。

ダーリンのあだ名がアメンボだって、どうして知ってるんですか?

そうだったの? 知らなかった。さっきのミホさんの話を聞いてアメンボが頭に浮かんだだけよ。

だから、クモもいるし、バッタだっているのに、どうしてよりによってアメンボが思い浮かんだのかって聞いてるんです。

ソンナムの表情もつられてこわばった。ミホはときどき、自分の気持ちや言葉をコントロールできず幼稚になることがあった。とみにひどくなったのは、結婚してからのようでもあり、ソンナムを紹介されてからのようでもあった。ミホは、ソンナムがリオンの初恋の人だと思っていた。女子高生にありがちな通俗的で不安定な心のひだのひとつに過ぎないことを、知らないわけではなかった。けれど、その危うげな心が「自分のもの」になることはけっしてないという事実が悲しく、恨めしかった。嫉妬だった。愛でもあった。こわばった表情でミホをじっと見ていたソンナムが、急に小さく悲鳴をあげて大きなお腹を見下ろした。腹の片側が、目で見てわかるほどモゾモゾ動いていた。

え！オンニ！これ、どうしたの？これ、急にどうしちゃったの？

驚いたミホはソンナムの腹を指さして大声を出した。ソンナムは険しい目をして言った。

これ、じゃなくて、赤ちゃんよ。胎動。

はあ。なんか大変なことになったのかと思っちゃった。お腹がギュッて歪むから、びっくりするじゃないですか。

ソンナムは、ミホの言葉の選択はどうしようもないと諦めたのか、小さくため息をついてカップを口に運んだ。ミホはその瞬間、恥ずかしくなった。ソンナムの大事な赤ちゃんを「これ」と呼んでしまったことが、ソンナムのお腹を「歪んだ」と表現したことが、非常識なことばかり言っているのが恥ずかしかった。リオンはそんなミホを「ピュアな人」だと気に入っていたが、実際、幾重にも覆われているミホの心の内を完全に窺い知ることはできないはずだった。特に、近ごろのように嫉妬や妬みに燃え上がっているその心を、リオンは想像すらできないだろう。その嫉妬の矛先が、ミホには一生手の届かない赤ちゃんという存在をソンナムは手にしているという事実にまで向けられているとは、夢にも思わないだろう。もし知っていたらこんなふうに、ソンナムのことをよろしくと気軽に頼んで出張に行ったりはしなかったはずだから。

ミホは赤ちゃんのことを考えるといつも複雑な気持ちになり、泣きたくなった。結婚前、リオンに何気なく赤ちゃんの話を持ち出したことがある。行きつけのバーでウイスキーを飲んでいた夜だ。あたしたちは人類滅亡への牽引車よ！ 解放のために！ リオンはそう叫んで乾杯した。女を、子どもを産む機械としか考えていない敵どもを懲らしめろ！ 闘争！ とも叫んだ。リオンの言葉はどれも正しかった。もっともだ。だが、その夜家に帰ってきて、軽くいびきまでかいて眠っているリオンの隣で、ミホはポロポロと溢れる涙を止めることができなかった。その複雑な気持ちはいったい何なのか、わからなかった。わかりたくもなかった。けれど、ミホは何かがひどく恋しく、恨めしかった。ソンナムに出会ってからは、何かを「奪われた」という見当違いな考えまで浮かぶようになっていた。否定的な考えがどうしようもなく広がっていくのなら、みずからの手で断ち切るよりほかない。

手足がすごく長い赤ちゃんなんでしょうね。お腹をこんなにぐーっと押してくるくらいだから。あ、オンニ！この赤ちゃん、ダーリンに似てるんですよ、きっと！赤ちゃんアメンボ！

ミホは手まで叩きながらケラケラ笑った。だがソンナムは笑わなかった。わずかな温かみさえ引き潮のようにスーッと消えた顔で、ただミホをじっと見つめていた。ミホはその瞬間、ソンナムが自分を家の外に追い出すのではないかと急に怖くなった。子どものころミホは事あるごとに、下着姿、裸足のまま家の外に追い出されていた。父親の精肉店の奥にある部屋で暮らしていたので、家の外に追い出されるというのは精肉店の中に追い出されることを意味していた。継母がミホを追い出すと、店に座っていた父親は「またなんかやらかしたのか」と言いながら、肉をそぎ取ったあとの牛のすねの骨でミホを殴った。幼いミホは、肉の塊を吊るす金具に肉みたいに吊るされないだけマシだと思いながら、じっと殴られていた。思い出すほどにクソみたいな日々だった。

オンニ、わたし先にシャワー浴びてきますね。化粧も落として楽な服に着替えたいし。

ミホはソンナムに返事をする隙も与えず、さっと立ち上がった。

あ、それと、夕飯はわたしがおいしいの作ってあげますから。期待していいですよ！

ポムの話

イルチュくーん。

赤ん坊の泣き声が聞こえるや否や、母親はひときわ高い声でイルチュの名を呼びながら部屋へと走っていった。母親に来てもらうんじゃなかったと、ソンナムは心の中で何度も後悔した。産後ケアセンターから自宅に戻ったあと最初の一カ月間は、育児専門のお手伝いさんを雇うことにした。両親も夫もいない家のなか、ソンナムひとりで二四時間、赤ん坊の世話をするのはそもそも不可能だった。業者から派遣されてきたお手伝いさんは五〇代後半の中年女性だった。子どもを三人も産み育て、この仕事も一〇年以上はやっていると言う。話しぶりに自信と誇りが滲んでいた。事は、ソンナムが赤ん坊を寝かしつけそのままウトウトしていたときに起こった。夢うつつに煙たさを感じ、はっと目を覚ました。タバコの煙だ。タバコの煙がベランダから寝室へと流れ込んできていた。驚いたソンナムがドアを開けてベランダに出たとき、お手伝いさんはちょうど次のタバコに火をつけているところだった。ソンナムは大声で怒鳴りつけた。するとお手伝いさんは、大げさにギャアギャア言われて気分が悪い、と逆ギレした。そんな偉そうな態度をとっていたら来てくれるお手伝いさんもいないだろうに、と聞こえよがしにつぶやいて、そのまま荷物をまとめて出ていってしまったのだ。引き止める間もなく起こった出来事に茫然としていると、赤ん坊が目を覚まして泣き声をあげた。ソンナムは慌てて駆け寄り、乳房を含ませた。乳が思うように出ないのか、赤ん坊はしきりにぐずる。急に悲しくなったソンナムも一緒になって泣いた。ひとりで出産したときも泣かなかったソンナムだ。タバコの煙くらい我慢すればよかったものを、次からは家の外で吸ってほしいとやんわり言えばよかったものを、と後悔する自分の卑屈さが悲しくて泣いた。また別のお手伝いさんに来てもらうのに一から面接をする気にはならなかった。途方に暮れた。それくらいソンナムは追い詰められていた。何をするにも自分の意志でしっかり計画を立て一つひとつこなしながら生きることに慣れていたソンナムにとって、出産後の日常は耐え難いほど地雷だらけだった。

その日赤ん坊は夜通し泣いた。いくらあやしても泣き止まない。結局ソンナムはタクシーを呼んで病院の救急室へと走った。あれこれ検査をしていた医師は、黄昏《たそがれ》泣きですね、と言った。特に手立てがないということだ。診療費を支払ってタクシーを呼び、病院のロビーを歩いているとき、ソンナムは巨大な鏡に映った自分のひどい姿を初めて目にした。部屋着用ワンピースは首周りが伸び、裾にはシミがついている。履物も左右ちぐはぐだ。適当に束ねてあった髪はほつれてざんばら状態。そのうえ両頬には濃いシミまで浮かび上がっている。この先どのくらい、こんな日々を送らねばならないのか。ひとりでは絶対に赤ん坊をまともに育てられっこないという確信が、頭のてっぺんから冷水を浴びせられたように襲ってきた。それまで勇気だと思っていたものは実は無謀さと無知に過ぎないということに思い至ると、顔が火のように真っ赤になった。

頬を伝う涙を拭おうともせず、ただぼんやりと窓の外の夜明けの風景を眺めていた。タクシーの運転手はしきりにバックミラーでソンナムの様子をうかがっていた。そのときソンナムは心を決めた。母親に連絡しよう。母親とは長らく絶縁状態だったが、プライドも面子《めんつ》も、破水したとき羊水と一緒に捨ててしまったソンナムとしては、今すぐ頼れるのは母親しかいなかった。家に戻ったソンナムは、覚えているとも思っていなかった実家の電話番号を市外局番から一つひとつ力を込めて押した。

イルチュくん、ウンチしたからお腹空いたでしょ？　ミルク、もうちょっと飲みたいわよねえ？　ちょっと待っててね。ばあばがすぐに作ってきてあげますからね。

母親は取り替えた紙オムツを手際よく畳んでゴミ箱に入れ、キッチンへと走っていった。シンクの水が流れる音、消毒器から哺乳瓶を取り出す音、パカッと粉ミルクの蓋を開ける音が順に聞こえてくる。単調なリズムに乗って母親の鼻歌が静かに流れる。ソンナムは失笑した。赤ん坊の名前はイルチュではないと何度言っても、母親は口癖のようにイルチュと呼んだ。イルチュを育ててたときの癖が口に染み付いちゃってるのよ。おまえもわたしの歳になってみなさい。気をつけないとって何回思っても、一度癖になったものはなかなかね。まあそのうち直るでしょ。

イルチュはソンナムより六つ下の弟の名だ。

母親はソンナムから連絡があった次の日、大きなスーツケースとともにソンナムの家を訪ねてきた。娘のやつれた姿を見て座り込み、ひとしきり涙を流していた母は、ようやく泣きやんだかと思うと、真っ先に尋ねた。男の子？　女の子？　そのときソンナムは、母親との一時的な同居が前途多難であることをはっきり直感した。何年も音信不通だった娘が結婚もせずひとりで子どもを産んだというのに、真っ先に気になるのが赤ん坊の性別とは、いかにも母親らしいとも思った。

ソンナムは一男三女の三番目の娘だった。二人の姉とソンナムはきっかり二年間隔で生まれていたが、ソンナムと弟イルチュは六つも空いていた。ソンナムとイルチュのあいだに、生まれてくるはずだった赤ん坊が何人かいたことは、今となってはソンナムにもわかる。その子たちがなぜこの世に生まれてこられなかったのかもわかる。病院に行ってきた母親が何日も寝込むことがあった。そんなときは隣町に住む祖母がやって来てご飯を作ってくれた。祖母は険しい顔をして何日もわかめスープ（産後の肥立ちによいとされ、出産後毎日のように食べる）ばかり作った。幼いソンナムが、わかめの生臭い匂いが嫌だと言ってスープの器を押しやると、祖母はスプーンでソンナムの頭を叩いてまくし立てた。

わかめスープが嫌なら、どうして弟にあとを譲ってやらなかったんだい！　女にばかり譲ってやるんじゃないよ！

祖母が来ているときは家の中が静まり返っていた。父はいつもより遅く帰宅し、母は寝室で死んだように臥せていた。姉たちはいち早く雰囲気を察知して自室にこもり、普段は見向きもしない宿題をしたり、本を読んだりした。ただひとり、幼いソンナムだけが状況を把握できず、祖母の腹いせの標的にされた。

母が床上げすると、祖母はほどなく自分の家に帰っていった。するとしばらくのあいだ家の中は父と母のいさかいで殺伐とした雰囲気になった。母が大声で泣きわめく日が続き、酒の臭いをプンプンさせた父が千鳥足で帰ってきては板の間で大の字になる夜も増えた。ソンナムは、それら不和はすべて自分のせいだという自責の念に苦しんだ。おまえのせいじゃないと言ってくれる人は誰もいなかった。布団におねしょをして夜中に目覚め、怖くてぶるぶる震えることもあった。あくる朝、母はその布団を見て、恐ろしい形相でソンナムを睨みつけた。腹立ちを隠しもしない動作で布団のカバーを引っぺがし洗濯機に持っていきながら、聞こえよがしに悪態をついた。ただでさえしんどくて死にそうなのに、おまえまでいったい何なの？　いっそのこと、お母さんが死にますようにってお祈りでもすれば？　もう殺してちょうだい、ほんとに。ソンナムは自分のせいでお母さんはいつも具合が悪く、おばあちゃんは腹を立てていて、お父さんは酔っ払っているのだと信じていた。

そんなソンナムの立場は、弟イルチュが生まれたことで劇的に変わった。父と母は事あるごとに顔を見合わせては笑い、イルチュが指一本でも動かそうものなら嘆声をあげた。産後の母の手伝いに駆けつけた祖母は、暇さえあればソンナムの頭を撫でた。偉いね、偉い。ほんとに立派だ。弟にちゃんとあとを譲ってやったね！

赤ん坊は母親が家に来てからというもの、だんだんわがままになっていった。おっぱいを求める時間はまちまちで、ちょっとでもオムツが濡れると大きな声で泣きわめき、誰かに抱っこされていないと寝つかなかった。赤ん坊なんてみんなそうよ。おまえは、自分は違ったとでも思ってるの？ソンナムが何を言っても、母親は自身の経験を武器に応戦した。ソンナムはことごとく敗れた。そもそもソンナムが勝てる戦いではなかった。母は今、数十年ぶりに自身の全盛期へと戻っていた。タイムマシーンに乗って自分がもっともきれいで幸せだったころに戻ったかのように、一分一秒が貴重だった。鼻歌が出てくるのも当然だ。ソンナムは母のそばで再び孤独になった。どうして自分が母との縁を切ろうと決めたのか、当時の固い決意がそっくり蘇ってきた。こうなることが予想できなかったわけではないのに母を呼び寄せた自分が憎らしく、情けなかった。何かにつけてイルチュくーん、と赤ん坊のもとに駆け寄っていく母の後ろ姿を横目で見ながら、ソンナムは、数十年前の疑念が毒蛇のように鎌首をもたげるのを感じていた。

わたしを産んでお母さんは喜んだのだろうか？

この子もさっさと堕ろしてしまうべきだったと後悔しなかっただろうか？ 望まれざる子として生きていたころに感じていた空虚さがしきりに頭に浮かんだ。あの子が男の子じゃなくて女の子だったとしてもお母さんはあんなに喜んでいただろうか？ イルチュー、と優しく呼びかけてあげただろうか？ 胸がうずいた。

ソンナムはティーテーブルの上の卓上カレンダーを手に取り、母親がここに来てからどれくらい経ったか数えてみた。半月以上、ひと月未満だ。ざっと三七日《さんしちにち》（産後二一日目）ほど。産後の肥立ちに最低限必要とされていたという三七日。仕返しをするつもりで電卓を取り出し、この前のお手伝いさんに約束していた日当に、母親がここで過ごした日数を掛けてみた。そして液晶画面に表示された数字を冷ややかに見つめた。母の効用価値。もしくは、母を全盛期へと時間旅行させてやった親孝行の費用。復讐心に燃え、総額に一五〇パーセントを掛けた。これは、生半可に関係回復を期待した自分の純真さに対する罰金。結末はわかりきっているのに、しばし母親の労働力に頼ろうとした自分の浅はかさに対する罰金だ。常に互いを恨みながらも、お金なり、時間なり、労働力なり、感情なりを搾取しなければ回っていかない母娘関係に下す破産宣告だ。それっぽっちの金額を千ウォン単位まできっちり数え、何度も確認して白い封筒に入れた。そして、赤ん坊が眠っているうちにとリビングの床に座って洗濯物を畳んでいる母親に差し出した。それ何？と母は目で聞いてきた。

手間賃。

母はたちまち傷ついた顔になった。その表情にほだされてはならないとソンナムは気を強く持ち、リビングに干してあるタオルに視線を固定した。

今までお疲れさま。

お金が欲しくて手伝ってたと思う？　いらないわよ。しまいなさい。

世の中にタダなんてないでしょ。

いったいどうしたの？　そんな冷たい顔して。

そろそろ帰ってもらいたいの。もうわたしひとりで大丈夫だと思う。お母さんもお母さんの生活があるじゃない。お父さんもいるし、イルチュもいるし。

どのイルチュ？

お母さんのイルチュ。本物のイルチュ。自分のことしか考えてなくて、お母さんやお姉ちゃんたちから搾り取って生きてる、わたしの愚かな弟。

母親の表情が傷心から怒りへと変わるのに、そう時間はかからなかった。母は畳んでいた洗濯物を両手でぎゅっと握りしめ、しばらくソンナムを睨みつけていた。ソンナムも視線をそらさなかった。

クソ生意気な女が。

この歳になっても母親に罵られて傷つく自分が不思議で、この瞬間をいつまでも覚えておこうと思った。寝室で赤ん坊が泣き声をあげた。母親のイルチュではなく、まだ名もないソンナムの赤ん坊が、誰かを求めてエエと泣いていた。母は身体をぶるぶる震わせながらソンナムを睨みつけたままで、赤ん坊のもとに駆け寄っていこうとはしなかった。ソンナムが母親の座を取り戻すときがきた。ソンナムはゆっくりと立ち上がり寝室へと歩いていった。そして、まだ口にはできず心の中だけで温めていた赤ん坊の名を、はにかみながら声に出してみた。

ポムはそうやってポムになりましたとさ。

ソンナムさんが口演童話のように話を終えると、ポムとミホさんとリオンさんはどっと笑った。わたしもつられて笑った。そんなにおもしろかった？ポムがそう言って、窓際に置いてあったティッシュペーパーをシュッと引き抜いて渡してくれた。知らないうちに涙がこぼれていた。急にポムをぎゅっと抱きしめたくなった。けれど、恋人のお母さんが三人も見ている前で、そんなわけにはいかなかった。

このお嬢さんもなんだかよく流す人なのね。お似合いのカップルよ。

リオンさんが立ち上がって、ベッドの下に置いてあったショルダーバッグから写真立てを取り出して見せてくれた。二、三歳くらいの幼いポムを三人の母親が屏風のように取り囲んで撮った写真だ。今よりずっと若い三人の母親はにっこり笑っていて、どういうわけかポムは泣いていた。両方の鼻の穴から鼻水を垂らしながら。

ポムはよだれもよく垂らすし、鼻水もよく垂らすし、涙もよく流す子だった。母親がこれでも一応フォトグラファーなのに、まともに撮れた写真が一枚もありゃしない。あたしがカメラを手にしただけで、もう泣くわ、わめくわ。

ポムは散髪も嫌がって、わたしがハサミを握っただけで察知して号泣してたんだから。母親がこれでも一応ヘアデザイナーなのに、泣く子を抱っこしてカットするもんだから、いっつも髪の毛はガタガタ。

ごめん、ごめん。そんな子を産んで。

ソンナムさんの言葉に、またみんながどっと笑った。

そんな子をわたしがここまで育てたんだから。

患者衣を着たミホさんがわたしを見てウインクした。

オンニ、覚えてる？ポムが離乳食を始めたころ、視力の良い子に育てようと思って、わたしが馬場洞《マジャンドン》（韓国最大の畜産物市場がある地域）で牛のレバーをまるごと買ってきたこと。

もちろん覚えてるわよ。わたし、牛のレバーがあんなに大きいとは思わなかった。匂いも強烈だし。

でも、貴重なものをたくさん食べて、ポムはこんなに大きくなった。

目も良くて。

耳も良くて。

優しい子に。

やめてよ。お母さんたち。

ポムは照れくさそうに笑いながらわたしを見た。

保育園でも幼稚園でも、父の日がどうとかいうクソみたいな行事やるときは、あたしが行って、よそんちの父親どもを余裕で負かしてやったんだから！

なに、自慢大会の時間？わたしはポムを産んだこと以外、特にないんだけど？

オンニはお金をいちばん稼いできたじゃない。

そうね、わたしが稼いだお金でポムを「森の中の幼稚園」にも入れたし「スポーツ幼稚園」にも入れた。

ちょっと、週末はまるまるあたしの担当だったってこと、忘れてもらっちゃ困るんだけど。ポムにバスケとバドミントンとキャンプを教えてあげたのは、このあたしよ、あたし。足蹴りも教えてあげたじゃない、ダーリン。罵り言葉も教えてあげたし。

ちょっと、お母さんたち、それくらいにしてよ。そろそろ恥ずかしくなってきた。

ウンスさん。わたしたちのこと、恥ずかしい？

ミホさんがわたしの手をぐいっとつかんで聞いた。

次はうちに遊びにいらっしゃいよ。馬場洞出身のこのわたしが、おいしいお肉焼いてあげるから。

そうよ。不細工な顔して写ってるポムの写真がうちにどっさりあるし。あたしが全部焼き増ししてあげる。

わたしは何してあげたらいい？　お金の入った封筒でもあげるとか？

ポムの三人の母親たちはいつまでも別れを惜しんでくれた。わざわざエレベーター前まで見送りにきてくれ、わたしたちは何度も手を握りながら再会を誓った。ポムは病院のロビーを過ぎ、正面玄関を出て、地下鉄の駅まで送ってくれた。ポムの誕生日が近づいていた。春が近づいているということだ。日ごと暖かくなっていく空気の中を並んで歩くのは気分が良かった。ポムは、ミホさんをはじめ母親たちがあんなに楽しそうに笑っている姿は久しぶりに見た、無理なお願いを聞いてくれて本当にありがとう、と言った。愛する人の愛する人に会いたいと願った、愛する人の愛する人たち。その昔、幼いひとりの人間をこの世に喜んで迎え入れ、わたしが愛せるようにしてくれた女性たちに会えて、むしろわたしのほうが感謝している、という気持ちは口に出して言うことができなかった。ただ、ポムをぎゅっと抱きしめた。地下鉄の駅の出入り口からひんやりした風が吹き上げてくる。ポムと一緒に三人の女性を抱き寄せてワルツを踊っている気分だ。ずっと我慢していた抱擁は、甘く、爽やかだった。

その時計は夜のあいだに一度ウインクする

さっぽろテレビ塔が見えるホテルを予約したのはオンだった。赤い鉄塔は、人間の身体で言うと首の下あたりに時計の電光掲示板がついていた。わたしたちは四日間ずっと窓の外の巨大な時計とともに眠るのだ。夜もカーテンを開けておく。慣れないホテルの部屋で浅い眠りに落ち、ふと目を覚まして窓の外を見ると、北海道の冬の夜を守るように立つ赤い鉄塔が目に入ってくるはずだ。東京タワーを小さく簡素にしたようなさっぽろテレビ塔は、高さ一四七・二メートルの電波塔として建てられたが、今では、計画都市札幌を三六〇度見渡せる展望台として親しまれている。高さ九〇メートルの展望台に上り、東西南北に大きく広がる札幌市街をぐるりと眺めてホテルに戻ってくると、わたしたちの部屋の四角い窓枠の中に、いつしか小さくなったテレビ塔がぴったり収まっているだろう。今回の旅のテーマは、位置の変化に伴う視線と理解の弁証法よ。オンが真面目な顔で言うと、ユルはうげっと声を出した。

オンはユルを飛行機の窓側の席に座らせ、自分はその隣に座った。わたしは通路を挟んだ席に座る。乗り物酔いのひどいユルは空港で酔い止め薬を飲んでおいたのだが、薬の成分のせいか、初の北海道旅行に興奮しているせいか、二時間半あまりのフライト中、ずっと落ち着かない様子だった。ひっきりなしにオンの耳元で何やらひそひそと話し、オンの肩を軽く叩きながらケラケラ笑った。知らない人が見たら親子だと思うだろう。わたしはそんなことを考えながらもなぜかゆったりした気分になり、エアポッドで耳を塞いでひと眠りする準備をした。すっきりした気持ちで旅に出られるよう、先週はずっと無理をしていたのだ。結局ゆうべ、二百字詰め原稿用紙にして二千枚を超える翻訳原稿を納品したときには、とっくに日付が変わっていた。そこからスーツケースに自分の荷物を詰めたり、ユルが適当に詰めた荷物をもう一度確認したりで、三時間も眠れなかった。機内食は食べないからわたしの分は受け取らないようにとオンに伝え、目を閉じた。目の中がゴロゴロした。ドライアイ用の目薬は持ってきたっけ。新千歳空港に着いたらまずはドラッグストアで目薬を買わないと、と思いながら、すっと眠りに落ちた。

　オンはツインルームを二室予約していた。トリプルルームより予約が取りやすいし料金も安いのだと言う。ユルは四泊五日のあいだ、オンの部屋かわたしの部屋のどちらかをその日の気分で使うことにした。じゃあ私は絶対イモ（母方の姉妹または年上の女性への親しみを込めた呼称。この場合は後者）と寝る。ユルはそう言ってケラケラ笑った。そうそう、あたしたち二人が同じ部屋で寝れば、あんたのお母さんも心置きなく男を連れ込んだりできるでしょ。オンは、ユルとハイタッチをしながらわたしに軽くウインクしてみせた。わたしが目で抗議するとオンは、ユルももう成人なんだから、と反論する。ユルはまだ成人じゃないわよ。わたしの言葉に、オンは聞こえなかったふりをし、ユルはわたしに舌を出してみせた。ユルはさっそく自分のスーツケースをオンの部屋まで引っ張っていき、そこで荷を解いた。二人が出ていくと、部屋の中は一瞬にして静かになった。その圧倒的な静寂に驚いてわたしはすぐにテレビをつけた。意味のわからない日本語が、狭い部屋を瞬時に埋めてくれた。窓のほうへ歩いていき、ずっしりした遮光カーテンを開ける。ああ。ひとりでに嘆声が漏れた。額縁のような窓枠の中に赤い鉄塔が絵のように収まっている。ほどなくドアベルが鳴り、ドアを開けるや否やユルがバタバタと駆け込んできた。わあ！　お母さんの部屋からも見えるね！　ほんとにきれいだよね？　ね？　ユルはすぐさまアイフォンを取り出し、窓枠に収まったさっぽろテレビ塔を撮った。大学の合格記念にとユルの父親が買ってやった最新型アイフォンだ。ユルはあっという間に何枚も写真を撮ったかと思うと、入ってきたときと同じようにバタバタと出ていった。今回の北海道旅行は、ユルの合格祝いにとオンが用意してくれたプレゼントだ。わたしが、ユルと自分の費用はこちらで出すと言うと、オンはわたしをしばらく横目で睨んで文句を言った。人の好意は素直に受け取りなさいよ、この薄情者。じゃあ、せめて自分の分だけでも出すと言うと、オンは本当に恨めしそうな顔をした。ユルもがんばったけど、あんたも受験生の母親としてがんばったじゃない。それ以上言うとオンが本気で怒りだしそうなので、代わりに、現地で使う日本円をたっぷり用意してきた。

　初日は軽く札幌市内を散策することにした。ざっと荷を解き、斜めがけバッグにパスポートや現金などを入れてオンの部屋に向かった。オンはお茶を淹れて飲んでいるところで、ユルはベッドに腰掛けてアイフォンを覗きこんでいた。ソ・ユル、首伸ばして。ユルは父親に似てスマホ首だった。いきなり小言？　オンが代わりに文句を言った。お母さん、これ見て。ユルがアイフォンを差し出した。オンの部屋で撮ったテレビ塔の電光掲示板がきっかり14：14という数字を示している。あとで15：15も撮って、16：16も撮るんだ。その時間は北海道大学のキャンパスを散歩してるころだけど？　あんたひとりでここにいるつもり？　オンがからかうように言うとユルは、じゃあ夜に21：21か22：22を狙おうっと、と言った。朝、08：08とか09：09も撮れるかもね、とオンが返すと、ユルは上機嫌で拍手までした。その時間を全部剝製にするんだ。ここに、永遠に。ユルはアイフォンを振り回しながら宣言した。このユルさんは誰に似てそんなに野心家なのかしらね？　オンがそう言うと、ユルはイモ！　と言ってまたケラケラ笑った。オンとユルは大騒ぎしながら電光掲示板の数字の組み合わせを考えていたが、わたしは早くも、剝製《はくせい》という言葉が運んできた、じっとり冷ややかなホルマリンの匂いを嗅いでしまっていた。

一四歳のとき初めて訪ねたオンの家のリビングの壁には、驚いたことに、ありとあらゆる動物の剝製が飾られていた。ワシミミズクは翼を大きく広げ、威嚇するように丸い目を見開いていた。シカの頭からVの字に伸びた角は半円を描いていて、その半径は頭よりはるかに大きかった。ソファの下には頭のついたトラの毛皮が敷いてある。やだねえ、夢見が悪い。母親のいつものぼやきが聞こえてくるようでもあった。剥製よりもいかめしかったのは、リビングの壁のど真ん中に鎮座しているアンティーク小銃だ。赤みのある木材で作られた銃床には真鍮製の精巧な装飾が施されていた。あれって、撃てるの？　剥製を目にしてすっかり気圧されたわたしは、小銃を見るに至ってはわざと間抜けなふりをした。そんなわけないでしょ？　あれが撃てるなら、今ごろうちの家族は全員あそこよ。オンは顎で天井のほうを指した。どこ？　屋上？　わたしの馬鹿げた反応に、オンは呆れたというように笑った。

オンの家は、中央洞《チュンアンドン》のど真ん中に新築された五階建てのコンクリート製ビルだった。一階はオンの父親の運営する産婦人科で、二階はオンの両親、三階はオンと二人の兄が使っていた。四階と五階は賃貸ししているという。真四角のビルの外壁には「キム・ホ産婦人科」という縦長の看板だけが取りつけられていた。父親は自分の産婦人科以外の看板を掛けさせたくなくて四階と五階は事業主には貸さないのだと、いつだったかオンが軽蔑たっぷりの口調で話していた。ビルの外観は実にシンプルだったが、内部はとんでもなく派手だった。二階のリビングにはさまざまな剥製や猟銃が、まるで北米のどこかの山荘のように飾られていた。三階のリビングにはピアノやバイオリン、チェロ、譜面台が、公演直前のステージのように並んでいる。バイオリンは上の兄、チェロは下の兄が演奏するのだと言った。あなたは？　オンはピアノを顎で指した。あたしもバイオリンやりたいって言ったら、絶対ダメだって。どうして？顎に傷が付くとかなんとか？チェロは？それも女の子だからダメだって。なんで？人前で股をおっぴろげないといけないから。ウケるよね。オンはそう言いながらわたしの手を取って自分の部屋に入っていった。

オンの部屋は、わたしがずっと夢見ていた空間だった。木目が美しい無垢材の机と本棚、寝具からいい匂いのするベッド、服が整然と掛けてあるクローゼット、そして何より、ひとりで使える空間、いつでも鍵をかけられるドア。ほどなくしてオンの母親がお茶とクッキーと果物をお盆に載せて持ってきた。家にはほかに誰もいないと思っていたわたしは驚いて勢いよく立ち上がり挨拶したが、オンは母親には目もくれない。母親はそんなオンをとがめはしなかった。ただわたしに向かって決まり悪そうに笑ってみせた。ゆっくりしていってね。母親はオンのほうをちらりと見て、そっと部屋から出ていった。オンの母親は、その昔、銃で撃たれて死んだという大統領夫人と雰囲気が似ていた。オンはわたしのほうにクッキーの皿を押しやると、自分はゲーム機を手に取ってベッドに寝転がった。小さな白黒の液晶画面の中でポパイがせっせとほうれん草を食べていた。わたしはクッキーを食べながらオンの机を盗み見た。卓上カレンダーに、国語五ページ、英単語二〇個、数学一〇ページ、ピアノのレッスン、テニスのレッスンといった文字がぎっしり書き込まれている。オンはこんな生活をしてる人なんだなあ、そう思った途端、彼女がはるか遠い存在に感じられた。自分ひとりで使える部屋はおろか、いまだに汲み取り便所で用を足さねばならず、浴室がないので台所に大きなたらいを置いて身体を洗わなければならない自分とは、完全に別世界に住んでいた。まだ階級という言葉を知らなかったころだ。オンの部屋には半円形の小さなバルコニーがあった。わたしがロマンチックな空間だと言うと、オンは、三階だから飛び下りたところで死ねもしないし、ハトが飛んできてフンをしていくだけの無意味な空間だと言った。そのときわたしは、オンの冷笑や軽蔑さえも、持てる者の余裕なのだろうと、羨ましく思った。

オンの部屋に三回目に行ったとき、彼女はおもしろいものを見せてあげると言って二階から何かを持ってきた。オンの父親が学会で外国に行くたびに少しずつ買ってくるというポルノ雑誌だった。オンはいそいそとページをめくりながら、いろんな写真を見せてくれた。うわ。ある写真を見てわたしは声をあげた。金髪の女性が青い芝生の上に裸でひざまずいている。彼女は、スーツ姿の男性のズボンを下ろし性器を口に含んで微笑んでいた。写真は男性の首のあたりで切れているので男性の顔は見えない。ウケるよね？オンが言った。ううん、ウケない。汚いよ。わたしは真顔になっていた。なんだって人の汚い……。わたしは最後まで言い終えることもできなかった。本当に汚いと思った。人目のある真っ昼間に、遮るものもない芝生の上で、服を剥ぎ取られたように素っ裸の女性が人の性器をくわえるという罰を受けながら、どうして笑っていられるのか理解できなかった。オンは、この世でもっともおもしろい冗談を聞いたというようにわたしの肩をバシバシ叩きながら、息が止まりそうなほど笑っていた。あんた、ほんとにおもしろいね。オンは涙を拭きながら笑っていたが、やがて硬い表情になって言った。本当に汚いのって何か知ってる？　産婦人科の医者なのに毎晩こんな雑誌をこっそり見てるうちの父親。わたしは、オンが早く大人になり過ぎたのか、それともあまりに子どもなのか、よくわからなかった。

オンは、転校してきたその日にわたしを友だちにしようと決めたと言う。その日わたしは、オンの見ている前で二度も席から立ち上がった。通知表を配っていた担任が、またしてもクラスで一番になったわたしの名前を呼んでみんなに拍手をさせたとき。朝礼が終わる直前、まだ育成会費を持ってきていない生徒をひとりずつ立たせて恥をかかせたとき。のちにオンは、わたしが「貧乏なのに勉強ができるから」ではなく「勉強ができるのに貧乏でもあるから」気に入ったのだと打ち明けた。その二つはけっして同じではないのだと強調しながら。なんでもズケズケ言うオンの口を引き裂いてやりたいと思ったけれど、実際のところ、わたしはそのころすでに彼女にすっかり魅了されていた。オンは、ソウルから転校してきた病院長の娘ということでたちまち注目の的になったにもかかわらず、人気や評判にはまるで関心がないようだった。学校でも家でも人の顔色ばかり窺って疲れていたわたしには、言いたいことを言い、したいように行動するオンがかっこよく見えた。オンのほうから接近してくると、わたしは待ってましたとばかりに、校内で、いや、もしかするとその町で唯一のオンの友だちになった。

オンは転校してきて初めて受けた試験でクラスで一位になったばかりか、全校で一位になった。一位の座を奪われてもオンと仲良くしているわたしを、みんなは「下女」だの「侍女」だのと噂した。「奴隷根性」という若干難しい言葉を使う子もいた。それでもわたしはいつもオンと一緒だった。オンと一緒にご飯を食べ、オンと一緒に街をぶらつき、オンと一緒に勉強した。オンと一緒にいると、むさくるしい自分の家をしばし忘れることができて良かった。オンからはいつもいい匂いがしていた（わたしはオンの家の浴室で、彼女から漂う匂いの根源を突き止めようと、シャンプーの容器や石けん箱を手当たり次第に開けて匂いを嗅いだこともある）。いつだったか図書館の机で向かい合って勉強している途中、机に伏せてウトウトするオンの髪の分け目の白い地肌をじっと見つめながら、ふと、わたしはこの子が噛んでいたガムを平気で受け取って噛むこともできるだろうな、と思った。と同時に、オンの部屋で見た「汚い」ポルノ写真が頭に浮かび、思わずぎゅっと目を閉じた。ああ、わたしは本当にオンが好きなんだな。それは、くすぐったくもあり、なんだか途方に暮れるような感情でもあった。

北海道旅行二日目は小樽に行った。札幌駅から電車に乗り、雪に包まれた冬の海に沿って一時間ほど走り、小樽駅で降りた。電車の中でもオンはユルに窓際の席を譲ってやり、ユルは、白い雪と青灰色の海が流れる車窓の風景をずっと動画で撮影していた。わたしたちは映画『Love Letter』で見た近代風の通りを歩き、こぢんまりした運河を見物した。オルゴール堂ではゼンマイを巻き、流れ出す音楽に耳を澄ませた。ユルの選んだ犬のぬいぐるみのオルゴールはオンが買ってやった。「人生のメリーゴーランド」を物悲しげに奏でるオルゴールだった。菓子店を三カ所回って菓子やケーキもどっさり買った。ユルは、月に一度父親に会う日にあげるんだと言って、賞味期限がいちばん長い詰め合わせ菓子を選んだ。その代金はわたしが払った。友人の元夫の手に渡るお土産まで買ってやるのはさすがに不自然だと思ったのか、オンは、財布から現金を出そうとするわたしを止めはしなかった。

　昼食を抜いたので夕食は早めにとることにした。小樽の有名寿司店の中でも客の評価が常に二位か三位を占めている小さな店に向かった。若い男性が寿司を握り、その母親が料理を運んでいる。ユルは大胆にもビールを注文し、オンは、眉間に皺を寄せ一言言おうとしているわたしの手を黙って握った。オンとわたしはサントリーハイボールを注文した。ユルは父親に似て寿司が好きだった。一貫出てくるたびに、お父さんに見せてあげるんだとせっせと写真を撮った。そんなユルの様子を見て、店の女性は「かわいい」と笑った。そうでしょう？　うちの娘、ほんとにかわいいでしょう？　オンがつたない日本語で言うと、女性は、お二人は親子なんですね、と言いながらわたしのほうをちらりと見た。じゃあ、あなたは誰なんです？と顔に書いてあったが、北海道に到着してからもう何度も聞かれていたことなので、そのころにはわたしも説明するのを諦めて「わたし、おばちゃん」と適当に言っておいた。

ほんとにおいしかった。次もまた来ようね。次は小樽で一位の店に行こう。北海道のエビは見た目はグロテスクだけど、不思議と味はおいしいのよね。充分値打ちがある。わたしたちは興奮気味に他愛もないことを話しながら札幌に戻ってきた。さっぽろテレビ塔はホテルの部屋の窓枠の中でお行儀よくわたしたちを待っていた。三人ともシャワーを浴びてパジャマに着替え、わたしの部屋に集まってビールを飲んだ。ユルはコンビニで買ってきたビーフジャーキーを噛みながら、窓の外の鉄塔を撮ってはインスタグラムにアップしたり、父親に送ったりしていた。サッポロクラシックはここでしか飲めないんだって。ユルはどこで聞いてきたのかそんなことを言いながら、慣れた手つきで缶ビールを開けた。ユルは国・英・数の先取り学習はしなかったのに、飲酒の先取り学習はちょっとやってたみたいね？オンが言うと、ユルはシーッ！と言って片目で目配せした。オンがわたしの足の裏にドラッグストアで買ってきた湿布を貼ってくれた。イモ、私も！ユルがオンのほうに足を伸ばした。この図々しくてわがままなところは、いったい誰に似たんだか。わたしがぼやくと、オンは、あたしに似たんでしょ！と言いながら、ユルのふくらはぎに湿布を貼ってやった。ユルは冷たーい、と大騒ぎした。翌日は朝早く起きて一日じゅう雪原を歩き回るハードな日程なので、日付が変わる前に寝ることにした。ユルは、24：24は今日も撮れないの？ と口を尖らせた。それは明日。明日の夜はゆっくりできるから心配しないで。オンがユルのお尻をぽんぽんと叩いてなだめると、ユルはがばっと起き上がり、オンの後について部屋を出ていった。お母さん、グッナイ！ ユルの言葉は、テレビから流れてくる耳慣れない日本語よりも虚しく部屋の中に消えていった。二日目の夜もこの部屋にはわたしと赤い鉄塔だけが残された。ビールをたくさん飲んだせいか、二時間おきに目が覚めた。そのたびに窓の外の鉄塔は、大丈夫、まだ寝てていいよ、と言ってくれた。

目覚ましの音で起きてとりあえず顔だけ洗い、あらかじめ用意しておいた服を一枚ずつ身につけてオンの部屋に向かった。オンはすでに準備を終えてお茶を飲んでいて、ユルはむくんだ顔をして寝ぼけまなこで服を着ているところだった。早く寝なさいって言ったのに、また夜中までスマホ見てて寝れなかったんでしょ？ わたしが文句を言うと、オンが代わりに、そうじゃなくて、実はこうこうで、と説明を始めた。ゆうべ、絶対に24：24を「剥製」にするんだとユルが待ち構えていたのに、一二時一〇分に電光掲示板が消灯してしまったのだと言う。炭素排出量削減のため、もともと夜一二時一〇分から朝五時までは消灯していることをそのときになって知り、落胆したユルが泣きだしたのだと。あんた子どもなの？ そんなことくらいで泣いて。わたしが叱ると、ユルはむくんだ顔でまた泣きはじめた。オンは眉間に皺を寄せてわたしをなじった。切実な思いで待ってたことがダメになったら誰だって悲しいでしょ？ イライラがこみ上げてきたわたしは、ユルの肩を持つオンに怒りをぶつけた。切実？ たかがそんなことに切実なんて言葉使う？ あんたがやたらと甘やかすもんだからこの子、なんか勘違いしちゃってわがまま放題じゃない！ あんたは仔犬でも可愛がるみたいに何日かヨシヨシして別れたらそれで終わりだけど、あんたが甘やかしてくれたこの子の相手をするのはわたしなのよ！ このわたししかいないの！ オンは一瞬にして傷ついた表情になった。わたしは、その場の雰囲気をなんとか治めようとするユルの様子を見て初めて、またしてもこの子に感情労働をさせてしまったな、と気づき、口をつぐんだ。三人はもそもそと身支度をし、気まずい雰囲気のままホテルを出て大通公園へと歩いていった。

赤い服を着てきてください。予約しておいた美瑛ツアーのガイドがショートメッセージでそう伝えてきた。白い雪原では赤系の服が一番写真映えするんです。ツアーの最後に大雪山の露天温泉を楽しむ予定なので、服の下に水着を着てくるといいでしょう、とも。オンは、今回の旅の主人公は何と言ってもユルなので赤い服はユルに譲ってあげよう、と言った。ユルは旅行の直前に、フォックスファー付きの赤いダウンコートと赤い毛糸の帽子、赤いマフラーと手袋を買い揃えた（すべてオンとユルが一緒に選び、お金はすべてオンが出した）。デパートから戻り、全身赤ずくめになったユルを見てオンは「かわいい！」を連発していたが、わたしの耳にはいつしか、はるか昔の母親の声が響いていた。

やだねえ、夢見が悪い。どこぞのムーダンの娘じゃあるまいし。中学の卒業式が近づくと、オンは、姉妹のように二人でお揃いの服を着ようと言った。わたしたちは制服自律化（もとは全国の中学高校で共通の制服を着ていたが、一九八三年から服装が自由になった。だが諸問題により三年後に制服着用が再開された）の世代だった。制服を一度も着たことがなくずっと憧れていたわたしたちは、どこか制服っぽい雰囲気を醸しつつ色は華やかな赤いツーピースを選んだ。けっして安くはない代金はオンのお母さんが出してくれた。そのころわたしは、オンやオンのお母さんが買ってくれるものを受け取ることに慣れっこになっていた。デパートのロゴ入りの紙袋をさげて家に帰ると、母はその赤い服を袋から出して乱暴に広げ、言った。やだねえ、夢見が悪い。どこぞのムーダンの娘じゃあるまいし。気分を害したわたしは、こんな高い服を買ってくれるのは無理でも、人が買ってくれた服にケチつけることないでしょ、と口答えして平手打ちをくらった。水仕事のせいで腫れ上がった母の手が、ピシャリと音を立ててわたしの頬に振り下ろされた。不意にぶたれたので唇が切れた。口の中で鉄の味がしたが、わたしは目をむいて母を睨みつけた。いくらかっこつけてみたところで、しょせんおまえはみすぼらしい飲み屋の娘なんだよ。怒りの収まらない母は、錆びたハサミを持ってきて新品の服を切り刻みはじめた。わたしは、涙をこぼしたら負けだと下唇を噛んでこらえた。母の腫れた手が上等の服を一瞬で雑巾にした。数日後の卒業式にどんな服を着ていったのか、それを見てオンがどんな反応をしたのかはまったく覚えていない。

大通公園の前にグレーのバンが待っていた。車の外に出ていたガイドがわたしたちに気づいて近寄り、挨拶をした。オソオシプシオ（ようこそおいでくださいました）！今回のツアーの参加者は三人のグループが二組だけだと言った。中年夫婦と息子とおぼしき青年が先に到着して車内で朝食をとっていた。わたしたちもいちばん後ろの座席に並んで座り、前日買っておいたサンドイッチと牛乳を口に運んだ。朝、ホテルの部屋で声を荒らげたあと気まずい雰囲気のままのわたしたちに、その中年男性は鈍感なのか、それともわざとなのか、しきりに話しかけてきた。わたしたちはサンドイッチをもぐもぐ噛んで飲み込みながら、男性の息子は大学路《テハンノ》（ソウルの小劇場の集まるエリア）で舞台俳優として活動中で、来年ネットフリックスで放映予定のドラマに重要な脇役としてキャスティングされたのだという、聞きたくもない情報を聞いていた。そうやってひとしきり喋ってもまだバンが出発しないものだから、男性はわたしたち三人がどういう間柄なのか詮索しはじめた。最初に食べ終えたオンが、ユルは先日、某大学の某学科に合格した、自分とユルは親子で、わたしとは姉妹の関係だとすらすら話した。オンの口にした情報はどれひとつとして事実ではなかったので、わたしは心の中で吹き出した。中年女性が、ユルはお母さんにそっくりの美人で、姉妹も双子のように似ていると言ったときには、飲んでいた牛乳を吹き出しそうになったが、なんとか堪《こら》えた。口からでまかせを言うオンの様子に、いつしかユルも機嫌が直ったようだ。そうこうしているうちに出発したバンはいつの間にか、道路の両側に一メートル以上も雪が積もった高速道路を走っていた。オンとわたしは、あいだに座ったユルの肩に同じように頭を預け、少しウトウトした。

これが黄泉路《よみじ》を明るく照らしてくれるんだって。

町でもっともみすぼらしい飲み屋を営む母は、水仕事に明け暮れながらも、春になると狭い庭にホウセンカの種を植えて夏を待った。赤いホウセンカの花が咲くと、花と葉を磁器に入れて石ですりつぶし、薬局で買ってきたミョウバンを加えて混ぜるのだ。それを団子状にして母の手の爪にひとつずつのせ、小さく切った三養《サミヤン》ラーメンの袋で指先を包み木綿糸でぐるぐる巻くのはわたしの仕事だった。その年の初回のホウセンカの爪染めは、母の手の爪と周りの皮膚まで淡いオレンジ色に染めた。母は週に一度、計三回にわたって爪染めをした。三回目に巻いた木綿糸をほどくと、母の爪は炎よりも濃い赤色に染まっていた。皮膚についた色が徐々に抜けていくと、母の一〇枚の爪は赤々と揺らめく炎となって燃え上がった。真夏に母の指に木綿糸をぐるぐる巻くたびに、わたしは心の中で、気持ち悪い、あー気持ち悪い、とつぶやいた。

よそのお母さんたちは娘の指にきれいな爪染めをしてあげて、初雪が降るまで色が消えないようにして初恋を実らせなさい、と応援してあげるそうだが（もちろん、そんなお母さんを実際に見たことはない）、わたしの母の視線はひたすら自分の爪だけに執拗に注がれていた。入試のストレスが最高潮に達していたころ、わたしは母に、似合いもしないホウセンカの爪染めなんかやめて真っ赤なマニキュアでも買ってきて塗ればいいじゃない、と怒鳴ったことがある。すぐさま平手打ちが飛んでくるだろうと肩をすくめたのだが、母は意外にもしおらしく言った。これが黄泉路を明るく照らしてくれるんだって。こうやって一週間おきにホウセンカで染めたら爪に明かりが宿って、いつか死んだときに黄泉路を照らしてくれるんだって。あたしには黄泉路に迎えにきてくれる優しい親もいないし、ましてや愛しい夫なんてのもいないから、自分の黄泉路はあらかじめ自分で照らしておこうと思って。金もかからなくていいだろ？　そう思わないか？　そう言って母はまた、からからと不気味な高笑いをするのだった。わたしは下唇をぎゅっと噛んで何かに耐えながら、ホウセンカの団子を母の爪にひとつずつのせた。そのとき自分の内側から込み上げていたものは何だったのだろう。混じり気なしの単なる怒りだけではなかったことを、ミョウバンの粉のごとき憐憫が少しは混じった気持ちであったことを願うばかりだ（ところで、今になって不思議に思う。わたしが一九で家を出たあと、母の爪染めは誰がしてあげたのだろうか。母が、特に可愛がりもしなければ嫌いもせず、動物を放し飼いするように育てていた幼い弟たちの誰かに頼んだのだろうか？　ソウルに上京してから、わたしは母の爪をじっくり見たことがない)。

バンは、白樺並木のそばに広がる畑でわたしたちを降ろした。夏にはじゃがいもや白菜が青々と育ち、一面パッチワークのような風景をなす畑だが、今は白い雪がすべてを覆っている。オンは赤いユルをあちこちに立たせ、せっせと写真を撮った。一面真っ白な雪の中でひとり赤いユルは、わたしの目から見ても本当にきれいだった。その様子を少し離れたところで見守っていると、ガイドがそばに来て囁くように言った。やっぱり母親は違いますね。なりふり構わず娘の写真ばかりせっせと撮って。ガイドの言葉に非難めいたニュアンスが感じられ、失笑しそうになった。実はわたしがユルの母親だと知ったら、今度は、何もしない母親だとわたしをけなすのだろう。

バンが次に停まったのはクリスマスツリーの木の前だ。やや傾斜のある雪原に、本当にクリスマスツリーのように細長い三角形をした松の木が一本立っていた。オンはガイドの教えてくれたとおりに、ユルの手の上にクリスマスツリーの木が乗っているように見える写真や、ユルの口が木を飲み込もうとしているように見える写真を撮った。ユルはオンの言うとおりにポーズをとり、ぴょんぴょん飛び跳ねたりもしながら喜んで被写体になってあげていた。オンもわたしもユルみたいに素直な子じゃなかったのに、誰に似てあんなに優しいんだろう。朝から余計なことを言って泣かせてしまったことを思い出し、また気持ちがどんよりした。くさくさして足元の雪を蹴っていると、同行のグループの青年が遠慮がちに近づいてきた。あの、すいませんが、家族三人の写真を撮っていただけませんか？　俳優だと言っていたが、確かにいい声をしている。わたしは青年の大きなスマートフォンを受け取って三人の前に立った。じゃあ、撮りますよ。一《ハナ》、二《ドゥル》、三《セッ》。撮影ボタンを長めに押したら、カシャカシャカシャと連写になってしまった。すいません。もう一回撮りますね。わたしがそう言うと、真ん中に立っている青年は自分よりはるかに背の低い母親の肩に手を回した。わたしはその仲睦まじい瞬間を剥製にするつもりで、今度は慎重に撮影ボタンを押した。

　バンは、車窓観光という名目で観光スポットを何カ所か経由したあと（あそこに大きな木二本とそれに挟まれた小さな木が見えますでしょう？　親子の木と呼ばれています。本当に仲良し家族みたいですよね？　ガイドがそう言うと、同行のグループの三人は、自分たちみたいだねと目を細めていたが、オンはわたしに向かって「クサい」と口の形で言った）、昼食を予約してある美瑛駅近くの食堂へと向かった。韓国人観光客に特に有名な店だと言っていたが、なるほど確かに、キム・ヨナ選手のサイン色紙がカウンターに誇らしげに飾ってあった。わたしたちは苦労してブーツを脱ぎ、案内された小部屋に入った。同行のグループはわたしたちと離れた部屋に通された。腰を下ろすなりオンがユルの脇腹を突《つっ》きながら言った。あのオッパ、なかなかイケメンだよね。イモが電話番号でも聞き出してあげようか？　俳優らしいじゃん。ユルは澄ました顔で、私のタイプじゃないし、と言ったが、急にアイフォンを取り出したかと思うと自撮りモードで顔を覗きこみ、前髪をいじった。イモの目から見ても、うちのユルはあのオッパには相当もったいないけど、でも、もし気が変わったら言いなさい。イモがどうにかしてつないであげるから。わたしは眉間に皺を寄せて抗議するような表情をしてみせたが、オンは見て見ぬふりをした。ユルに、部屋の中では帽子を脱ぎなさいと言おうとしたが、また無用な口論を引き起こすだけだと思ってぐっと堪えた。口論の行方と結果はわかりきっていた。ユルは額の真ん中の傷のことを口にするはずで、わたしはたかが傷ひとつがそんなに恥ずかしいのか、あんたの自尊心はその程度なのかと腹を立てるのだろうし、ユルは誰のせいでできた傷だと思ってんのよ！　と怒鳴るだろう。するとオンが割って入り、もう大学生にもなるんだから、さっそく美容整形外科に行って傷跡除去の手術を受ければいいと言うだろうし、わたしは部外者は黙っててと言ってオンを深く傷つけるのだろう。わかりきったことだというのは、それだけ何度も繰り返されてきたという意味だ。

二歳のときユルは、安全ベルトをしていない状態で簡易ベビーカーに座っていた。わたしは、ある文芸誌の新人小説賞の応募締め切り日に間際になって気づき、印刷した短篇小説二篇を郵便局が閉まる前に発送しようと、ベビーカーを押して必死で走っていた。郵便局まであと二ブロックという交差点で歩行者信号がようやく青に変わり、再び走りだそうとしたところ、歩道の段差にベビーカーの車輪が引っかかってしまった。その反動でユルがベビーカーから投げ出され、ちょうど横断歩道の前に停車していた大型貨物トラックの下に転がり込んだ。その場にいた人たちは悲鳴をあげはじめ、ある人は運転手に状況を知らせようと、見上げるほど高いところにある運転席のドアを夢中で叩いた。わたしはその場に固まって、一瞬で視界から消えたユルを目で捜した。誰かがわたしの背中をピシャリと叩いた。お母さん！ 子どもを助けないと、何してるの！ わたしは呪文が解けたカエルのように、ようやくゆっくりと身を屈め、トラックの下でもがいているユルを引っ張り出した。ユルを胸に抱くと、脚の力が抜けてそのまま横断歩道の上にへたり込んでしまった。ユルもそのときになってようやく、生まれたての赤ん坊のように発作的に泣きはじめた。ユルの額にはアスファルトの地面でこすれた傷が容赦なくついていた。わたしはその日、郵便局には行かなかった。すぐに薬局に行って軟膏と絆創膏を買い、家に戻った。原稿入りの封筒を道路に投げ出したまま帰ってきたことにも、ずいぶん後になってから気づいた。ユルの傷はなかなか治らなかった。夏のジメジメした気候のせいでしつこく悪化した。ユルのケガのことを聞いた義父母は、電話をかけてくるたびにわたしを責め（女の子の顔に傷をつけてどうするつもり？　ミス・コリアに出られなくなったんじゃないの？　子どもがそんなことになるなんて、母親はいったい何をしてたんだか）、こんなとき孫より娘のことを心配してくれるはずの実家の母は、すでにこの世を去っていた。母は、生きていたとしてもわたしの心配はしてくれなかっただろう。バカな女が、一言そう吐き捨てただろう。唯一わたしを慰めてくれたのはオンだった。オンはユルよりわたしのほうを心配してくれた。自分を責めることない。傷跡が残ったとしても、だからどうだって言うの？　いずれ手術したらいいじゃない。そして、今後どこかに原稿を郵送することがあれば自分にファイルを送るようにと言った。印刷もして、封筒に入れて速達でちゃんと送ってあげるからと。だがわたしはそれ以降、小説を書くのを断念した。ユルの傷跡は良い言い訳になってくれた。少なくともユルの傷跡が残っているあいだは、小説が書けないのは才能がないからではないと言い逃れすることができた。ユルはいつも前髪で額を隠していたが、オンにだけは傷跡をあっさり見せていた。オンは今回の旅行のために、前髪を押さえつけないフードウォーマーをユルに買ってやった。赤いフードウォーマーを被り襟元でリボン結びしたユルは、おつかいにいく赤ずきんちゃんのように愛らしかった。

昼食のあと午後の観光がスタートした。青い池と白ひげの滝を見物し、この日最後の訪問先であり美瑛ツアーのハイライトだという大雪山の温泉へと向かった。大雪山の奥深いところにある、地元の人たちが利用する小さな露天温泉だという。ガイドは、自分が頼み込んで、少数精鋭の観光客だけに本物の露天温泉を楽しんでもらえるよう「特別待遇」してもらったのだと、恩着せがましく言った。本来、服を身につけて温泉に入るのは大変な失礼にあたるが、文化の違いを考慮し、観光客は水着を着用して入れるよう取り計らった、とも付け加えた。地元の人たちは老若男女問わずみんな裸で同じ湯に入り温泉浴を楽しむ、というガイドの説明に、ユルはうげっと声を出した。バンは雪の積もった山道をずんずん上っていき、中腹にある小さな休憩所のようなところでわたしたちを降ろした。わたしたちはガイドが配ってくれたガウンを水着の上に羽織り、彼女の後について細い山道をしばらく上っていった。なにもここまでして、と思いはじめたころ、遠く雪の中から白い湯気が立ち上っているのが見えた。小さな窪みに水が溜まったような温泉だった。ガイドが、足元が滑るので気をつけてくださいと注意を促した。まず同行のグループの三人がひとりずつガウンと靴を脱ぎ、裸足で熱い湯の中に入っていく。青年と中年男性の何もまとっていない上半身が露わになって初めて、わたしは状況を把握した。あの狭い湯の中に水着姿で赤の他人と一緒に入っていなければならないのだ。服で覆われていない素肌が彼らの視線に無防備に晒されるのだ。それよりもっと問題なのは、成人になるまでまだ九カ月もあるわたしの娘がこの場にいるということだ。わたしは通路を塞いで立ち止まってしまった。オンがどうしたのかと目で聞いてきた。わたしは答える代わりに首を小さく横に振った。カンのいいオンはわたしの心を正確に読み取った。

オンはわたしの前に一歩歩み出ると、ためらうことなくガウンを脱ぎ捨て、痩せた身体を露わにした。五〇を目前にしたオンの身体は一段と痩せ細ったようだった。肌は脂気がまったくなくカサカサに乾燥していた。背中は目に見えて曲がっていて、痩せた身体のわりにぽっこりした腹のぜい肉は重力に忠実に垂れ下がっている。外からは見えないが、水着の下には数年前に子宮摘出術を受けたときの傷跡もあるはずだ。歳月の流れを如実に示すオンの身体が果敢に温泉に飛び込んだ。あつっ！　オンは明るい笑顔でユルとわたしを手招きした。ユルもオンにならってガウンを脱ぎ捨て温泉に入っていった。うわ、あつーい！　ユルの間延びした声に、先に入っていた四人は一斉に大笑いした。まだ幼いユルの身体は何ものにも縛られず自由に見えた。その身体を見ていると、なぜか鼻先がジンとしてきた。おばさま、さあ、どうぞお入りになってください！　隣に立っていたガイドが促す。わたしはのろのろとガウンを脱いだ。傷跡や肉割れ、セルライトだらけのわたしの身体が、大雪山の山奥に姿を現した。水着の下には、ユルを産むとき、急きょ帝王切開になってできた手術跡もあった。温泉へと下りる石の階段に一歩踏み出したところ、足が滑ってよろめいた。なんとか体勢を立て直し、もう一段下りようとしたとき、温泉の縁の岩に腰掛けていた青年が立ち上がって手を差し伸べてくれた。わたしは青年の手をつかみ、子どものようにおぼつかない足取りで湯の中に入った。熱い湯に身体が慣れてくると、それまで堪えていた涙が鼻水とともにツーッと流れ落ちた。首から下は熱く、頭は冷たかった。遠くで鳥たちが鳴いている。時折、黒い木の枝から雪の塊がひとりでにドサッと落ちてわたしたちを驚かせた。何が起きても不思議ではないこの世の中でたったそれっぽっちのことに驚きながら、わたしたちは無邪気な顔で声をあげて笑った。ガイドが、雪に埋めてあった缶ビールを一本ずつ手渡してくれた。おつまみが必要でしたら雪をつまんで食べてみてください。ほんのり塩気があって、オツですよ。ガイドの言葉に、わたしたちはまた屈託なくハハハと笑った。

オンとわたしは別々の高校に割り振られ（加熱する受験戦争の緩和のため一九七四年に導入された高校平準化政策により、原則として高校は入学試験なしに居住学区の学校に割り振られる）、しばらく会えなくなった。わたしが通っていたのは、早朝から〇時間目の補充授業を受けさせ、夜一一時まで夜間自律学習を強要することで悪名高い学校だった。オンが通っていたのは市で唯一の男女共学だった。わたしの学校では、過酷な受験競争に耐えきれず毎年少なくともひとりは貯水池に身を投げるという怪談が出回っていて、オンの学校では、校内恋愛をしていて妊娠し退学させられたという女子生徒に関する噂が流れていた。そんな野蛮な場所で、わたしたちはそれぞれ脱出を夢見て勉強に没頭した。しばらくのあいだは、わざわざ時間を作って街の軽食店で会い、たまったお喋りをしていたが、だんだん時間が取れなくなってきて、いざ会っても二人とも睡眠不足でボーッと座っていることが多くなった。お互いに話すこともなくなると、いつしか疎遠になった。

いよいよ大学入試の願書を書かなければならない三年生の二学期に、母は担任を訪ねていって言った。女の子をどうやってソウルにやるって言うんですか？ あとに控えている弟が三人もいるんですよ。担任はわたしの三年間の通知表と生活記録簿を広げて、ほとんど哀願するようにに母を説得した。担任の話を黙って聞いていた母は、授業料が全国でもっとも安いというソウル大学師範学部でなければ行かせられないと釘を刺した。わたしは受験当日まで歯を食いしばって勉強した。結局、最終合格の通知を受け取った日、女のくせに、フン、と鼻を鳴らしていた母は、飲み屋の客たちにマッコリを無料で振る舞った。わたしはついに脱出に成功した。担任は、入学までに授業料を工面できるよう家庭教師の口を紹介してくれた。わたしはまだ高校生という身分で、二カ月間毎日、家庭教師をして金を稼いだ。ある日母は自分の店の近くの市場にわたしを呼びつけると、寄宿舎で使う化繊綿の布団とピンクのカーディガンを買ってくれた。テレビ見てたら、女子大生ってのはこういうの着てるみたいだから。母は独り言のように静かに言った。

ソウルに行く直前、オンの母親から電話がかかってきた。三年ぶりだった。相変わらず優雅な声で話した。高校に入ってからオンの成績が前ほど振るわなくなったことは知っていた。大学入試に失敗したという話も聞いていた。オンの母親は、オンをソウルの予備校に行かせるつもりだ、予備校の近くに小さなマンションを借りるからオンと一緒に生活しながら勉強を見てやってもらえないか、と言った。つまり、オンの住み込みの家庭教師になってくれと頼んでいるのだった。生まれて初めてのマンション暮らしができて、わざわざ家庭教師の口を探さなくても一年間金を稼げるという意味だ。受話器を握ったまま、昔クラスの子たちがわたしのノートの表紙に書きなぐった文字を思い出していた。「奴隷」、「キム・オン姫のパシリ」。そして考えた。わたしはもう、オンが噛んでいたガムを平気で受け取って噛むことはできない人間になったのだと。それはもう、汚いことになってしまったのだと。わたしはオンの母親に、すでに寄宿舎の申し込みをして費用も振り込んだうえに、人の世話になることは母が絶対に許してくれないはずだと、堂々と嘘をついた。しばらく黙っていたオンの母親は、やがて長いため息をついて電話を切った。わたしはここでの縁をすべて断ち切って、心機一転ソウルに脱出したかった。その日わたしはオンを捨てた。オンが結局アメリカに留学し、その後フランスに渡って修士と博士の学位まで取って戻ってきたという話は、ずっと後になってオンから直接聞いた。わたしがオンを捨ててソウルに行ったということを、オンは正確に理解していた。それなのにオンは、ソウルのある私立大学の教授として任用され帰国すると、すぐさまわたしの居場所を探した。オンがわたしの実家に電話をかけ、さらにあちこち尋ねて突き止めたわたしの電話番号に連絡してきたとき、わたしはユルを産んで大田《テジョン》の産後ケアセンターで療養中だった。オンはその日のうちに車を運転して大田にやってき、わたしたちは産後ケアセンターのロビーで十数年ぶりに向かい合って立ち、しばらく何も言わずただ笑みを浮かべていた。

大雪山から下り、再び高速道路を三時間走り札幌に着いたときには、夜の七時になっていた。お腹がペコペコだったが、さっぽろテレビ塔の展望台が八時までだというので先に上ることにした。三階の入場券売り場で入場券を買ってエレベーターに乗る。エレベーターはあっという間にわたしたちを地上九〇メートルまで連れていってくれた。はるか下に、カラフルな照明を浴びて色を変えるスケートリンクが見えた。スケートをしている人たちが豆粒のような大きさで動いている。通りを走る自動車のヘッドライトとテールライトがそれぞれ違う色の光を放っていた。ユルはひっきりなしに写真を撮り、オンはそのあとについてユルの世話を焼いている。わたしは重い足を引きずっていた。誰かが下から足を引っ張っているかのように身体が重く、疲れていた。ひとりで展望台をゆっくり一回りしてくると、ユルは今度は望遠鏡に張り付いていた。イモ！　自動車のナンバープレートまで見える！　オンは、夏まつりのときはあそこの大通公園がビアガーデンになる、夏休みにまた来よう、と言った。ユルは、オンが教授として勤めている大学に入学する。この先二人はますます親しくなるだろう。おまえ、そのうちユルを完全に取られるぞ。話を聞いた元夫は忠告めいたことを言った。何事も取った取られたでしか考えられない種族。自分は妻と娘を捨てたくせに、誰かが拾っていくと、取られた取られたと大騒ぎするのだ。

塔から下りてきて、ホテルまで歩くことにした。途中、異なるチェーンのコンビニ二カ所に寄って、各自食べたいものをしこたま買い込んだ。ユルはサッポロクラシックを買い物カゴいっぱいに入れた。飲酒の先取り学習はしっかりやっていたというオンの言葉は、あながち冗談ではないらしい。わたしはタラコがたっぷり入ったおにぎりとフルーツゼリーを選んだ。お茶が好きなオンはいろいろな種類の緑茶とウーロン茶、さらに、ユルのつまみにとビーフジャーキーや干物、ナッツもカゴに入れた。翌日用の牛乳とヨーグルトも忘れなかった。北海道に来たら牛乳をいっぱい飲まないと。じゃがいもとうもろこしもね。わたしはオンにならって、かわいい牛のイラストの描かれた瓶入り牛乳を選んだ。ユルはハーゲンダッツアイスクリームを全種類一個ずつ入れた。全部食べられるかな？もっちろん！

わたしたちはホテルに戻るなり、シャワーも浴びずに、まずはペコペコのお腹を満たした。ユルは驚くような速さでサッポロクラシックを飲み干し、オンは前日小樽で買ってきたお菓子をお茶を飲みながら食べた。ユルの顔がだんだん赤らんでくる。わたしはおにぎりと牛乳を夢中でお腹に入れると、さっそく眠くなってきた。ユルがサッポロクラシックを一缶ずつ差し出した。お母さんとイモも飲んで。大人二人の前で自分だけ飲むなんて、ロクでもないヤツみたいじゃん。オンがフフ、と笑った。わたしはフッと笑い、素直にビールを開けて口に運んだ。ちょっと、あんたのお母さんどうしちゃったの、やけに機嫌いいじゃない。さっき若い男と手をつないだから？　オンの言葉にユルは大爆笑した。は？　好みじゃないし。欲しいならあげるわよ、どうぞご自由に。わたしがそう言うと、オンまで腹を抱えて笑った。わー、ほんとに上機嫌じゃない。冗談にも乗ってくれちゃって。やっぱり自分ひとりだけ俳優に手を握られたもんだから。わたしは残りのビールを飲み干した。ほら、見てよ。俳優にグイッと握られた人がグイッと飲んでるよ。うー、おばさんギャグ、つまんない！　オンはユルの差し出したビールをごくごく飲んだ。

オンは急激に酔い、いちばん飲んだのにケロッとしているユルはわたしのベッドに寝転んで友だちとチャットをしながらクスクス笑っていた。わたしもいつしか酔いが回り、まぶたが重くなってきた。もう歳ね。天下のキム・オンが缶ビール一本でこのざまなんて。オンがつぶやいた。オンは中学の修学旅行で、こっそり持ち込んだ酒でべろべろに酔い、わたしの割り当てられた部屋にやってきて絶対にわたしの隣で寝るんだと大騒ぎしたのだった。修学旅行から戻ったあと、学校ではしばらく、わたしとオンにまつわるいかがわしい噂が飛び交っていた。誰もいない教室で二人がキスしているのを見た人がいるという噂は、わたしまで信じたくなるほどディテールが詳細だった。わたしの前で突っ伏しているオンの髪の分け目が目に入った。オンが若白髪を染めるようになってから五年以上になる。生え際から一センチほど白髪が伸びていた。わたしはオンの頭をそっと撫でながら言った。シャワー浴びてから寝なさい。でないと疲れが取れないから。オンはうーんと唸りながら頭を上げようとしてやめた。あたしここで寝る。オンがもごもごと言った。じゃあそっちの部屋のキーちょうだい。わたしがそっちで寝るから。わたしの言葉にオンはぼそりとつぶやいた。冷たい女。そしてむくっと顔を上げ、出し抜けに聞いてきた。あのときあの子を堕ろしてなかったらどうなってたかな？　わたしは驚いてオンの手の甲をピシャリと叩いた。けっこう痛かったはずだが、悲鳴はオンではなくユルがあげた。お母さん！　オンとわたしは同時にユルのほうを見た。ユルが指している窓の外の電光掲示板に24：09という数字が表示されていた。お母さん！　あと一分。一分だけ待って。ユルはベッドの上に正座して動画を撮りはじめた。オンもわたしも静かにしていた。ユルの手がぷるぷる震えている。わたしはユルに気づかれないようにオンの手をそっと引っ張った。オンはぼんやりした目でわたしを見た。ユルが待ってと言ったその一分のあいだ、わたしは心の声でオンに必死で語りかけた。しっかりして。あり得なかった過去になんて目を向けないで。

そっちに行こうとしないで。あの子がいたらどうなっていたかなんて考えないで。わたしを捨てないで。一緒になんとかここまで歩んできた、今だけを見て。わたしの心の声を正確に理解したオンはかすかにうなずいた。涙をこぼしたのはわたしだった。オンを捨てたことのある、薄情なわたしだった。オンが手を伸ばして涙を拭ってくれた。お母さん！　オンとわたしは窓のほうに顔を向けた。数字が24：10に変わると同時に電光掲示板は消灯した。赤い鉄塔が目を閉じた。剥製にした！　ユルは膝立ちで慌ててやってきて、撮ったばかりの動画を見せてくれた。動画の中にはユルの息遣いまで剥製にされていたが、わたしとオンの痕跡はまったく残っていなかった。明日は朝五時に起きて、電光掲示板が点灯する瞬間を撮るんだ。そしたら、この世でいちばん長いウインクを剥製にしたことになるでしょ。オンがいきなりユルをぎゅっと抱きしめた。なんてかわいい子なの！　わたしは立ち上がって、団子になっている二人をドアのほうへ押しやった。酔っ払いどもはさっさと自分の部屋に戻りなさい。明日もいっぱい歩くんだから。まだ団子のままクスクス笑っているオンとユルを部屋から追い出し、ひとりになった。わたしはシャワーも浴びず、ユルが寝転んでいた場所に身を横たえて心ゆくまで泣いた。そして、この世でいちばん長いウインクをしはじめた。

＊本作はフィクションとしてさっぽろテレビ塔をモチーフにしていますが、実際の時計表示は一二時間制です。

作家のことば

ミュリエル・ルーカイザーは詩「暗闇の速さ」で「宇宙は原子ではなく物語でできている」と述べた（ミュリエル・ルーカイザー『暗闇の速さ』、パク・ソナ訳、ポムナレチエク、二〇二〇年、二三三ページ参照）。わたしにとっての最初の物語は、年老いた女たちによってもたらされた。彼女たちは幼いわたしの身体をトントンと優しく叩きながら、小川に流れてきた桃の物語を、大きな蓮の花が開いて女の子が現れた物語を、夜になると屋根裏に忍び込みカリカリと栗をかじるハツカネズミの物語を聞かせてくれた。ある物語の隙間からまた別の物語が転がり出てきた。同じような物語が少しずつ変わりながら新たな物語へと変化していった。わたしは、彼女たちが夜ごと、くたびれた声でぽつりぽつりと聞かせてくれる物語をすさまじい勢いで吸収しながら成長した。桃から生まれて冒険に出る勇敢な男の子の物語ではなく、蓮の花の中から出てきて王様のお妃になった女の子の物語ではなく、糸を紡ぎ出すように物語を紡いでいたその年老いた女たち自身の物語が知りたくなったとき、彼女たちはすでにわたしのそばにいなかった。彼女たちの口を通して聞くことができないので、わたし自身が物語を紡ぐ人になることにした。

六年間書き溜めてきた短篇を一冊の小説集に編みながら、ときどき考えた。この一冊の本を単に、六年という時間や九篇の短篇、十数人の登場人物といったもので数量化できるだろうか？ ここにはその単純な数字のほかに何が含まれているだろうか？ 物語が最初に宿り、文章の体《てい》をなし、生まれ出るまでに作用したすべての要因を、ひとつ残らず挙げられるだろうか？ たとえば、あなたが貸してくれた肩や、涙がこぼれ落ちる前にわたしの頬をそっと拭ってくれたあなたの指先、折から吹いてきた風、季節の役目を忘れずに咲いてくれた花たち。それらすべての要因が物語の種であり、ひとたび芽を出した物語はまた別の物語という実を結びながら途切れることなく増殖していったのだと、わたしは忘れずに言えるだろうか？

小説のあちこちに自分が隠れているのを発見した。前だけを見て一生懸命歩いてきたと思っていたが、実は、二度と戻りたくない瞬間から一歩も抜け出せていなかったのだと気づいたとき、どこかに顔を埋めてしまいたくなった。いまだに愚かで卑怯な自分が文章の後ろに隠れていた。目だけを隠して身体全体を隠せていると勘違いしながら。けれど、うずくまるわたしのそばには、最後までわたしを見捨てず寄り添ってくれる人たちがいた。彼らのおかげで物語が崩れることなく持ち堪えてくれた。未熟なわたしの物語があなたの物語と出合ってわたしたちの物語へと強くなっていけるなら、それ以上望むことはない。

初の小説集を完成させるまで長いあいだ待ってくれたチャンビ編集部に感謝申し上げる。特に、単語ひとつ、文章ひとつも疎《おろそ》かにせず、そのすべてが的確な理解へとつながるよう心を砕いてくれた編集者のチェ・スミンさんに深い感謝の意を表する。校正紙をやり取りしながら、作家はけっして文章の後ろに隠れることはできないのだとつくづく思い知った。

いつも物語とともに歩んでくれる友人たちがいる。彼らに喜びを。すべての物語は矛盾をはらんでいることを教えてくれたわたしの子どもたちと家族に抱擁を（いつものように「大好き！」と言いながら）。最後に、わたしの物語の原型である母に限りない敬意を。もうひとつおまけに、最初の友愛であり背信である姉と姉の猫、ホドゥ（クルミの意）・ザ・ラテ・アロニア・バロネス三世に心躍るハイタッチを。

二〇二二年　夏

イ・ジュヘ

訳者あとがき

　著者のイ・ジュヘは一九七一年、全羅北道《チョルラプクト》全州《チョンジュ》の、伝統的な家屋が多く残る「韓屋村《ハノンマウル》」で生まれた。隣近所はみな親戚で、親戚の高齢女性たちが、眠くなるとおぶって寝かしつけてくれたり、おなかが空いたらお餅を食べさせてくれたり、といった環境で育った。本書の「作家のことば」冒頭の「わたしにとっての最初の物語は、年老いた女たちによってもたらされた」との記述はその高齢女性たちを指し、彼女たちの語り聞かせてくれた話が、著者にとって物語の根源、原型となっているという。伝統的な価値観の色濃く残る、いわば「家父長制という囲い」の中で十数年間過ごしたことも、作品に大きな影響を及ぼしている。いずれも、作家ファン・ジョンウンが聞き手となるポッドキャストで著者が語っていた内容だ。

　著者は、本書所収の短篇「今日やること」が二〇一六年にチャンビ新人小説賞を受賞したのを機に、作家としての活動を始めた。同じく本書所収の「わたしたちが坡州に行くといつも天気が悪い」で二〇二二年に李孝石《イヒョソク》文学賞の優秀作品賞を受賞。著書に、小説『すもも』（二〇二〇年）や、エッセイ集『涙を植えたことのあるあなたへ』（二〇二二年）、小説集『ヌの場所』（二〇二三年）、長編小説『季節は短く、記憶は永遠に』（二〇二三年）などがある。本書は二〇二二年にチャンピから出版された同名小説集の完訳であり、著者の初の邦訳となる。

　実は、著者の文筆家としての経歴は、作家ではなく翻訳家として始まっている。ソウル大学英語教育学科卒業後、英語教師として働いたのち、結婚。二〇代後半で一人目の子を出産したときは、馴染みのない土地で一種の孤立状態にあったという。もともと読書好きだったこともあり、インターネット書店で本を取り寄せ、家事や育児の合間に読んでいた。やがて、英語の原書を読むうちに翻訳に興味を持ち、仕事として携わるようになる。翻訳が、孤立状態にある自分と社会とをつなぐ接点になってくれるのでは、と考えての選択だったという。通勤の必要がないのも育児中の身には好都合だった。最初は、当時関心を持っていた育児書や絵本を中心に訳していたが、そのうち小説の翻訳も手掛けるようになり、現在までに多数の訳書を出版している。本書の「わたしたちが坡州に行くといつも天気が悪い」には、エリザベス・ビショップの詩を再解釈し散文形式にしたものが挿入されている。著者は、ビショップと同じく女性詩人であるアドリエンヌ・リッチのエッセイも翻訳しており、両詩人のエピソードは著書『すもも』の導入部にも登場する。本書へのビショップ、リッチからの影響についての詳細は、文筆家の大阿久佳乃さんの解説に紙面を譲りたい。

現在、翻訳家と作家の仕事を並行している著者は、翻訳と小説の執筆はどちらも「読むこと」から始まるという点で似ていると言う。翻訳は原書を正確に読み他言語で正確に伝える作業、小説の執筆は世界を正確に読み自身の言葉で伝える作業であり、そういう意味では両者に大きな違いはない、と。また、翻訳とは「完全に理解するのは不可能であることを知りつつも（原書や著者に）一歩近づこうとする」行為であるとも述べている（出典：「CHANNEL yes」インタビュー「翻訳する女性たち」シリーズ第一編、二〇二三年三月二四日）。著者にとっては、小説の執筆も同様に、完全に理解するのは不可能であることを知りつつも世界や他者に一歩近づこうとする行為なのだろう。

本書に収められているのは、二〇一六年から二二年のあいだに発表された九篇だ。なかでも「水の中を歩く人たち」は、全国的に数十万人が参加したという一九九一年のデモをモチーフにした自伝的小説とも言える作品だ。九一年といえば、八七年六月の盧泰愚大統領候補による「民主化宣言」発表から四年が経過した時期にあたる。民主化は成し遂げられたものの、政府の汚職や、労働運動や学生運動への弾圧強化により、国民の不満は高まっていた。そのような状況にあった九一年四月、大学の授業料引き下げを求めるデモの鎮圧にあたった警察の暴力により、大学生一人が死亡する。それを機に、同年六月までの二カ月間で、焼身自殺による抗議を含め、全国各地で二〇〇〇件以上のデモや集会が開かれた。当時大学生だった著者自身もそうした社会の空気を肌で感じ取っていたであろう。デモ参加中、暴力的な鎮圧隊から逃げる際に靴が片方脱げたことなど、「水の中を歩く人たち」で描かれているエピソードの一部は、著者が実際に体験した出来事だという。韓国では、八〇年代の民主化運動に比べると九〇年代の学生運動は取り上げられることが少ないが、著者は、その時代を経たからこそ今の自分があるとの思いから、「若い女性」という当時の立場で物語を慎重に書いてみたかったと述べている。若い女性であるがゆえに味わった、羞恥心や侮蔑感を伴う経験があり、それらは誰にも言いたくない、言えない出来事だった、と（前述ポッドキャスト）。

本書には、そうした「時代」や家父長制による抑圧、あるいは女性ゆえの重荷にあえぐ人物が随所に登場する。たとえば「わたしたちが坡州に行くといつも天気が悪い」の女性三人のうち一人は、公園で走り回るわが子を見失わないよう汗だくで追いかけているとき、着飾った若い女性の発した「ああはなりたくない」という言葉を耳にする。三人で鍋を囲んで珍しく昼飲みをしていると、（同じく昼飲み中のはずの）男性客たちから舌打ちとともに冷たい視線を浴びせられる。ただ暇を持て余して遊んでいるのではないことを証明しなければというプレッシャーから、三人で会うときはいつも何か課題を設定し「生産的な」活動をする――といった具合に。

だが本書に登場する女性たちは、そうした「ままならなさ」にただ身悶えているだけではない。やむなくであれ、積極的にであれ、抑圧や重荷、理不尽さに抗い、連帯し、支え合っている。そのことで状況が劇的に改善されるわけではないが、自分たちを縛りつけるものを共に振り払おうとする姿にはたくましさを感じる。また、さまざまな形の「愛」が描かれているのも印象的だ。異性間や同性間、親子間、友人間などの心温まる愛もあれば、ハラハラするような不器用な愛もある。それらが本書全体にちりばめられているおかげで、重苦しい抑圧の中にもほのかな光やぬくもりが感じられる。そして何より、「完全に理解するのは不可能であることを知りつつも世界や他者に一歩近づこう」とした著者の誠実さが全篇ににじみ出ている。翻訳も小説の執筆も「読むこと」から始まる、と著者は言う。本書を読むことが、読者のみなさんにとって何かの始まりになってくれれば幸いである。

最後に、すばらしい解説を書いてくださった大阿久佳乃さんや、推薦文を寄せてくださった小山田浩子さん、訳文を丁寧に点検してくれたキム・ジヨンさん、刊行までの道のりを導いてくれた編集者の清田麻衣子さんをはじめ、本書の刊行に関わってくれたすべての方に深く感謝申し上げる。

二〇二四年　春
牧野美加

解説　「わたしたち」になることに関する覚え書き

大阿久佳乃

イ・ジュへが影響を受けた詩人に、アドリエンヌ・リッチ（一九二九-二〇一二）とエリザベス・ビショップ（一九一一-一九七九）がいる。日本で彼女たちの作品を読むことは二〇二四年現在難しい。リッチに関しては、「女性論」の三部作が晶文社から一九八九〜九〇年に、詩集が思潮社から九三年に、ビショップに関しては土曜美術社出版販売から詩集が二〇〇一年に出たきりになってしまっている。

私が彼女たちの詩に触れるきっかけを与えてくれたのは、アメリカ詩に興味を持ち始めたときに読んだアンソロジーの類だった。それらの本のなかで私が彼女らにとくべつ惹かれたのは、読者や描かれている光景に対する親密さゆえだった。

詩集やエッセイ集が版を重ねられないまま、半ば埃を被らせてしまった日本の状況とは違い、一九八七年まで軍事政権下にあり、家父長制が色濃く残る韓国において両詩人は近年注目を集めている。リッチにおいては、一九九五年に女性論『女から生まれる』が初めて紹介されたのち、二〇一一年、二〇二〇年には詩集が、そして本書の著者、イ・ジュへの翻訳による「女性論」や未発表の詩から抜粋した撰集が出版された。また、ビショップも二〇二〇年に解説書が出版されている。リッチやビショップの翻訳本がまだフレッシュな状態で存在するなかで、この小説集に収録された作品も読まれているということになる。

この小説集を読んでいるとアドリエンヌ・リッチの影響をとりわけ大きく感じる。彼女の活動領域は詩人にとどまるものではなく、「個人的なものは政治的なもの」をスローガンとする第二波フェミニズムを代表する理論家・運動家でもあった。しかしもともと詩人として才能を開花させた二〇代前半では、アメリカ詩の伝統「自己と自己の感情から距離を取る能力」（W・H・オーデン）[1]で評価され、プライベートな生活においても、二四歳で結婚、三〇歳になるころには三人の子供の母親となっており、当時のアメリカ白人中産階級の女性が求められたあり方に従順な優等生だった。[2]六〇年代半ばからヴェトナム戦争反戦運動に関わるにつれラディカルになっていき、一九七〇年の大の死後にレズビアンとカムアウト、[3]七〇年代後半には肌の色や階級が異なる女性たちによる「中産階級の白人的なフェミニズム」に対する批判を受

1　『アドリエンヌ・リッチ詩集』P.172
2　同書 P.172
3　*The moment of change* P.6

けて、女どうしの差異に目を向けるようになった。[4]

リッチは多くの論考を残しているが、その中でもこの短編集に関連付けられるテーマを三つ示す。「男性の主観性の客観化」「制度化された母性」「わたしたち」である。これらに関しては、リッチだけでなく多くのフェミニストが語ってきたことではあるが、便宜上ここではリッチの論考のみを参照していく。

まず「男性の主観性の客観化」について。これはなんにつけ男が支配的権力を握る父権制社会の伝統であるが、リッチが『嘘、秘密、沈黙。』に引用した映画監督ミシェル・シートロンの言葉が端的にこのことについて説明してくれる。「……いまなお男の主観性が、あらゆるものごと、とくに女についての、客観的な見解だと受けとられているのである」。[5] 父権制社会では、女についての（どころか、ほとんどあらゆる）表象は男によってなされ、男の見解が客観的な見解として歴史に残ってきた。「水の中を歩く人たち」でhが見る映画は、kがhを表象したものであり、これが多くの人に観られ、九〇年代の学生運動の歴史はこの映画を通じて記憶されていく。しかし映画で描かれるスナの経験はhの実際の体験とはかけ離れている。彼女が回想するのは尿失禁の歴史であり――映画内のスナの体験よりも、身体性の強い体験であることに注目したい。リッチは家父長制で女性の身体が疎外されてきたことについてたびたび言及し、体を通じた思考の大切さを説いている[6]――彼女は「スナ」ではなく「ツクッソアマ」

だった。男の主観の権力性・暴力性については、「夏風邪」のオジョンにはっきりと見ることができる。リッチは、他者に対し権力を持つことについて、権力者は力ない者たちの心の奥底まで察する必要もなく、彼らの言葉に耳を傾ける必要がないという意味で、権力者は他者を理解するうえで近道を与えられていると述べている。[7] オジョンは妻を愛しているといいながら、妻の話を聞かずに、話すときの妻の唇の開き加減や、息継ぎなどに注意を注ぐ。そして妻の怒りに真剣に向き合うことがないどころか、真剣さがかわいい、と、妻の怒り——というより、妻本人を矮小化してすらいる。

家父長制のもとで、母性は制度化される。つまり、すべての女は男の支配下にあるものだと保証するための制度である。[8] 一九五八年三月、「思いやりのある気持ちの優しい男性」である夫との当時二人の幼い子供を抱えたリッチは日記に「夫は私が頼むことをなんでもきいてくれようとするのだけれど、いつも責任は自分でとらなければならない」と書いた。[9] ここで責任は

4　『アドリエンヌ・リッチ詩集』P.178
5　『嘘、秘密、沈黙。』P.21
6　『女から生まれる』P.402, 403など
7　同書P.91
8　同書P.14
9　同書P.34

育児に関するものをさしているが、「いつも責任は自分でとらなければならない」という言葉は、この小説集に出てくる母親たちの姿によく重なる。「誰もいない家」では、子の自殺に関し、ニョンが自分のことを顧みぬままキュを責めている（ただし最後には「キュがワンを捨てていったのではなく、ワンが、不器用すぎる両親を捨てたのだ」と気づいている）。二〇二〇年のコロナ禍を描いた「わたしたちが坡州《パジュ》に行くといつも天気が悪い」では、友人三人で食事をしに行ったところ、あくる日スラオンニの夫の新型コロナ陽性が判明、そのさらに翌日、オンニ自身とミイエ、ミイエの子の陽性が判明して友情に亀裂が走る。コロナ以前にも彼女たちは「自分たちが時間を持て余してのんきに遊んでいる有閑マダムではないことを証明」しなければならない、という「プレッシャー」を感じていた。それは母親が当然のように持たされている、あるいは持っていなければおかしいと考えられている育児にまつわる「責任」を逃れている（ように見える）ことを正当化できるほどのことを成し遂げなくてはならない、という「プレッシャー」とも説明できるのではないか。

男の主観を客観化し、「制度化された母性」を生む、伝統として重くのしかかる父権性に対抗すべく、リッチは女の連帯を強調する。彼女の唱えた「レズビアン連続体」というのは、異性愛規範のなかで二次的なものとされてきた女性どうしの関係性を違った形で――女性を恋愛の対象とせずとも、レズビアン文化に連なるものとして――とらえようとするものである。彼女の著作を読むと頻繁に「わたしたち」という言葉に出会う。リッチが一貫して試みたのは、時代的にも、空間的にも、あらゆるバックグラウンドがかけ離れた女たちを「わたしたち」として連帯させることだった。ただし男と女の「あいだの差異」(difference between：バーバラ・ジョンソンの言葉)に対抗すべく使われる「わたしたち」という言葉には女どうしの「内なる差異」(difference within)を抑圧してしまうおそれがある。[10] リッチはそれに対して「位置の政治学」――「私たちの位置を認識すること、私たちがそこに生まれ生きてきた地盤を名指し、あたりまえのこととみなしてきた条件を名ざしすること」[11]――を提示しているが、この重要な提言については字数の都合上これ以上の説明を省く。

「わたしたち」という連帯は父権制に対抗できる手段だが、異性愛規範や父権制を内面化してしまっているとき「わたしたち」は脆弱になりがちだ。「誰もいない家」のキュはアフリカの(すくなくともキュには、育児や子に関するプレッシャーを持っていると感じられない)女たちに嫉妬したり苛立ったりする。「わたしたちが坡州に行くと……」のミイエは、スラオンニの夫がコロナに感染していると気づかなかったスラオンニを過剰なまでに責めている。スラ

10 『血、パン、詩。』P.321
11 『アドリエンヌ・リッチ詩集』P.178-9

オンニはミイェの子供がスラオンニとチウォンの子供に対し支配的ないじめをしていたことに関し、ミイェの子供だけではなくてミイェにも恐怖心を抱いている。妻や母親であることにまつわる責任を女どうしで追及し、「わたしたち」は壊れてしまう。

リッチの著作から分析できたり、それを絡めて論じられたりするところは多分に残されているが、一九七〇年代半ばに彼女が会いに行った一八歳年上の詩人、エリザベス・ビショップの話に移ろう。そのときリッチはビショップを、自分の性的指向――レズビアンであること――についてもっと率直に話すよう説得しようとした。ビショップはリッチの帰宅後、詩人のリチャード・ハワードに向かって、ボストンでの新生活について自分が今望んでいるものを冗談めかしてこう言った「クローゼット、クローゼット、もっとたくさんのクローゼット！」[12]。

じっさい、一九一一年に生まれたビショップはリッチよりもずっとプライベートで、フェミニズム運動を直接に主導することはなかった。生後八ヵ月で父親が死去、そのショックで精神を病んだ母は、ビショップが五歳の時に精神科に入院し、以後会うことはなかった[13]。ビショップは旅の多い人生を送ったが、一九五一年からはブラジルに一六年間、恋人のロタと過ごすために滞在していた[14]。建築家でランドスケープデザイナーのロタ・デ・マチュード・ソアレスとビショップの関係は最終的にはうまくいかなかった。途中でロタは新しい公共公園の委員として、リオの困難な政治生活にますます関与するようになった。ロタは心身を病み、自死した[15]。

この顛末は小説や映画にもなっている。仕事では一九五六年のピュリッツァー賞をはじめ多くの受賞歴があるが、[16]本人は寡作であることを悩んでいた。底本版全詩集の収録詩の数は一四三編で、詩人としてはかなり少ない。[17]

「わたしたちが坡州に……」の本文中には、ビショップの詩「魚（“*The Fish*”）」という詩を登場人物たちの解釈をもとに散文形式に書き直した箇所がある。筆者によると、「その日わたしたちはその詩人（＝ビショップ）の“The Fish”を読んで話をすることになっていた」（P.102）とあるが、この日になされた本文中では描かれない三人の女性たちによる討論が反映されたものだという。ゆえに原詩とは異なる部分は多い。二〇二四年現在未邦訳のため、全訳を以下に記す。

12 *Elizabeth Bishop: a very short introduction.* P.84
13 『エリザベス・ビショップ詩集』P.151
14 同書 P.153
15 同書 P.153-154, Elizabeth Bishop: very Short Introduction, P.12
16 同書 P.153
17 同書 P.132

魚

ものすごい魚を釣って
ボートの横につかまえた
半分水から出た状態で、釣り針は
しっかり口にかかったまま。
彼は抵抗しなかった。
まったく抵抗しなかった。
呻くような重さで引っかかって、
打ち付けられ、立派で
美しくはない。ところどころ
古い壁紙のように
茶色い皮膚が細長く垂れていた、
より深い茶色の模様も
壁紙みたいだった
染みがつき　時がたつにつれ失われた

満開の薔薇のようなおぼろげな形。
フジツボでまだら模様ができていた、
石灰の見事な薔薇飾り、
白い海シラミに
寄生され、
その下に二、三の
ぼろきれのような海藻がひっかかっていた。
えらがひどい酸素を
吸う間
——えらにぞっとする、
血に満ちて新鮮でぱきっとしていて、
深く切れそうだ——
羽のように詰め込まれた
粗く白い肉のことを考える、
大きい骨と小さい骨、
輝く内臓の

ドラマティックな赤と黒、
ピンクの浮袋は
大きな牡丹みたい。
彼の目を見つめた
私の目よりもずっと大きかったが
薄く、黄みがかっていた、
曇ったアルミ箔で
裏打ちされた虹彩が
古く傷のついたゼラチン質の
水晶体を通して見えた。
それはちょっと動いたが、
私を見つめ返したわけではない。
——どちらかといえば物体が
光に向いて傾くという塩梅だった。
しかめっ面にほれぼれした、
顎の仕組みにも、

そして私は見た
いかめしく、濡れた、武器のような
下唇から
――それを唇と呼べるなら――
より戻しのまだついたままの
五本の古い釣り糸、
もしくは四本とワイヤーリーダーが垂れているのを
全部で五つの大きな釣り針が
彼の口の中で堅く生えていた
端で擦り切れた緑の糸
彼がそこで切ったのだ、二本のより太い糸と、
細く黒い糸は
それが壊れ、彼に逃げられたとき
引っ張られ嚙みつかれたせいでいまたに縮んでいた。
擦り切れて揺れ動く
リボンのついたメダルのように、

五本の知恵の髭が
彼の痛む顎から長く伸びている。
私はじっと、じっと見つめた
小さな貸しボートに
勝利が満ちた、
錆びたエンジンのまわりで
オイルが虹を広げていた
船底の汚水から
オレンジ色に錆びた淦汲み、
日焼けしてひび割れたこぎ座、
ひもで繋がれたオール受け、
船べりまで——全部が
虹、虹、虹色になるまで！
私は魚を放してやった。

この「再解釈」をどう理解すべきか？　ルール違反かもしれないが、筆者の力不足により著者自身からヒントをいただいた。リッチのいうre-visionというものである。re-visionについてリッチが示したエッセイ「わたしたち死者がめざめるとき」によると、re-visionとは「ふりかえる行為、新鮮な目で見る行為、新しい批判的な方角から古いテキストに入っていく行為」であり、「生きのびるための行為」である。ここで「自分を知ろうとする」とは、「アイデンティティ探求より以上のこと」で、「男の支配する社会の自己破壊性を拒否することとの不可欠な一部をなす」。私たちがどう生きているか、どう生きてきたか、自分をどう思い込まされてきたか、私たちの言語はわたしたちを解放しただけでなく、どのようにわなにはめてきたか、そして究極的にはどのようにして生きることを新たに始められるか。そういったことを知る手がかりとするために、テキストを読み解く。それがre-visionだ。[18]

三人の女性たちが“The Fish”を通しre-visionをしていると考える。その時、原詩と本文中の該当箇所を比較すると、どんな議論が彼女たちの間で繰り広げられたのだろう、と興味深く思う。たとえば、「どれがあなたの投げつけたコーヒーカップでできたシミで、どれがもともとの模様なのか区別がつかなくなった、大輪のバラ柄の壁紙のような。」（P.80）の部分につ

18　『嘘、秘密、沈黙。』P.53

いて原詩を参照すると、そのような具体性はないことがわかる。私自身、翻訳に際しこれはいったいどういう意味、光景なのだろうと悩んだ箇所のひとつでもあった。きっとここは、彼女たちも疑問に思って、ああなんじゃないか、こうなんじゃないか、と議論した箇所で、その跡がこの散文に反映されているのだろう。

この読書会も、暇を持て余した有閑マダムではないと証明しなければ、というプレッシャーに押されて行っていたものではあるだろう。しかしそれは同時に女性として「生きのびる」ための手段でもあったことに注目したい。

ビショップの詩、散文を用いてこの作家を読み解こうとすることは私の力量では難しい。もともと男性と結婚し、子供をもうけ、白人中産階級の優等生的に生きてきて、問題に気づき積極的に公の場でそれを提起したリッチとは違い、ビショップの人生は「女性詩人にとっては輪郭のはっきりしない、問題の多い生き方のモデルだった」[19]。レズビアンで、当時の女性としては珍しく旅の多い人生を送り——旅をしてもある程度安全な環境にいられるという立場だった——、ブラジルに一六年間住んだ。金銭的に困ることもなかった。——私の立場は、この小説集を読んでいるとき、リッチよりもビショップに近いものだと思う。近しさのなかでも際立っているのは、現代的な母親——異性愛規範にもとづいた核家族のケアの責任を不釣り合いに負わされる者——としての経験があるかどうか、ということだ。

ケアの倫理について、恥ずかしながら本書を読んだあとに泥縄的に学ばなければならなかった。この物語に出てくる女たちへの共感のむずかしさ、あるいは抵抗、そして歯がゆさの理由を自分自身の中に探るために。どうしてこの苦悩や重圧〝にもかかわらず〟彼女たちは逃げようとしないのだろう？　どうして、子供や夫のことには責任を負うのに、ケアをする者（母親）どうしの感情はないがしろにしてしまうのだろう？　いったい何がこの「ケアされる者」の序列――いつだって「自分」が最後尾に置かれやすい――をつくり出しているのだろう？

私は生きてきたなかで、社会的につくられた「良い女・あるべき人間」の像にどちらかといえば意識的に歯向かって来たし、そうさせてくれた環境に感謝しているし、努力した自分を誇りに思ってもいる。しかし、この本を通じケアする女たちを読み、ケアの倫理について確認したときに私が思い出したのは、「位置の政治学のための覚え書き」に出てくる女性宇宙飛行士の話だった。「若くて、自分自身の力を感じ、懸命に努力して陽気にみせている」彼女の経験について、リッチは、「女性の解放とはいまのところなんの関係もない」と言いきった。それは、「女性のプロレタリアートが――教育のない、栄養のわるい、未組織の、ほとんどが第三世界の『大会社』が宇宙投資をするもとになる利潤を生みだすべく働かされるだろうというの

19　『血、パン、詩。』P.189

に」という理由だが、それはともかく、私のこの個人的な努力はもしかしたら「女性の解放」に「なんの関係もない」、あるいはどこか食い違ったことをやっているのではないか、と考えざるをえなくなったのだ。[20]

今、日本でケアの倫理に関する本が多く出ている理由のひとつには、社会がますますケアの倫理に反する方向に進んでいることもあるのだろう。例えば韓国では出生率は〇・七二と少子化が日本よりも進んでいる。その原因として、不動産価格の高騰や子供の教育費などさまざまなものが挙げられているが、女性の高学歴化と家父長制への反動というのも大きいようだ。[21] 多くの女性たちが、子供を産み＝母親になり、社会的に（より）低い立場に置かれることを恐れているということだ。日本は韓国よりも学歴志向が強くないとされているが同じ傾向があるのは確かだろう。現にこの恐れは二〇〇〇年に日本で生まれた私が感じてきたものでもある。しかし、その恐れは、本当はそれがないと社会がなりたたない「ケア」をどんどんないがしろにしてしまうことにもつながる。

この小説はケアする者たちの葛藤を映し出す。ケアする者としてつながりまたケアする者どうしであるがゆえにお互いの疎外に陥ることもある女たちを描く。「今日やること」では、父親を、「キョウル」を、魚をケアし、そしてこれから三人は自分たちの母親をケアしに行く。「わたしたちが坡州へ行くと……」では、家族のケアをする女たちが、子育てでつながり、しかしミイェは家族に対するケアの責任を十分に負えなくなったことの、おそらく負い目もあってスラオンニを責める。「その猫の名前は長い」のクは、家族を支えるために（セクシズム的なあだ名や噂に屈することなく）働き、社長を（最も直接的な方法ではないにせよ）ケアしている。「春のワルツ」の女たちはポムを育てるために連帯した。これらはこの小説集の中に出てくるほんのわずかな例である。ケアの倫理を通すと、この女たちの持つ苛立ち、必ずしもプラスとはいえないような感情が、彼女たちの強さの一部として見えてくる。

また、この小説集を読んだときにもっとも歯がゆかったのは、女たちの友情が——ソヒオンニとク、スラオンニとミイェ、ソンナムとリオンとミホ、オンと「わたし」など——彼女たちの個々の関係性以外のものによって左右されるということだった。もちろん、あらゆる人間関係は本当に当人対当人であることはありえず、他の人間との関係や、社会的なものに左右されてる。しかし、弱い立場どうしであればその「外的なものに左右される程度」はより高くなってしまう。先ほど、リッチを通じた分析の中で確認したように、歴史的に、女どうしの関係は、異性愛規範や女性差別のために軽んじて見られることが多かった。だからこそ私はどこか、

20 『血、パン、詩。』P.325-326
21 https://news.yahoo.co.jp/articles/dae1142432dc97d29178daa88712163aa61d1e8c?page=2

もっとわかりやすい、おたがいへの愛情に満ち、確固とした女の友情を見たい、と思ってしまう。しかしこの小説は女どうしの友情に対するわかりやすい希望を与えてはくれない。そのことは私をナイーブにも戸惑わせた。彼女たちが、女どうしの関係の大切さをしっかりと味わえるようになる社会にしなければならないと思うと同時に、ケアする者どうしの、お互い以外の他者に左右されやすい、あるいはその他者に一部を依存する友情の価値についても確認しなければならないと思う。

この小説集を読んだとき、家庭をケアする者の文学をまったく読んだことがないことに気づいた。家族のなかでだいたいひとりがそのケアの多大なる責任を負わされることも、その仕事が不当に低いステータスを与えられていることも知っていた。しかし、それを知識として以上には知っていなかったと気づき、自分の無関心さや冷たさに直面せざるをえなくなった。同時に、アドリエンヌ・リッチが自らに課した、「わたしたち」の間の差異について考えるのはまだまだ重要なことであり続けていると改めて気づいた。「あいだの差異」によって「内なる差異」を抑圧しないようにするためには――という問いは、この小説を読んでいる間、大きなリアリティを持って迫って来た。

これらのことについて考えることは苦しい。なぜなら、私の今まで生きてきた方向性――とにかく自分の意志をしっかり持ち、それに基づいて行動すること――についての大きな見直しを強いられるからだ。そんな（願わくば）実りある苦しさを感じつつ、二〇二四年、イ・ジュへの小説を通し、リッチやビショップを読むことは、もともと彼女らの読者であった私にとって嬉しい経験だった。最初に書いたように、リッチもビショップも、現代の日本ではなかなか読まれなくなってしまった。リッチはノフェミニストの著作が「先輩たち」との関連を無視され、関連付けられることなしに読まれてきたことに大きな問題を感じている。[22] フェミニストの仕事がまるで「なにもないところからひょっこり出てきたかのように受け取られがち」になる、つまり「散発的な、迷子のようなもの」「それ自身の伝統をもたない孤児」、伝統がなく軽い、そして孤立したもののように見えてしまうからだ。[23]

そのリッチすら（現代日本では――リッチは現代日本のフェミニズムにつながる論考を多く残しているというのに）読まれなくなってしまっているのだ。フェミニズムの伝統を示すことは、男中心の伝統に異議を唱えるというだけでなく、女どうし――「わたしたち」の連帯の広さを縦軸でも示すことができるというメリットがある。

「わたしたち」は単純ではない。それどころか、差異を抑圧する危険性もはらむ。「わたしした

22 『嘘、秘密、沈黙。』P.17
23 同書 P.16

ち」にならなくては「あいだの差異」をなくすことはできないが、「内なる差異」を抑圧しないため、「内なる差異」を意識的に見つめることを怠ってはならない。リッチも、ビショップも、イ・ジュへも私もそれぞれの「位置」をもつ。差異を探るため、そしてその上でなぜ「わたしたち」を「わたしたち」と呼べるのか、呼ばなければならないかを見極めるため、彼女たちを読まなくてはならず、知識以上のものに面と向かわなくてはならない。これから日本でもふたたび、この小説の発刊を受け、「わたしたち」の伝統のなかにいるリッチやビショップといった詩人がふたたび読まれるようになるよう祈っている。

参考文献

アドリエンヌ・リッチ『アメリカ現代詩共同訳詩シリーズ3　アドリエンヌ・リッチ詩集』（渡部桃子、白石かずこ訳）思潮社、一九九三年
アドリエンヌ・リッチ『アドリエンヌ・リッチ女性論　嘘、秘密、沈黙。』（大島かおり訳）晶文社、一九八九年
アドリエンヌ・リッチ『アドリエンヌ・リッチ女性論　血、パン、詩。』（大島かおり訳）晶文社、一九八九年
アドリエンヌ・リッチ『アドリエンヌ・リッチ女性論　女から生まれる』（高橋芽香子訳）晶文社、一九九〇年
エリザベス・ビショップ『世界現代詩文庫32　エリザベス・ビショップ詩集』（小口未散訳）土曜美術社出版販売、二〇〇一年
Colby Langdell, C.（2004）. *Adrienne Rich: The Moment of Change*. Praeger.
Post, J. F. S.（2022）. *Elizabeth Bishop: A Very Short Introduction*. Oxford University Press.

初出

今日やること――『創作と批評』二〇一六年秋号
誰もいない家――『創作と批評』二〇一八年春号
夏風邪――『現代文学』二〇一六年一二月号
わたしたちが坡州に行くといつも天気が悪い――『文学トンネ』二〇二一年冬号
その猫の名前は長い――『子音と母音』二〇二一年冬号
水の中を歩く人たち――『リッター』二〇二一年一〇／一一月号
花を描いておくれ――『文学3』二〇一九年一号
春のワルツ――『Axt』二〇一九年九／一〇月号
その時計は夜のあいだに一度ウインクする――『文学たち』二〇二二年春号

著者
イ・ジュヘ（李柱恵）
読み、書き、訳す。2016年、チャンビ新人小説賞を受賞し、作家としての活動を始めた。著書に『すもも』『涙を植えたことのあるあなたへ』『ヌの場所』『季節は短く、記憶は永遠に』〈いずれも未邦訳〉、訳書に『わたしの本当の子どもたち』〈原題：My Real Children〉、『われわれ死せる者たちが目覚めるとき』〈原題：Essential Essays: Culture, Politics, and the Art of Poetry〉などがある。

訳者
牧野美加（まきの・みか）
1968年大阪生まれ。釜慶大学言語教育院で韓国語を学ぶ。第一回「日本語で読みたい韓国の本 翻訳コンクール」最優秀賞受賞。訳書にキム・ウォニョン『希望ではなく欲望――閉じ込められていた世界を飛び出す』（クオン）、キム・チョヨプ、キム・ウォニョン『サイボーグになる――テクノロジーと障害、わたしたちの不完全さについて』（岩波書店）、ジェヨン『書籍修繕という仕事：刻まれた記憶、思い出、物語の守り手として生きる』（原書房）、ファン・ボルム『ようこそ、ヒュナム洞書店へ』（集英社）など。

解説
大阿久佳乃（おおあく・よしの）
2000年三重県生まれ。文筆家。同志社大学神学部在学中。2017年より詩に関するフリーペーパー『詩ぃちゃん』を発行しはじめる。著書に『のどがかわいた』（岬書店、2020年）、『パンの耳１～10（ZINE）』（自費出版、2021年）『じたばたするもの』（サウダージ・ブックス、2023年）。著作の中心的テーマは、文学とともに生きる／生活すること。現在の文学的関心は、アメリカ・クィア詩。

その猫の名前は長い

2024年6月24日　初版発行

著者　イ・ジュヘ
訳者　牧野美加

ブックデザイン　服部一成／榎本紗織
装画　前田ひさえ
組版　有限会社トム・プライズ
発行者　清田麻衣子
発行所　合同会社里山社
〒812-0011　福岡市博多区博多駅前2-19-17-312
電話　080-3157-7524　FAX　050-5846-5568
http://www.satoyamasha.com
印刷・製本　モリモト印刷株式会社

ISBN 978-4-907497-21-7 C0097